原宏一
Hara Kouichi

蕎麦《そば》打ち万太郎

祥伝社

蕎麦《そば》打ち万太郎

蕎麦《そば》打ち万太郎　目次

装丁　重原　隆
装画　ヒロミチイト

第一話　正面突破

気がついたら万太郎《まんたろう》がいない。

さっきまで店の外からも見えるガラス張りの蕎麦《そば》打ち場で延《の》し棒《ぼう》を握《にぎ》っていたのに、ちょっと目を離した隙《すき》に姿を消してしまった。

あと十五分で夕方五時。午後休憩を終えて夜営業に入る時間だけに、いつもは蕎麦打ちの真っ最中なのだが、どこへ行ったんだろう。

白い三角巾《さんかくきん》に前掛け姿で厨房《ちゅうぼう》にいた希子《きこ》は、ふと不安になって蕎麦打ち場に入り、生蕎麦を入れる木箱〝生舟《なまぶね》〟の蓋《ふた》を開けた。惚《ほ》れ惚《ぼ》れするほど美しく細打ちされた十割《じゅうわり》蕎麦が十人前だけ収めてあるが、これじゃ足りない。

希子は焦《あせ》った。一歳下の夫、万太郎が蕎麦の実を挽《ひ》いて捏《こ》ねて延《の》して切って仕上げるまで三十分近くかかる。しかも一人前の盛りがいいのが売りだけに一回打っても十人前ぶんしかない。最低でもあと二回は打たなければ午後八時の閉店前に品切れになる恐れがある。『蕎麦処《どころ》まんた』はカウンター四席と四人掛けテーブル四卓の小体《こてい》な店だが、夜は蕎麦前で一杯やってから蕎麦を手繰《たぐ》る常連客で溢《あふ》れ返る。なのに肝心《かんじん》の蕎麦が品切れでは、蕎麦っ食いたちにぶつくさ言われるばかりか売上げ的にも厳しい。

蕎麦処まんたは一年前、希子が三十歳のとき、東京は新橋《しんばし》の地に夫婦で立ち上げた。新橋といったら、高級ブランドショップが軒《のき》を連《つら》ねる銀座《ぎんざ》と高層ビルがそびえる汐留《しおどめ》の狭間《はざま》に広がる、近隣の勤め人がくつろぐ街。十割の手打ち蕎麦だと高めに価格設定する店が多い中、うちは庶民《しょみん》価格に毛が生えた程度でやる、と気合いを入れてきたのに、ここにきてちょくちょく万太郎がいなくなる。

仕方なく最近、〝蕎麦がなくなりしだい早仕舞《はやじま》いします〟と張り紙したものの、日々の売上げの変動は大きく、毎月の借入金返済日が近づくたびに希子はひやひやする。

「ねえ、万太郎はどこ行ったの？」

二か月前から夜だけ働いてくれている大学生のバイト、琢磨《たくま》に聞いてみると、

「またお社《やしろ》で手を合わせてたりして」

意外と信心深い人だし、と肩をすくめる。

琢磨が言うお社とは、新橋駅に近い烏森《からすもり》の飲食街にひっそり佇《たたず》んでいる烏森神社のことだ。こぢんまりした社殿ながら平安時代の創建とあって、周辺の飲食店主や勤め人たちのパワースポットとして知られている。

その社殿に繋《つな》がる細い参道に交《まじ》わる三本の路地には、居酒屋、鮨屋《すしや》、焼肉屋、ビストロ、パブ、オーセンティックバーといった飲食店がひしめき、昭和の頃までは花街《はなまち》だった風情《ふぜい》を残す木造家屋もわずかに残されている。そんな趣《おもむ》きある路地が夫婦ともに気に入って、運よく見つかった木造家屋に店を構え、二キロほど離れた築地《つきじ》の自宅マンションから自転車で通っているのだが、開店以来、万太郎は事あるごとに烏森神社に足を運んでいる。

けど、夜営業の直前に行かなくたって。

希子は舌打ちした。それでも板わさ、焼き味噌《みそ》、酢《す》の物など蕎麦前用のつまみを用意して、最後に出汁巻《だしまき》玉子を焼き終えたところで〝本日の蕎麦は福島県山都《やまと》産〟と産地表示の札を客席の壁

にセットした。蕎麦処まんたでは三つの産地の蕎麦を三日ごとに順繰り使い分けているからそうしているのだが、ここに至ってもまだ万太郎が帰らない。これには希子もますます腹が立ち、

「琢磨、ちょっと万太郎を捜《さが》してくる。暖簾《のれん》を掛けたらすぐ楠木《くすのき》先生がお見えになるから、蕎麦前で繋いどいて」

と常連の接客をまかせて仕事着のまま路地に飛びだした。

三月初頭、早春の陽《ひ》が陰《かげ》りはじめた路地には早くも焼き鳥の煙が漂い、昼飲みできる店も多いだけに黒帯級の呑兵衛《のんべえ》おやじたちがうろついている。そんな居酒屋やビストロを横目に烏森神社に向かって歩きだした希子は、ほどなくしてコの字酒場『一献屋《いっこんや》』の前で足を止めた。ガラス戸越しに見えるコの字型カウンターに、やたら体がでかい濃紺《のうこん》の作務衣《さむえ》姿の男が座っている。

万太郎だ。頭頂部に相撲《すもう》の力士さながらの丁髷《ちょんまげ》を結《ゆ》っているから間違いない。夜の営業後、夫婦で何度も飲みにきている気の置けない店なのだが、こんな時間に女将《おかみ》の珠江《たまえ》と話し込んでいる。

たまらず希子はガラガラッとガラス戸を開け、店の奥に進むなり一喝《いっかつ》した。

「どこで油売ってんのよ！」

ところが万太郎は、のっそりと希子に向き直り、

「あぶらうってる？」

きょとんとしている。意味がわからないようだ。日本人に間違えられるほどナチュラルな日本語が話せる万太郎も、この手の慣用句は知らないことが多い。

「怠《なま》けてるって意味」

苛《いら》つきながらも平易な言葉で説明すると、

「いや怠けてるんじゃないよ」

鷹揚《おうよう》に否定する。

「だったら何なのよ」

「だからその」

言いかけた万太郎はふと口をつぐみ、カウンターの向こうにいる珠江女将に助けを求めるように目を向けた。


初めて万太郎と出会ったのは六年前、両国《りょうごく》の眞山《まやま》部屋を訪ねたときだった。

同じ両国で手打ち蕎麦の『蕎麦処ひろき』を営んでいる希子の父親は、かねてから眞山部屋の後援会に入っている。いわゆるタニマチと呼ばれる大の相撲好きなのだが、ある日、蕎麦処ひろきの二階で同居している希子に、眞山部屋の力士激励会に行こう、と声をかけてきた。いつも同行する母親が知人の葬式に参列するから代理で参加してほしいと言う。

ただ当時、虎《とら》ノ門《もん》のビストロでスーシェフを務めていた希子は相撲にはあまり興味がなく、即座に断った。それでも父親は、

「モンゴル人力士の旨《うま》いちゃんこが食えるぞ」

と食い下がってきた。眞山部屋の宴《うたげ》では恒例の、ちゃんこの出汁と手打ちモンゴル麺《めん》を融合さ

せた締めの料理が絶品なのだという。

そもそも希子には食いしん坊が高じてビストロのバイトからスーシェフに抜擢《ばってき》された経緯《けいい》がある。ちゃんことモンゴル料理の融合と聞いて興味津々《しんしん》、激励会に参加してみると、そのモンゴル人力士こそが万太郎だった。

十七歳で来日して力士歴七年目だった万太郎は、モンゴルの首都ウランバートル出身。本名はガンボルド・バトヤバル、四股名《しこな》は泰平山《たいへいざん》万太郎。身長百八十五センチ、百四十キロと世界最大のエイ〝マンタ〟さながらの巨漢ながら、へへっと笑うと愛嬌《あいきょう》のある顔になるギャップを面白がった眞山親方が万太郎と愛称をつけて、それが四股名になったらしい。

実際、威圧的に見える体格とは裏腹に、モンゴルの大草原のごとく泰然《たいぜん》とした物腰と人懐《ひとなつ》こい性格で、ちょこんと結んだ丁髷も相まって周囲のみんなから愛されていた。加えて万太郎が手打ちしたモンゴル麺〝ゴリル〟に、ちゃんこ出汁を合わせて作る麺料理〝ツォイワン〟も素晴らしくおいしく、そんな万太郎に希子はひと目惚れした。

一方の万太郎も希子の姉御肌《あねごはだ》っぷりに心を撃ち抜かれたそうで、来日を決めたときもそうだったように、こうと決めたら猪突猛進《ちょとつもうしん》。翌週には希子の休日に蕎麦処ひろきを訪れ、父親の手打ちせいろをぺろりと五枚も平らげ、

「べらぼうに旨いっす！」

と角界《かくかい》仕込みの江戸弁を発して、へへっとマンタの笑みを浮かべて父親を喜ばせた。

その日を境に希子と付き合いはじめた万太郎は、翌月には眞山親方とともに蕎麦処ひろきを訪

れて、

「力士を廃業して蕎麦修業したいっす！」

と父親に頭を下げてきた。

これまた、こうと決めたら猪突猛進の万太郎の速攻に希子は呆気《あっけ》にとられたが、聞けば万太郎は入門以来七年奮闘したものの万年幕下力士。活躍の場は力士の厨房を仕切る〝ちゃんこ長〟のみとあって、将来を案じた親方も蕎麦修業に大賛成したという。

こうなると父親も断れない。男気に駆られて受け入れてくれて、万太郎は力士を廃業。希子のお気に入りだった丁髷は結ったまま蕎麦修業に打ち込み、モンゴル麵が打てる下地も手伝ってめきめき上達した。

二年後には父親に代わって打てるほど腕を上げ、両親の許しを得て希子と結婚した。ただ、希子はいまだモンゴルには行っていない。母子家庭で育った万太郎は、来日して四年後、病魔で母親を亡くしたからだ。母国については食べ物のことしか万太郎が語らないのも、その不幸が尾を引いているのだろうと察して希子もあえて聞かないようにしている。

そんな事情を知る父親も、希子との結婚後、万太郎の日本への帰化申請を支援してくれた。両国の店は希子の兄が継ぐため、新橋で開業する資金調達や店舗賃貸《ちんたい》の保証人にもなってくれた。そうした恩に応《こた》える意味でも夫婦で頑張《がんば》り続けてきた甲斐《かい》あって、いまや丁髷姿の蕎麦屋として、常連の楠木先生をはじめ多くの蕎麦っ食いに愛されている。

なのに万太郎ときたら仕事中に店を抜けだすとはどういうことか。琢磨が言う通りお社を拝んでいたならまだしも、酒こそ飲んでいなかったが一献屋で怠けていようとは、開店二年目にして蕎麦への情熱が失《う》せたんだろうか。

「とにかく蕎麦を打ってちょうだい！　お客さんが待ってんだから！」

希子は再度万太郎を叱《しか》りつけ、丸太のような二の腕を両手でぐいぐい引っ張った。

「ちょ、ちょっと希子さん」

珠江女将が慌《あわ》てている。それでも希子は引く手を緩《ゆる》めず万太郎を店に連れ帰ってきた。

しょぼしょぼと肩をすくめて蕎麦打ち場に戻った万太郎は、残りの二十人前を打ちはじめた。その後は蕎麦を茹《ゆ》でたり、せいろに盛ったり、天ぷらを揚《あ》げたりと厨房仕事に励《はげ》んでいたものの、どこか浮かない顔でいる。

夜営業の接客は希子と琢磨がやっているとはいえ、そんな店主の態度は店の雰囲気を損なう。

「今日の万太郎、どうしたんだい？」

楠木先生もぐい呑《の》み片手に訝《いぶか》っていたが、満席の店内で万太郎を叱りつけるのも憚《はばか》られる。結局は午後八時の閉店まで辛抱《しんぼう》し、琢磨に賄《まかな》いの大盛り天ぷら蕎麦を食べさせて、今日も旨いっすねえ、と喜んで帰ったところで、

「いったい何があったのよ」

と万太郎を問い詰めたが、それでも浮かない顔で背中を丸めて客席の椅子《いす》に腰掛けている。

「ねえ、ちゃんと話してよ。万太郎らしくないよ」

今度は穏《おだ》やかにたたみかけた。それがよかったのか、ようやく口を開いた。

「だからヤバいんだよ」

「何が？」

「一献屋にいる娘《こ》」

「ああ、バイトの綾乃《あやの》ちゃん？」

万太郎が首肯《しゆこう》した。

栗色のショートヘアが印象的な綾乃はまだ二十一歳のかわいい娘で、いつもコの字カウンターの中を行き来して接客している。そのルックスと真面目《まじめ》な仕事ぶりに加えて、女将の代わりにつまみも作れる女子力も受けて、おやじ客のアイドル的な存在になっている。

「その綾乃ちゃんが、どうヤバいの？」

「最近、メンタルやられてアパートに閉《と》じ籠《こも》ってるらしいんだ」

つい先週、午後休憩のときに烏森神社で拝んでいたら、たまたま珠江女将も参拝に来ていて聞いたという。それで気にかけていたら、今日の夕方、路地を通りかかった珠江女将と蕎麦打ち場のガラス越しに目が合うと、嫌々をするように首を左右に振られた。

まだ好転してない、という意味らしく、ちょっと心配になって一献屋に行ってみると思わぬ打ち明け話をされた。

「彼女、実はアイドルをやってるらしいんだ」

「おやじたちの、でしょ？」

「そうじゃなくて本物のアイドルだ」

これまで客には伏せていたそうだが、綾乃は土日祝日になると五人組アイドルの一人としてステージに立っていたという。

「といっても、地下アイドルなんだけど」

地下アイドルとは、テレビや大ホールなどで活躍するメジャーなアイドルを目指している下積みアイドルだ。バイトの傍《かたわ》らレッスンに励み、新宿《しんじゅく》のライブ会場やミニイベントのステージに立って、同じ志《こころざし》のライバルたちとしのぎを削っているらしい。

「へえ、頑張ってるんだね」

「ただ、その五人組を仕切ってる芸能事務所が怪しいとこみたいでさ」

ここにきていろいろごたついたあげくに綾乃はメンタルを病んでしまい、先週のバイト中に突然、過呼吸になってしまったという。

驚いた珠江女将が救急病院に連れていって事なきを得たものの、それっきり綾乃は自宅に閉じ籠ってしまった。心配した珠江女将は毎日電話していたが、昨日からは電話にも出なくなったというから確かにヤバい。

「事務所で何があったの？」

「わかんない。それを聞こうとしたら希子が怒鳴り込んできた」

「あ、ああ、そうだったの」

昔からせっかちで早とちりと言われている希子だけにバツの悪い思いで謝り、

「だったらあたしも心配だから、早く店を片付けてもう一回、一献屋に行こ」

電話入れとくから、と告げて厨房の洗い物に取りかかった。

店内の照明を半分消した一献屋のガラス戸を開け、こんばんは、と声をかけた。

奥の厨房でレジを締めていた珠江女将が気がついて、

「わざわざありがとね」

ほつれた白髪《しらが》頭を整えながら出てきてくれて、コの字カウンターにコップを三つ並べて瓶《びん》ビールを注《つ》いでくれた。

あれから珠江女将に電話したら、ゆっくり話したいからうちの閉店後にどう？　と言われた。そこで閉店後、帳簿整理などで時間を潰《つぶ》してから万太郎とやってきたのだが、ビールで喉《のど》を潤《うるお》した希子は率直《そっちょく》に聞いた。

「万太郎から聞いたんだけど、綾乃ちゃんの所属事務所ってそんなに酷《ひど》いの？」

すると珠江女将もビールを口にして、

「あたしもよくわかんないんだけど、そこって人気シンガーソングライターのＳＥＲＡ《セラ》を育てた事務所らしいのね」

「へえ、すごい事務所じゃない」

「だから綾乃ちゃんも入所したらしいのね」

そもそも綾乃は高校卒業後、ＳＥＲＡみたいなシンガーソングライターに憧《あこが》れてギター片手に愛媛の松山《まつやま》から上京した。料理も好きだったことから、一献屋でバイトしながら音楽事務所やレコード会社に売り込んでいたが、チャンスが摑《つか》めないまま二年が過ぎた。

そんな折にネットで見つけたのが地下アイドルの公募情報だった。シンガーソングライターとアイドルではジャンルが違うものの、歌を歌う仕事なのは変わらない。地下アイドルのステージで業界人の目に留まればシンガーソングライターへの道も開けるかもしれない、と応募してみると、公募元の芸能事務所『KKプロ』から、一度、面接にいらっしゃいませんか、と返信がきた。

いつにない好感触に、綾乃が藁《わら》をも摑む気持ちで指定された西新宿のシティホテルのラウンジに行ってみると、KKプロ代表の門倉《かどくら》が待っていた。

赤い髪に赤い眼鏡《めがね》をかけた三十代と思《おぼ》しきその風体《ふうてい》を見た瞬間、どこかで見た人だと思ったら、門倉はかつてアイドルの裏情報を売りにした動画チャンネルで人気を集めていたKKだった。最近は見かけなくなっていたが、いまはこのホテルの一室をKKプロのオフィス兼《けん》門倉の居室として長期契約し、アイドルプロデュース業に専念しているという。

早速、綾乃が持参した履歴書に目を通した門倉は、

「へえ、SERAに憧れて上京したんだ。実は彼女も地下アイドル出身で、おれがシンガーソングライターに育てたんだよな」

とSERAとのツーショット写真を見せてくれた。

これに舞い上がった綾乃は、やっとチャンスを摑めた、と大喜びでKKプロに入り、珠江女将にも志を明かしてアイドル活動をスタートさせた。

「それからは門倉が集めた女子四人と一緒に五人組の地下アイドルグループ『迷宮っ娘《めいきゅうこ》』を結成して、AYA《アヤ》っていう芸名で頑張ってたんだけど、その活動が半端なくきついらしいの」

珠江女将は眉根《まゆね》を寄せてビールを流し込む。

なにしろ平日は歌やダンスのレッスン。土日祝日には自分たちで仕切るライブ公演や配信用の動画撮り。しかもレッスン代は自分持ちで、公演前には自《みずか》らチラシを配ってチケットを売り捌《さば》き、チケットが売れなければライブ公演のギャラはなし。ライブ後はファンとのチェキ撮影会や握手会で稼がなければならない。そればかりか、KKプロには三組の地下アイドルグループが所属しているから、グループ同士、稼ぎを競い合わされる。

「おまけに、迷宮っ娘のメンバー同士もファンの獲得数を競い合わされて、それによってもギャラが変動するらしいのね。なのに綾乃ちゃんは、ほか四人のメンバーよりファンのつきが悪かったみたいで」

「あの綾乃ちゃんにファンがつかないの？」

希子は訝った。綾乃みたいにかわいくて性格のいい娘だったらすぐファンがつくと思うのだが、でもそうじゃないらしいの、と珠江女将は続ける。

「不思議な話なんだけど、一度、ライブの動画を見せてもらったら、歌も五人の中で綾乃ちゃんが一番上手だし、踊りだっていけてる。なのにファンがつかなくてチケットも捌けないから実入りが少なくて、仕方なく夜十一時にうちのバイトが終わったら、近所のスナックで始発まで働いてたんだって」

「それじゃ寝てらんないじゃない」

「そうなの。根が真面目な彼女はいつも明るくしてるから気づかなかったけど、バイト掛け持ちでろくに寝ないでレッスンや公演をやってたんだから、心身ともに病まないわけないじゃない」

ほんとに可哀想《かわいそう》、と珠江女将は顔をしかめる。すると黙って聞いていた万太郎が、

「おれ、いまから綾乃ちゃんちに行く」

と席を立った。

珠江女将の電話に出ないのはバイトの雇い主だから避けているのかもしれない。常連客のおれなら心を開いて助けを求めてくるんじゃないか、と言うのだった。

「ダメだよ、もう零《れい》時過ぎてるし」

「だったら明日行く」

「お店は?」

「朝一番で行く」

「それもダメ。仕込みが間に合わなくなる」

毎度のことながら、こうと決めたら猪突猛進の万太郎だ。珠江女将も、そこまでしなくても、と押し留《とど》める。それでも万太郎は、

「けど離れて見守ってるだけじゃ綾乃ちゃんのメンタルが悪化するだけだろう。こういうときは真正面からぶつかって助けなきゃ」

と巨体に似合わない小さな目を潤《うる》ませている。万太郎には意外と純な一面がある。根っから情

に厚い性分《しょうぶん》でもあるから、こういうときは一途《いちず》に思い詰めてしまう。

こうなると希子は弱い。ったくもう、と嘆《なげ》きながらも、その一途さに抗《あらが》えなくなる。

「うーん、わかった。だったら明日は臨時休業にしてあたしも一緒に行く」

いまから店に臨時休業の張り紙をしてくるから、と告げて立ち上がると、

「希子さん、そこまでしなくても」

珠江女将に引き止められたが、

「珠江さん、大丈夫。おれがついてっから！」

万太郎は拳《こぶし》で胸板を叩《たた》いてみせた。


三月頭とはいえ、まだ肌寒い翌朝。早起きして作った手土産《てみやげ》を入れたバッグを提《さ》げた万太郎とともに、築地のマンションを後にした。珠江女将に教わった綾乃のアパートは隣接する新富町《しんとみちょう》だから歩いて十五分ほどで着ける。

ただ、一献屋の常連客にすぎない希子たちが朝から押しかけて引かれないだろうか。いざ歩きだした希子は急に不安に駆られたが、もはや乗りかかった舟と割り切るしかない。

通勤時間帯とあって街にはサラリーマンやＯＬが溢れていた。その人波の中を作務衣に防寒用の丹前《たんぜん》を着た丁髷頭の巨漢と百五十五センチの希子が連れ立って歩いていると、不思議そうな目を向けられる。でも、その手の視線には慣れっこになっている希子は、周囲の目など気にすることなく、

「綾乃ちゃんに岡惚《おかぼ》れしたんでしょ」

からかい口調で万太郎に聞いた。

「おかぼれ？」

また意味がわからないようだ。

「勝手に片思いしてるってこと。そうでなきゃ、ここまでしないよね」

皮肉めかして付け加えると、

「違うよ、おれには希子がいる」

憤然《ふんぜん》と否定された。

やっぱ岡惚れだと思った。根が惚れっぽくてやさしい万太郎だけに、妻として愛されているとわかっていても妬《や》けてくる。

ちょっと複雑な気持ちになりながらさらに歩いていくと、目指すアパートが見えてきた。朽《く》ちかけた木造二階建て。こんなアパートがまだ残ってるんだ、と驚きながら赤錆《あかさ》びた鉄製の外階段をカンカンカンと上がる。

二〇三号室は二階廊下の中程にあった。希子は息を整えてドアチャイムを押した。反応はない。もう一度押してから、

「綾乃ちゃん、蕎麦処まんたの希子です」

と声をかけてみた。それでも部屋は静まり返っている。すると万太郎が大きな拳でドアをドンドン叩いて、

「綾乃ちゃん、万太郎も来たよ！」

大声で呼びかけた。

近所の人に怪しまれないだろうか。心配しながら耳を澄《す》ますと、ガソゴソ音が聴こえた。やがてカチャリと解錠音が鳴ってドアが微《かす》かに開き、だれかが顔を覗《のぞ》かせた。

一瞬、だれかわからなかったが、綾乃だった。ろくに寝ていないのか、髪はバサバサに散らかり、透《す》けるように白かった肌は薄汚れ、見たこともない淀《よど》んだ目でこっちを窺《うかが》っている。

「元気でやってる？」

希子は明るく問いかけた。すかさず万太郎が提げてきたバッグを突きだし、

「朝めし、持ってきたぞ」

へへっとマンタの笑みを浮かべてみせた。それでも綾乃は、どよんとした表情でいる。

「ごめんね、朝から押しかけて。珠江さんが心配してたから会いにきたの」

ちょっとだけいいかな、と希子が気遣《きづか》いながら確認すると、綾乃はしばしの逡巡《しゅんじゅん》を見せてから、どうにか部屋に入れてくれた。

陽の当たらない四畳半に流しとトイレがついただけのやけに寒い部屋には、コンビニ弁当の食べ殻《がら》や空《から》のペットボトルが散乱していた。すると万太郎は持参のバッグを開けて、

「とりあえず朝めしを食べよう、モンゴルにいた頃、お袋が得意だった朝めし〝ボールツォグ〟っていう揚げパンを作ってきたんだ」

と小麦粉の生地《きじ》をくるくる巻いて揚げたボールツォグとモンゴルバター〝ウルム〟を取りだし

た。さらに携帯ポットに入れてきた湯気の立つモンゴルのミルクティー〝スーテーツァイ〟を紙コップに注ぎ、

「さあ飲んで飲んで」

と綾乃に差しだし、自分たちのぶんも注いでから、

「トグトーヨ！」

とモンゴル語で乾杯してからひと口飲み、旨い、と相好《そうごう》を崩してみせた。

それに釣られて、ぼんやり座っていた綾乃も紙コップを手にして飲みはじめた。しめたとばかりに万太郎は、

「ボールツォグにはウルムを塗って、スーテーツァイに浸《ひた》して食うと旨いんだ」

と食べ方を説明して、大きな背中を丸めておいしそうに揚げパンも食べてみせる。その巨体に似合わぬ屈託《くったく》のない姿に安堵《あんど》したのか、綾乃もスーテーツァイに浸して口に運び、ようやく頬《ほお》を緩ませている。

そんな綾乃の様子を観察していた希子は、頃合いとみて微笑《ほほえ》みを浮かべて口を開いた。

「昨日《きのう》珠江さんから聞いたんだけど、地下アイドルってめっちゃ大変なんだってね。バイト掛持ちでライブを仕切って、衣装も自前で調達して、おまけにライブ公演のたびにグループ同士で競い合ってるなんて超人技よね」

びっくりしちゃった、と肩をすくめてみせると、綾乃はため息をつきながら、

「でも一番大変なのは、迷宮っ娘メンバーとの競い合いなんです」

と明かしてくれた。表向きは仲良し五人組を演じていても、裏に回ればメンバー同士の蹴落《けお》とし合いが酷いのだという。

「どう酷いの？」

希子が問い返すと綾乃はまた嘆息《たんそく》し、

「地下アイドルって不思議な世界で、歌や踊りが上手な娘より、未熟な娘が苦労しながら頑張ってる姿を見せたほうが熱心なファンがつきやすいんです。なのにあたしはシンガーソングライター志望だから、それなりに歌えるんですね。踊りもそこそこ頑張ってるから、五人の中では一番上手《うま》いってレッスンコーチも言ってくれるんですけど、それが逆にあたしの弱みになっちゃって」

悔しそうに目を伏せる。途端に万太郎が、

「それはおかしいよ、相撲の世界じゃあり得ない」

と目を吊《つ》り上げた。

「だからあたし、このままじゃいけないと思って、深夜バイトを掛け持ちしてる、みたいな苦労話をSNSに上げてみたんです。そしたら、ちょっとずつファンが増えはじめたんですけど、それを知ったメンバーの一人が変なことを言いふらしはじめて」

〝AYAのバイト掛け持ちとか全部嘘《うそ》。松山の実家は老舗《しにせ》の料亭でお嬢さん育ちだから、いつも山ほど仕送りをもらってる〟

〝貧乏育ちのあたしは、借りてる部屋の電気代が払えなくて止められたりしてるのに、AYAは電気もガスも使い放題〟

といった出鱈目《でたらめ》を出待ちのファンに囁《ささや》いたりSNSの動画でしゃべったりしはじめた。それを信じたファンはそのメンバーに同情して、SNSにAYAの誹謗中傷《ひぼうちゅうしょう》を書き込みはじめ、気がつけばAYAは嫌われ者になって、せっかくついたファンも奪われてしまった。

「でも本当は、電気を止められたのはあたしのほうなんです」

綾乃が電気ストーブのスイッチを入れてみせた。点《つ》かなかった。だから部屋が寒いんだ。まだまだ夜は冷えるのに、と万太郎と顔を見合わせていると、

「実家だって、あたしの両親はお店つきの借家で小さな食堂をやってるんです。なのにそのメンバーの父親って大阪の有名企業の役員だから仕送りもしっかりあって、平日はバイトどころか〝推《お》し活《かつ》〟してるファンと新宿歌舞伎町《かぶきちょう》を飲み歩いてるんだから、もう嘘だらけ」

と唇《くちびる》を嚙《か》んでいる。

「結局、真面目にやってる人ほど損する陰湿な世界ってことね」

希子はほだされた。

「許せねえな」

万太郎は吐き捨てた。その言葉に綾乃がぴくりと反応して、

「だからあたしも許せなくなって、もう地下アイドルなんか辞めようって決めて、KKプロの門倉代表に電話したんです」

「うん、辞めるべきだ。それが正解だ」

万太郎も激しく同意してみせた。ところが綾乃は、

「けど」

と言いかけて急に声を詰まらせたかと思うと、唇をぶるぶる震わせはじめ、

「けどあたし、辞められないいんです。辞めたくても辞められないいんです！」

口元を歪《ゆが》めて言い放つなり、ぽろぽろ涙をこぼしはじめた。


ひとしきり泣いたところで綾乃が手の甲で頬の涙をゆっくりと拭《ぬぐ》った。

すると万太郎が綾乃の紙コップにスーテーツァイを注ぎ足してやりながら、

「どうして地下アイドルを辞められないいんだい？」

改めてやさしく問いかけた。綾乃は紙コップを両手で包むようにして、ひと口啜《すす》ってから答えた。

「門倉代表に電話して、地下アイドル辞めますって言ったら、電話じゃなんだから会って話そう、って引き止められたんですね」

ひょっとしたら前向きな改善策を考えてくれるのかもしれない。そう期待して、かつて面接した西新宿のホテルのラウンジに出向くと、遅れて現れた赤髪赤眼鏡の門倉が、

「ちょっと上のオフィスに来てくれるか」

と言ってエレベーターに乗せられた。

四十二階で降りて四二〇一号室に促《うなが》されて入ると、新宿の街を眼下に見下ろせる広々とした部

屋に、長テーブルが置かれた会議コーナーとソファが並べられた応接コーナーがあった。その奥はベッドルームのようで、ちょっと開いているドアの隙間からダブルベッドが覗き見えた。ほかにキッチンや浴室もあるらしく、この豪勢なスイートルームがＫＫプロのオフィスなのだった。

こんな贅沢《ぜいたく》な部屋を長期契約するといくらかかるんだろう。唖然《あぜん》としながら勧《すす》められたソファに腰を下ろすと門倉が話を切りだした。

「なあＡＹＡ、いまおまえが大変なことはおれも重々承知してる。だが、綾乃が憧れてるＳＥＲＡだって同じ道を辿《たど》ってきたんだ。だからおれを信じて、いまを乗り切ればＡＹＡも人気シンガーソングライターになって、こういうスイートで暮らせるんだ。なんたって綾乃には伸びしろしかないんだからさ」

そう言って笑いかけてきたが、赤眼鏡の奥の目は笑っていなかった。その目に気づいた綾乃は、はっきり告げた。

「でもあたし、このままじゃもうやってられません」

地下アイドルで頑張っていればシンガーソングライターへの道が拓《ひら》ける、と煽《あお》られて身も心もぼろぼろになるまで頑張ってきたけれど、この状況が変わらないなら辞めるしかない。そう口にした途端、門倉が顔色を変えた。

「だったら金払え」

「え？」

「事務所に入るとき言ったはずだ。うちの事務所はおまえに大枚《たいまい》の先行投資をしてんだ。辞めるんだったら違約金を払え」

「そんなこと聞いてないです」

「とぼけたこと言うな。おれはちゃんと伝えたし、たとえ口約束だろうと契約は成立するって法律で決まってんだ」

それでも綾乃は本当に、そんな話を聞いた覚えはない。なのに門倉は、

「辞めるなら違約金を払え。払わないで逃げたら実家に請求する。おまえの個人情報は実家の住所も含めてすべてわかってんだからな」

と脅《おど》しつけるように言い放ち、とりあえずその場は解放されたものの、

「もうあたし、どうしていいか、ほんとにわからなくなっちゃって」

綾乃は再び泣きはじめた。

違約金は三百万円だという。とてもじゃないが、バイト掛け持ちでやっと生きている若い娘に支払える金額じゃない。

思いもよらぬ告白に、万太郎は両の拳を握り締めている。その目には希子が見たこともない憤《ふん》怒《ぬ》が宿っている。門倉が言い張る口約束は本当にあったのか、それは希子にはわからない。それでも綾乃は、そんなことは絶対に聞いてない、と繰り返す。

どうしたらいいんだろう。希子は途方に暮れた。ただ、ひとつだけ言えることは、ここに綾乃をいさせてはいけない。こんな電気が止められたアパートに閉じ籠っていたら、追い詰められたあげくに何をしでかすかわからないし、また門倉がとやかく言ってこないとも限らない。

じゃあどうすればいいんだ。考えるほどにますますわからなくなって希子が言葉に詰まっていると、

「綾乃ちゃん、しばらくうちにおいでよ」

突如《とつじょ》、万太郎が言いだした。

「ストーブも明かりも点かない寒い部屋にいたら体に悪いから、うちのマンションに来てあったかいコタツに入ろうよ」

そう誘いかけるなり立ち上がり、さあ、とごつい両手を綾乃に差しだした。


三十分後には綾乃を連れて築地のマンションに向かっていた。

万太郎の思いきった提案に希子は驚いたが、さらに驚いたことには、しばし無言で当惑顔《とうわくがお》でいた綾乃が、ふっと何かを吹っ切ったように万太郎が差しだした両手に縋《すが》りついてゆらりと立ち上がったのだ。

万太郎は綾乃に身の回り品をリュックに詰めさせ、丹前を羽織《はお》った肩にひょいとかけるなり綾乃のアパートを後にして、巨体を揺らしてのしのし歩きはじめた。無表情な綾乃がそれに続き、希子は綾乃を守るように後を追い、築地のマンションに帰ってきた。

「あんま片付いてないけど、自分ちだと思ってくつろいでよ」

万太郎がドアを開けて綾乃を促した。

綾乃が遠慮がちに黙礼して部屋に入ったところで、希子はキッチンに立って紅茶を淹《い》れた。お

茶菓子にチョコを添えてリビングに運んでいくと、綾乃は早くもコタツに入って猫のように背中を丸めて寝入っていた。万太郎がコタツを勧めたら倒れ込むように潜り込んで寝てしまったそうで、

「よっぽど疲れてたんだろうなあ」

と万太郎がやるせなさそうに呟《つぶや》いた。

ちょうどいいチャンスだ。希子は綾乃に聞かれないよう携帯を手に寝室に入り、珠江女将に小声で電話した。

「あら希子さん、どうだった？」

待ちかねたように綾乃のことを問われた。

「さっきアパートに行っていろいろ話したんですけど、いまはうちで寝てます」

「お宅で？」

怪訝《けげん》そうな珠江女将に希子は続けた。

「詳しくはそっちに行って話したいので、いまからいいですか？　違約金がどうとかお金がらみの話になっちゃってるんで」

「やっぱ厄介《やっかい》なことになってるんだ。だったら知り合いの弁護士に声かけとこうか」

「いえ、まだ弁護士とかの話じゃないし」

「大丈夫よ、彼はうちの常連で、気楽に相談できる人なの。とりあえず電話しとくから、すぐ来てちょうだい」

そう話はまとまり、ぐっすり寝ている綾乃は万太郎にまかせて新橋烏森に急いだ。

午後一時過ぎには準備中の札を掛けた一献屋に着いた。この時間、いつもだったらうちの店はランチタイム終盤でバタバタしているのだが、常連たちは今日何を食べたんだろう。気にかかりながら一献屋に入ると、

「早かったわね、もうじき弁護士も来るから」

と珠江女将は仕込んだばかりのモツ煮やハムカツに白飯と味噌汁を添えて出してくれた。

「え、弁護士さんも来るの？」

「そんな顔しないで、ほんとに大丈夫だから」

一緒にお昼食べながら話そ、となだめられた直後に、当の弁護士がスーツ姿で現れた。希子と同年代と思しき賢そうな男性で、

「磯村《いそむら》です、よろしくお願いします」

と勤めている浜松町《はままつちょう》の弁護士事務所の名刺を差しだされた。一献屋には司法試験の勉強に励んでいた学生時代から通っていて、苦学生支援と称して珠江女将から何度もタダ酒を振る舞ってもらっていたそうで、

「だから珠江さんに声をかけられたら、いつでも飛んできてます。旨いめしも食えるし」

と白い歯を見せて笑ってみせる。

心強い援軍を得た気分で、早速、三人揃《そろ》って箸《はし》を使いはじめたところで、まずは希子が綾乃の苦境について話した。

夢に向けて頑張る若い娘たち、といった美談で語られがちな地下アイドルだが、その実態は無給同然でこき使われ、メンバー同士の確執《かくしつ》も根深い。それに耐え切れなくなった綾乃が辞意を伝えたら、なぜか違約金を要求された。

「これじゃ心身ともに病んで当然ですよね」

希子が嘆息すると、モツ煮を口にしていた磯村が箸を置いて、

「ぼくも地下アイドルのヤバい話はいろいろ聞いてます。怪しいプロデューサーが若い娘たちから金銭を搾取《さくしゅ》したり性暴力の餌食《えじき》にしたりしてるみたいで」

と腕を組んだ。珠江女将もまた箸を止め、

「やっぱそういうのってあるのね。辞めるなら違約金払え、っていうのもなんかおかしいし」

と味噌汁を飲んでいる希子を見る。

「あたしもそう思います。だって綾乃ちゃんはそんなこと聞いた覚えがないのに、口約束したから契約は成立してる、って門倉が言い張ってるそうなんです」

これには磯村が身を乗りだした。

「でも希子さん、綾乃さんが本当に聞いてないなら大丈夫です。仮に門倉から契約不履行《ふりこう》の訴訟《そしょう》を起こされたとしても、本当に口約束したと門倉自身が証明できなければ契約はなかったことになるんですね。つまり門倉は、契約は成立していると強弁して圧力をかけてるだけなので、綾乃さんとしては〝口約束はしてません、約束したと言うなら証明してください〟と反論すればいいわけで」

「じゃあ綾乃ちゃんはすぐ辞められるのね」

　珠江女将が声を弾ませると、

「ただ、理屈ではそうなんですけど、夢を叶えたい娘は大人の圧力に弱いんですよ。プロデューサーの強弁にビビって性加害を受けてる娘も多いみたいですし」

　アイドル志願の娘が弱い立場なのをいいことに、違約金を払えないなら体で返せ、と関係を迫って性奴隷《せいどれい》化してしまうケースが後を絶たないらしい。

「結局、いつの時代も悪い男は金と女に喰《く》いつくわけね」

　珠江女将が憤慨《ふんがい》している。若い夢に付け込んだ搾取と性加害が蔓延《まんえん》する世界のおぞましさに希子もうんざりしていると、

「ねえ希子さん、やっぱ綾乃ちゃん一人で対処できる問題じゃない気がしてきたから、しばらくおたくに匿《かくま》っててくれない？」

　珠江女将の自宅に匿ってもいいのだが、綾乃のバイト先が一献屋だと門倉に知られていたら押しかけられるかもしれないし、と懸念《けねん》している。

「わかりました。そういうことなら、当面、万太郎と一緒に彼女を守ります」

　希子はこくりとうなずいて白飯の残りを頰張《ほおば》った。


　一献屋を後にしたときには午後四時を過ぎていた。珠江女将には開店準備があるのに、その後も三人であれこれ話し込んで長居してしまったのだが、

「そんなこと気にしないでよ。希子さんは臨時休業までしてくれて、磯村くんも仕事中に駆けつけてくれたんだから同じこと」

と珠江女将は肩をすくめて見送ってくれた。

烏森の路地を歩きだした希子は、ふと思い出して万太郎に電話を入れた。

「綾乃ちゃん、どうしてる？」

「まだ寝てる。けっこう疲れてたみたいだけど、寝顔がちょっと穏やかになってきたから、やっぱうちに連れてきて正解だったな」

その言葉にほっとして、

「だったらあたし、日吉《ひよし》さんの店に寄ってから帰る。いま弁護士さんにいろいろ相談してたら、日吉さんとも話したくなっちゃって」

日吉というのは、同じ烏森に店を構えるオーセンティックバー『エムズ』のマスターだ。

「わかった。いろいろ大変だったろうから軽く飲んどいで。おれは今夜、蕎麦を打とうと思ってたんだ。いつだったか綾乃ちゃんが、お蕎麦で一番好きなのは鴨南蛮《かもなんばん》なの、って言ってたの思い出したんだよな」

帰ったら三人で食べようと言う。

「ああ、それはいいね」

こういう粋《いき》な気遣いは万太郎ならではだ。嬉《うれ》しく思いながら電話を切り、いったん臨時休業中の店に立ち寄って明日の仕入れ予定を確認してから、もう一本の路地へ足を向けた。

小料理屋や鮨屋が並ぶこの路地の途中にある、蕎麦処まんたに似た古びた木造家屋。ここに日吉が一人で切り盛りしているエムズがある。もともとは虎ノ門のビストロ勤めの帰りによく寄っていたのだが、それが縁で蕎麦処まんたを開くときに相談したら、同じ木造家屋の大家を日吉が紹介してくれた。その感謝も込めて、いまも閉店後に万太郎と顔をだしては、飲食業の先輩にして人生経験豊かな日吉に何かと相談に乗ってもらっている。

和格子《わごうし》の扉を開けて薄暗い店内に入ると、今日もピアノ協奏曲が穏やかに流れていた。L字型のカウンターの中には、長髪を後ろできちっと結び、黒ベストにネクタイを締めた日吉が控えていて、希子に気づくと、

「今日はどうされました?」

開口一番、敬語で問いかけてきた。常連客にはそう問うのが日吉の流儀なのだが、まだ口開け早々でほかに客がいないこともあって、

「綾乃ちゃんが酷いトラブルに巻き込まれちゃったから、弁護士さんに相談してたの」

いつものように実の娘みたいにくだけた口調で答えて、ジントニックを注文した。

「ああ、その件なら私も聞いてます」

日吉もたまに一献屋で飲むそうで、心配してたんですよ、と表情を曇《くも》らせながらジンのボトルを冷凍庫から取りだした。氷点下でとろとろになったジンをトニックウォーターと氷とともにステアして、最後にさっとライムを搾《しぼ》って香らせてから希子に差しだし、

「その後、何か動きがあったんですか?」

と問い返してくる。希子は爽《さわ》やかな飲み口と心地《ここち》よい苦みを堪能《たんのう》しながら、

「アパートに籠ってた綾乃ちゃんを築地の自宅に連れてきて、いまも匿ってるの」

「そんな大変なことになってるんですか」

「ていうか、離れた場所で心配しててもしょうがないから、店を臨時休業して綾乃ちゃんを助けに行こう、って万太郎が言いだして」

「さすがは万太郎さんですね、正面突破に打って出たと」

「まあ結果的には、猪突猛進のおかげで綾乃ちゃんを匿えたんだけど、弁護士さんの話だと金銭搾取から性加害に発展するケースも多いらしくて」

それでなくても地下アイドルたちを喰いものにしている門倉だ。かなりのしたたか者なのは間違いないし、この先、やさしさと猪突猛進の正面突破だけでは立ち向かえない気がする。といって、ただ匿っているだけでは何の解決にもならないわけで、

「綾乃ちゃんにどう話したものか、ちょっと悩んじゃってて」

希子は嘆息してまたジントニックを口に運んだ。ところが日吉は事もなげに、

「大丈夫ですよ、万太郎さんがいれば。アパートから連れだせたこともそうですけど、こういうときは策に走るより直球勝負のほうが得てして上手くいくものですしね」

と万太郎を持ち上げる。

「そうでしょうか」

それでも不安を拭えないでいると、そのとき薄闇の店内に新たな客が入ってきて、離れた席に

腰を下ろした。その客に日吉がまた、

「今日はどうされました？」

と常套句《じょうとうく》を投げかけた。どうやら常連らしい、と耳を傾けていると、

「大好きな蕎麦屋が臨時休業だったから、腹ぺこのままこっちに来たんだよ」

と笑っている。え、と驚いて薄闇越しに目を凝《こ》らしてやっと気づいた。額《ひたい》がきれいに禿《は》げ上がった老紳士、いつも蕎麦を手繰りにくる楠木先生だった。

先生と呼ばれているのは、どこかの大学の名誉教授だからと言う人もいるが、本人は何も語らないから本当のところはわからない。

「今日は申し訳ありませんでした、ちょっと事情があったものですから」

明日は営業します、と希子が謝ると、

「ああ、やはり何かあったんだね」

楠木先生は小さくうなずいて日吉にマティーニを注文した。すかさず日吉はカクテルグラスに氷を入れて冷やしながら、

「せっかくですから、綾乃さんの件、楠木先生にも相談されてはどうです？」

と希子に言った。

楠木先生の誠実な人柄は希子もわかっている。日吉が勧めるなら、と臨時休業の弁明も兼ねて事情を伝えると、楠木先生は日吉が二種類のジンとベルモットを合わせて作った特製マティーニを味わいながら、

「ここは万太郎くんの意向に従えばいいんじゃないかな」

さらりと言ってくれた。奇《く》しくも日吉と同じ意見だったことから思わず、どうしてです？ と希子が問い返すと、

「それはまあ、万太郎くんほどモンゴル人らしい男はいないからね」

急にモンゴル人の話になった。希子が首をかしげていると楠木先生は言葉を繋ぐ。

「そもそもモンゴル人は温厚な性格で、だれにでもやさしい気質があるんだよね。街角で困ってる人がいれば、赤の他人であっても身内のような気安さで親身に助けるのが当たり前だし、店を休んでまで助けようとしてるのも、そんな彼の気質ゆえだと思ってね」

言われてみればそれが万太郎らしさだ。

「ただ一方で、モンゴル人は自分の感情に正直だから、自分がやりたいようにやるのが当たり前でね。しかも正義感が強いから、ひとたび怒らせたら怖い。万太郎くんも、そうしたモンゴル魂を秘めてるだろうから、元力士の立派な体格とも相まって、いざとなったら、いたいけな娘さんにとって彼ほど頼りがいのある漢《おとこ》はいないと思うんだ。その意味で、あとは希子さんがどこまで彼を信じてフォローするか、だろうねえ」

楠木先生は思わせぶりにそれだけ言うと、再びマティーニを口に運んだ。

陽が暮れはじめた頃合いに築地に帰ってくると、万太郎はキッチンで鴨南蛮を作っていた。新橋から電話しておいたことから、

「おかえり」

と笑みを浮かべ、打ち上げたばかりの蕎麦を鍋の湯にほぐし入れている。

鴨肉は、いつも店で仕入れている築地場外の肉屋までひとっ走りして買ってきたそうだが、

「でも今日は、綾乃ちゃんのために店で使うやつとは違う鴨肉を奮発したんだ」

と嬉しそうに言って、もうじき出来上がるからあっちで綾乃ちゃんと待ってて、と促す。

そう言われてリビングに行くと、綾乃はコタツに入って歌を口ずさんでいた。

「あらそれ、いい歌ね」

だれの歌？　と尋《たず》ねると、

「あ、あたしの歌です」

恥ずかしそうに答えた。地下アイドルになる前に作ったオリジナル曲だという。

その言葉にほっとした。ゆっくり寝たことで、ようやく自作の歌を口ずさむ余裕が出てきたんだろう、と胸を撫《な》で下ろしていると、

「でも最近は全然作れてなくて」

綾乃は口元を歪める。松山から上京した当初は夢に向けて毎日のように新曲を作っていたのに、気がついたら曲作りの時間も余裕もなくなっていたという。

「大丈夫。いまは大変なときだけど、諦《あきら》めないで頑張ってれば、きっとまた新曲を作って歌えるようになる」

もうしばらくの辛抱よ、と希子が励ましているところに、

「よーし、食うぞ」

万太郎が大きなお盆で鴨南蛮を運んできて、コタツに配膳してくれた。

湯気が立ち上る汁蕎麦の上に、ローストして厚めに切った鴨肉と、こんがり焦《こ》げ目をつけたぶつ切りの葱《ねぎ》が美しく盛りつけられている。

揚げパンのほかは何も食べずに寝続けていた綾乃には大盛り一人前。昼食が遅かった希子には軽めの一人前。万太郎自身には力士時代よりは少なめながら大盛り二人前。三人三様の腹具合に合わせた量に調節してある。

「いただきます」

それぞれに手を合わせて食べはじめるなり、

「おいしい！」

綾乃が声を上げた。最近はほとんど蕎麦を食べてなかったそうだが、

「手打ちの十割蕎麦って、しこしこしてて香りがいいし、蕎麦つゆがしみた鴨も旨みたっぷりでおいしすぎる！」

と目を見開いている。待ってましたとばかりに万太郎が、

「この鴨南蛮には、マグレ・ド・カナールっていう鴨ロースを使ったんだよな」

と得意げに説明した。

「あら、マジで奮発したんだね」

今度は希子が声を上げた。マグレ・ド・カナールはフォアグラの採取用に育てられた鴨から採

れる貴重な肉で、脂肪が少なくやわらかい上に、ほのかにフォアグラの香りがすると言われている。高級フレンチの店とかではよく使われているが、鴨南蛮に使うとは思わなかった。

「おれも初めてだったから、正直、うちの蕎麦つゆに合うか心配だったんだけど、思った以上に合うからびっくりしちゃってさ。これ、店の鴨南蛮にも使いたいなあ」

万太郎も一切れ口にして目を細めている。

「まあ原価的に簡単には使えないけど、いつか使える店になりたいね」

希子も蕎麦を啜りながら共感し、

「これだから料理って楽しいんだよね」

と綾乃と目を合わせて微笑み合っていると、そういえば、と万太郎が唐突《とうとつ》に話を変えた。

「実はさっき、門倉から綾乃ちゃんに電話が入ったんだ」

希子から電話があった直後のことだという。

「ええっ、急に何言ってきたの？」

和《なご》やかな気分がいっぺんに吹き飛んだ。

「綾乃ちゃんが電話をシカトしたら留守電が入ってたんだけど、明日の昼、また西新宿のホテルに来いって」

「んもうヤバいじゃん、早く言ってよ」

希子が箸を置いて苛立《いらだ》っていると、

「でも、おいしいものを食べてからゆっくり話したほうがいいと思って」

「それどころじゃないでしょう」

綾乃に余裕が出てきたと喜んでいたのに、どうするつもりよ、と詰め寄ると、

「明日、綾乃ちゃんと一緒にホテルへ行く」

万太郎がしれっと言う。

「けど明日は店を休めないよ。さっき楠木先生に会ったときも、明日は営業しますって言っちゃったし」

「そんなこと言われても、門倉がいるスイートルームには、でっかいベッドもあるんだぞ。おれが一緒に行かなかったら綾乃ちゃんが何されるかわかんないだろう」

「てことは何か作戦でもあるわけ？」

「それは現場に行ってから考える」

「そんな場当たり的な考えでどうすんのよ。ここが勝負どころなんだから、ちゃんと作戦を練っていかなきゃ」

「いや、こういうときは作戦とかより一緒に現場に行くことが大事なんだ。店のほうは何とかするから、とにかくおれは綾乃ちゃんについていく」

意地になって勢い込んでいる。これも楠木先生に言わせれば、泰然と生きるモンゴル人ならではの大らかな気質ゆえなのかもしれないが、希子は困惑《こんわく》した。綾乃のことも店のことも含めて、どうしたらいいのか。

思わず考え込んでいると、しばらく黙っていた綾乃がおもむろに口を開いた。

「あたし、明日は一人で行きます。これ以上、お二人に迷惑かけたくないし、いまあたしが立ち向かわなかったら、あたしの人生、終わっちゃうし」

その言葉に希子は慌てた。

「ちょ、ちょっと待って。明日の昼っていうのは門倉側の勝手な都合なんだから、うちの店のことは別にして、日を改めてきちんと作戦を立ててから行かないと危険だと思う」

ここは冷静に考えたほうがいい、と諭《さと》していると、しびれを切らしたように万太郎が、

「とにかく綾乃ちゃんもその気になってんだから、やっぱ明日勝負をかけるべきだ。正面からぶつかれば何とかなるもんだし、そんなに作戦作戦言うなら、おれにも考えがある」

と言い放つなり携帯を手にしてどこかに電話しはじめた。


翌朝、希子は朝食もそこそこに築地のマンションを後にした。

昨夜は結局、綾乃と万太郎の勢いに押されてしまった。日吉と楠木先生の助言が頭をよぎったこともあり、万太郎がとっさに思いついた作戦に従って希子も綾乃に同行しようと決めた。ただ、綾乃の体調を考慮して午前中は万太郎とマンションで待機してもらい、まずは希子が一人で烏森の店に行くことにした。

「いろいろと面倒をかけてすみません、よろしくお願いします」

綾乃からは出掛けに頭を下げられたが、こうなったら腹を括《くく》るしかない。

今日も慌ただしい一日になりそうだ。頑張らなきゃ、と自分を励ましながら烏森に辿り着く

と、店の前に希子の父親が立っていた。

「ごめんね、急なお願いで」

希子が恐縮して謝ると、

「いやいや、おれで役に立てるんならお安い御用だ」

父親は、はっはっはと笑った。

今日一日、父親は万太郎に代わって蕎麦を打ってくれる。ゆうべあれから万太郎が電話して事情を話したところ、急遽《きゆうきよ》、両国の店は跡継ぎの兄にまかせて来てくれたのだった。正直、希子としては申し訳ない気持ちでいっぱいだったが、いざ会ってみると父親は娘婿《むすめむこ》の代打ちが嬉しいらしく、

「今日は烏森の常連さんに両国の味を満喫してもらうぞ」

と張り切っている。そんな父親にほっとしながら鍵を開けて店内に入った途端、

「おはよう！」

背後から声をかけられた。珠江女将だった。彼女にもゆうべ万太郎が電話したら、

「綾乃のためにそこまでやってくれるなんて、ありがとね」

と恐縮して一献屋を臨時休業にして駆けつけてくれた。

夜にはバイトの琢磨も来てくれるし、これでどうにか店を回せる、と安心したところに、なんとスーツ姿の磯村まで現れた。

希子が驚いていると珠江女将が、

「彼もホテルに行ってもらえば、何かのときに裁判並みの弁舌で闘ってくれるでしょ」

と電話してくれたのだそうだ。これまた急な話にもかかわらず、磯村も多忙な中、

「どうせならお店の準備も手伝おうと思って」

と朝からやってきてくれて、昼近くになったら希子と一緒に西新宿のホテルへ行ってくれるというから心強い。

こうして気がつけばみんなが万太郎の猪突猛進ペースに巻き込まれ、瞬《また》く間に段取りが整ってしまった。店の営業にも支障がなくなったところで、希子は改めて三人に、

「みなさん、お忙しいところ本当にありがとうございます。今日はマンタともども力を合わせて正面突破しましょう」

と改めて意気込みを伝えると、珠江女将がふと思いついたように、

「こうなったら性加害を未然に防ぐためにも、警察にも同行してもらわない？　そのほうがより正面突破しやすいし」

と提案してくれた。ところが磯村が、

「残念ながらそれは無理ですね、警察は犯罪が発生しないと動きませんから。ただ、あれからいろいろ調べたんですけど、門倉に性加害を受けた地下アイドルがいることは間違いなさそうなので、もしその現場を押さえられれば警察も動かせます」

と弁護士らしく意見してくれた。ちょっと残念ではあったが、それからは四人で開店準備を進め、途中、希子と磯村は予定通り西新宿のホテル近くのカフェへ移動した。

すでに万太郎と綾乃は到着していた。早速、二人に磯村を紹介すると、

「お忙しいところ、ありがとうございます」

綾乃が深々とお辞儀をした。丹前姿の万太郎もぺこりと挨拶《あいさつ》すると、初めてその巨体を見た磯村は、

「いやあ、ペリー来航さながらですね」

と目を見張った。ペリー来航？　とみんながきょとんとしていると、

「幕末の横浜《よこはま》にペリーが再来航したときに盛大な宴が催《もよお》されたんですけど、そのとき幕府は巨漢力士を三十数人も引き連れていってペリーに親善試合を提案したらしいんです」

その際、相撲が初めての米兵にはハンディを与えて力士一人対米兵三人で闘ったところ、結果は力士側が圧勝。日本を舐《な》めていたペリーを威圧した、と記録に残されているという。

「力士でペリーを威圧する作戦なんて、と笑う人もいますけど、この手のオーラを漂わせることって意外と大切で、何かのときにその場を制圧しやすいんですよ。その意味でも万太郎さんの存在は貴重だと思います」

そう言って磯村は万太郎に握手を求めた。

この逸話《いつわ》のおかげで緊張していた綾乃も肝《きも》が据《す》わったのか、自分から磯村に握手を求めた。すると磯村はポケットから何やら書類を取りだし、

「ちなみに、綾乃さんとは門倉と会う前に代理人契約を結んでおいたほうが、ぼくが介入しやすいと思うんですが、いかがでしょう。ふつう代理人契約には報酬が発生しますが、ぼくは珠江女

将の苦学生支援のおかげでいまがあるんですね。ですから今回は、苦境シンガー支援ということで、この契約には報酬なし、という一項を追加しました」

磯村がそう説明して契約書を差しだすと、綾乃はひと通り目を通し、迷うことなくサインした。

準備が整ったところで磯村も交えて段取りを確認し合い、いよいよホテルのロビーに足を踏み入れた。

外国人観光客たちが丁髷を結った万太郎に気づいて、スモー、スモー、と騒いでいる。こういう場面には慣れっこの万太郎が、おどけて四股を踏む真似《まね》をして喜ばせている。

これも綾乃をリラックスさせるための機転なのだろう、と察しながら希子がフロントに向かって歩いていくと、磯村が介添《かいぞ》え人のごとくついてきた。そのまま希子はフロントの男性スタッフの前に進み、

「すみません、フロントの責任者の方にお願いがありまして」

と自己紹介すると、傍らの磯村はポケットから弁護士バッジを取りだし、

「弁護士の磯村と申します」

と男性スタッフに見せた。それが効いてか、すぐに真壁《まかべ》と記された名札をつけたフロント主任の中年女性がやってきて、ほかの客の邪魔にならないフロントの隅に連れていかれた。

希子は早速、真壁主任に綾乃を紹介し、四二〇一号室の門倉と揉《も》めていて、いまから綾乃一人

で交渉しに行く、と事情を話し、

「ただ、門倉には性加害疑惑があるので、万一の場合、部屋を解錠して綾乃さんを救出させていただけないでしょうか」

とお願いした。ところが真壁主任は、

「申し訳ございません、お客様のプライバシーもあり、一方的に犯罪者扱いするわけにはまいりません」

あっさり断ってきた。すかさず磯村が、

「綾乃さんの代理人として、不当な扱いを受けている彼女を救いたいんです」

と代理人契約書を見せたものの、それでも真壁主任は態度を変えない。のっけから立ちはだかった壁に難儀していると、

「真壁さん！」

万太郎の野太い声が飛んできた。

真壁主任が、え、と目をやると万太郎はずんずん歩み寄り、不意に巨体を揺らして腰から砕け落ちるように床に跪《ひざまず》き、

「綾乃ちゃんはシンガーソングライターを夢見て上京して、バイトを掛け持ちしながら夜も寝ずに頑張ってたんです！　なのに、そんな彼女の人生が滅茶苦茶《めちゃくちゃ》にされそうなんです！　どうか、お願いします！」

と懇願《こんがん》するなりバッと両手を突いて土下座を決めた。

希子も磯村も仰天《ぎょうてん》したが、それでも万太郎は、お願いします！　お願いします！　と連呼し続ける。その異様な光景に通りがかりの客たちが何事かと足を止め、ほかのホテルスタッフも飛んできて万太郎を諫《いさ》めにかかる。

そのとき突如、

「ちょっと待って」

真壁主任がスタッフを制止し、平伏《ひれふ》している万太郎の傍らに静かに跪いて穏やかな口調で告げた。

「それでは、こうさせていただけませんか。仮に現場で異変が生じた場合は、私がその場で判断させていただく。これでよろしければ私が随行させていただきます」


真壁主任に導かれて四人でエレベーターに乗り込み、高層階に上がった。

スイートルームがある四十二階で降りると、こちらへ、と真壁主任がエレベーターホールの近くにあるスタッフルームのドアを開けた。客室用のアメニティや掃除用具などが収納してある部屋に全員で入り、すぐに綾乃が携帯を取りだして電話をかけた。

希子の携帯が振動した。希子は自分のワイヤレスイヤホンを片耳だけ装着し、もう片方は真壁主任に着けてもらってから電話を受けた。もしもし、と綾乃が呟いた。希子の片耳にその声が届いた。真壁主任も、届いた、とばかりに小さくうなずく。

万太郎が綾乃の肩をぽんと叩き、

「思いきり叫べよ」

と耳元に囁きかけた。綾乃は神妙にうなずいてから、希子と繋がったままの携帯を伸縮ベルトで胸元に固定し、上着で隠してから緊張した面持《おもも》ちで廊下に出ていった。

希子の片耳に微かな衣擦《きぬず》れの音が聴こえる。綾乃が廊下を歩いている証拠だ。このまま綾乃の音を拾い続けられるよう祈っていると、

〝四二〇一号室に着きました〝

綾乃が小声で報告してきた。

〝もう話さないで〝

希子は釘《くぎ》を刺して通話の録音を開始した。

ひと呼吸おいてドアチャイムの音が聴こえ、

〝おう、待ってたぞ〝

男の声がした。門倉のようだ。ちゃんと聴こえる。真壁主任も聴き耳を立て、万太郎と磯村は固唾《かたず》を呑んで見守っている。

しばし無音状態が続いた。二人とも部屋に入ったようだ、と判断し、真壁主任に導かれて全員が足音を忍ばせて四二〇一号室の前へ向かった。真壁主任はいつでもドアを解錠できるようマスターカードキーを手にしている。

〝なあＡＹＡ、さっきルームサービスにシャンパンを持ってこさせたんだ。せっかくだから乾杯しようじゃないか〝

再び門倉の声がした。すると綾乃が、

〝それより違約金の件ですけど、あたし、口約束なんかしてません〟

いきなり本題を切りだした。

〝なんだ、のっけから。契約のことは一年前にちゃんと話したろうが〟

〝いえ、そんな話は聞いてないです。口約束したと言うなら証明してください〟

磯村のアドバイス通りの返しだった。

〝証明だと？〟

〝証明できなければ契約は無効です〟

途端に門倉はケッと吐き捨て、

〝知ったような口利《き》くんじゃねえ。おれはちゃんと話したし契約は法的に成立してる〟

〝ですから、そう言うなら証明してください〟

〝ったく、まだわかんねえか。金が払えねえなら、もうちょい仲良くしてくれたら考え直してもいいと思ってんだがな〟

〝どういうことでしょう〟

〝こっちでゆっくり話そうって言ってんだ〟

〝ベッドルームで？〟

希子と真壁主任の耳に届くよう、あえて綾乃は問い返したに違いない。

〝ぐだぐだ言ってねえで、こっちにこい。いますぐ違約金三百万払うか、おれと仲良くするか、どっちかしかねえんだ。悪いようにはしねえから、シャンパン開けて愉《たの》しもうじゃねえか〟

ふっふっふと笑っている。

〝嫌です。こんなの絶対嫌だから、あたし、帰ります！〟

〝なんだその言い草は、せっかく拾ってやったのに〟

〝やめてください！〟

唐突に二人が揉み合う音が聴こえて、どすんとベッドに押し倒されたような音がして、

〝嫌ーっ！〟

綾乃の絶叫《ぜっきょう》が響いた。

間髪《かんはつ》を容《い》れず真壁主任がマスターカードキーでドアを解錠し、U字ロックと呼ばれるドアガードを巧《たく》みに外してドアを開けた。待ちかねたとばかりに万太郎がスイートルームに突入し、どすどすどすとベッドルームに踏み込んだ。

磯村と希子も後に続くと、綾乃と揉み合っている門倉に万太郎が摑みかかった。突然の襲来に仰天しつつも門倉は丁髷を引っ張って抵抗したが、万太郎は丸太の両腕でぐいと門倉を綾乃から引き剝《は》がし、うっちゃりのごとく力まかせに投げ飛ばした。すかさず希子が、

「一一〇番して！」

と叫んだときには、すでに真壁主任が呼んだホテルスタッフが業務用携帯で警察に部屋番号を告げていた。

新橋烏森に戻ってきたのは夕暮れどきだった。あれからホテルに駆けつけた警察官が門倉を不同意わいせつ未遂《みすい》容疑で逮捕し、その場で希子たち全員が事情聴取を受けた。

希子は携帯で録音した門倉と綾乃の会話を警察官に聞かせ、綾乃は門倉と揉み合った際に腰を打ったと訴えた。それを受けて事情聴取後に綾乃を病院に連れていったところ、幸《さいわ》いにも診断は軽い打撲《だぼく》。骨に異常はなかったため、みんなで蕎麦処まんたで夕飯を食べよう、と烏森に戻ってきたのだった。

時計は午後五時を回っている。ちゃんと夜営業できてるだろうか。心配しながら烏森神社を横目に路地を歩いていくと、蕎麦処まんたに灯りが点《とも》っている。

「おお、やってるやってる」

万太郎がにっこり微笑み、希子がそっと引き戸を開けると、

「あらおかえり」

天ぷら蕎麦を配膳している珠江女将に声をかけられた。父親も厨房でせっせと蕎麦を茹でている。

店内はすでに満席で、どうやら昨日の臨時休業で待ちかねていた常連客が押しかけたらしく、カウンターの奥には楠木先生もいる。そんな大繁盛《だいはんじょう》の中、父親と珠江女将はバイトの琢磨とともに余裕で店を切り回している。

さすがは飲食仕事の大ベテラン同士だ。ほっとしながら希子が、

「ありがとう。こっちは無事に解決したけど、大変だったでしょう」

珠江女将に礼を言うと、

「あたしたちは大丈夫だけど、見ての通り満席だから、あたしの店に行って一杯やってて」

と一献屋の鍵を渡された。酒はもちろん冷蔵庫に入っている作り置きの料理や食材も好きなだけ食べていいという。すると父親も、これも持ってけ、と自分で打った生蕎麦をどっさり袋に入れて持たせてくれた。

二人の心遣いに感謝しつつ一献屋に移動して、コの字カウンターに万太郎、希子、磯村が横並びで腰を下ろした。綾乃だけは勝手知ったるコの字の中に立ってビールや焼酎《しょうちゅう》を注いだり、作り置きの料理を皿に盛ったり、あり合わせの食材を調理したりしている。

「綾乃ちゃん、そんなに働かなくていいよ、腰打ったんだし」

万太郎が気遣って止めたものの、

「大丈夫です、こんなに楽しく働くのは久しぶりだから」

と綾乃は笑顔を咲かせた。すると黙ってビールを飲んでいた磯村が、

「だけど真壁主任って大人な女性でしたねえ」

と今回の逮捕劇のもう一人の立役者を振り返った。万太郎が土下座したときといい、綾乃の悲鳴を聴くなり解錠してスタッフに一一〇番させた手際といい、フロント主任の鑑《かがみ》のような人だった、と嚙み締めている。これには綾乃も磯村にビールを注ぎ足しながら、

「あたしも真壁主任には感謝しかなかったので最後にお礼を言ったら、私にもあなたと同じ年頃の娘がいるから他人事《ひとごと》じゃなかったのよ、って言ってました」

素敵なお母さんですよね、と感じ入っている。その言葉を受けて希子は磯村に向き直り、

「あたしは磯村さんにも感謝しかないです。本当にありがとうございました」

酎《ちゆう》ハイのグラスを掲《かか》げて礼を伝えてから、

「あと手前味噌だけど、万太郎も褒《ほ》めたげる」

と言い添えて照れ笑いした。

門倉と揉めて閉じ籠っていた綾乃を自宅に匿い、門倉からの電話に対して希子の父親と珠江女将の協力を取りつけ、さらには現場の状況を携帯で聴くアイディアまで思いついて、最後は元力士の力技で綾乃を救った。

「あたしは一歳上の姉《あね》さん女房ってやつだから反発ばっかしてたけど、楠木先生が言ってたモンゴル人ならではのやさしさで猪突猛進して正面突破した万太郎に、正直、惚れ直しちゃいました」

酔いにまかせて惚気《のろけ》てみせると、すかさず綾乃が言葉を重ねる。

「万太郎さんだけじゃないです。希子さんがいたから万太郎さんも大胆に動けたんだと思うし、珠江女将も磯村さんも希子さんのお父さんもそう。シンガーソングライターを目指してたのに地下アイドルに走ってしまったあたしのために、みんなもう本当に、本当に」

声を詰まらせて涙ぐんでいる。

コの字カウンターが沈黙に包まれた。涙に暮れている綾乃を前に、三人が三人ともそれぞれの感慨に浸っている。その沈黙を破るように万太郎が静かに顔を上げ、

「綾乃ちゃん、だれだってそういうことはあるよ。おれだって昔、力士のくせに地下プロレスなんてやつに走っちまったことがあるし」

と苦笑いした。

「そんなことやってたの?」

思わず希子は声を上げげた。

眞山部屋に入門して四年後のことだという。

十七歳で初来日し、右も左もわからない日本の角界で精進《しょうじん》し続けた万太郎は、幕下ながらめきめき頭角を現した。その結果、いよいよ大銀杏《おおいちょう》と呼ばれる立派な髷を結える幕内力士、関取に昇進か、という大事な時期に突如、モンゴルに残してきた母親が病に倒れた。

母一人子一人で育った万太郎はすぐに帰国したかったが、幕下力士はまだ無給。親方に相談する手もなくはなかったが、ほかにも多くの幕下力士を抱えている人だけに躊躇《ためら》われた。母親もまた、いまは大切な時期だし旅費も大変だろうから帰らなくていい、と伝えてきたが、それでも居ても立ってても居られない。

そんなとき力士仲間から地下プロレスに誘われた。手っ取り早く金を稼げて勝負勘も鍛《きた》えられる。力士の副業に打ってつけだと甘言《かんげん》を囁かれて話に乗ってしまった。

ところが、いざ地下プロレスの入門オーディションに参加してみると、その実態は一部の金持ちが地下レスラーに大金を賭《か》け、死闘を繰り広げさせるギャンブル格闘技だった。そこにはルールもモラルもない。エンタメ格闘技たるプロレスとは似て非なる何でもありの殺伐《さつばつ》とした修羅場《しゅらば》ショーで、その出演がきっかけで反社《はんしゃ》に呑み込まれた力士も少なくないという。

そんな裏社会への入口とも言うべき入門オーディションのリングでも、万太郎の強さは抜きん出ていたが、そのたった一度の闘いで相手レスラーの卑劣《ひれつ》な荒技を喰らって膝《ひざ》を壊してしまった。そればかりか時を同じくしてモンゴルの知人から母親の急死が伝えられた。

以来、番付はみるみる下落した。膝の怪我《けが》を克服して成功に至る力士もいなくはないが、母親の他界で受けた衝撃は大きすぎた。

おれの気の迷いで母親の期待を裏切り、それが母親の死期を早めた。そう振り返るほどに膝の故障に加えて心の傷も深まるばかりで、気がつけば関取昇進どころか万年幕下に甘んじる立場に追いやられ、いつしかちゃんこ長が主な仕事になっていた。

おれは何のために生きてるんだろう。おれはこれからどう生きていけばいいんだろう。先行きの見えない葛藤《かっとう》を抱えた万太郎は生きる希望すら失いかけていた。

そんなある日、一筋の光が射した。部屋の力士激励会で希子と出会ったのだ。

「もしあのとき希子に出会わなかったら、おれは挫折《ざせつ》から立ち直れないまま終わってたかもしれない。手打ち蕎麦の修業に入ることも、結婚して店を持つこともなかったかもしれない。だからおれ、綾乃ちゃんを放っておけなかったんだ。人生に挫折しかけてた綾乃ちゃんは、あのときのおれと同じだと思ったから」

翌朝一番、作務衣姿で蕎麦打ち場に入った万太郎は、蕎麦の実を手回しの石臼《いしうす》で挽きはじめた。熱を与えないよう力自慢の右手でずりずりずりとゆっくり石臼を回して挽き終えたら、篩《ふるい》にかけて蕎麦粉《こ》に整える。

仕上げた蕎麦粉を捏《こ》ね鉢《ばち》に入れ、天然水を二度に分けて回し入れ、大きな両手の指を広げて粉をほぐしながら水分を含ませていく。そぼろ状に固まってきたら捏ねはじめ、粘土状になったらぐいぐい捏ねて〝菊練《きくね》り〟という手法で生地を内側に内側に練り込んでいく。

しっとり滑《なめ》らかな蕎麦玉にまとめたら円錐《えんすい》の形にする〝へそ出し〟をして、しばし休ませたら上から圧《お》し潰《つぶ》して丸く広げる。ここからは延し棒で、さらに生地を丁寧《ていねい》に延していく。猫の手のように軽く握った両手にほどよく体重をかけ、補助の延し棒も使いながら縦に横に延し続け、薄さ一・二ミリほどの四角い生地に広げたら、打ち粉《うこ》をしてパタパタパタと折りたたむ。

ここからの万太郎を見るのが希子は一番好きだ。折りたたんだ生地に〝小間板《こまいた》〟という定規《じょうぎ》のような役目をする道具をあてがった万太郎は、刃先が一直線の蕎麦切り包丁を手にして、昨日、門倉を投げ飛ばした豪快さとは真逆の繊細《せんさい》な手捌《てさば》きでタンタンタンと小気味よく蕎麦を細切りにしていく。

この豪快と繊細の共存こそが万太郎の男っぷりだ。希子もそこに惚れたのだが、ゆうべ万太郎が告白した母親の入院に動転して地下プロレスで相撲人生を棒に振ったエピソードは、その共存が悪いほうに働いた不幸だった。

それでもあえて万太郎が黒歴史を告白したのは綾乃へのエールであり、一昨日《おととい》の朝に〝お袋が得意だった朝めし〟という揚げパンのボールツォグを初めて作ってみせたのも、その告白の前段だったのかもしれない。

それで思い出したのだが、かつて希子が、万太郎と結婚します、と父親に告げたとき、

〝負けを知ってるやつこそが一番強いんだ〟

と言われたものだった。父親が万太郎の黒歴史まで知っていたかどうかはわからないが、たとえ道を踏み外しても怯《ひる》むことなくやり直せばいい、という父親の思いも、そのまま綾乃に伝えたくなる。

ただ、やり直し方はひとつじゃない。その意味で、ゆうべ再び築地のマンションに戻って三人でコタツを囲んでお茶しているとき、

「あたし、もうシンガーソングライターの夢は諦めます」

と綾乃に言いだされたのには慌てた。

「ええっ、それはもったいないよ、せっかく地下アイドルを辞められたのに」

ゆうべ口ずさんでた綾乃ちゃんのオリジナル曲も素敵だったし、早まらないで、と希子が押し留めると、

「でもあたし、やっとわかったんです。昔から歌が上手って言われてきたけど、それって結局、

素人《しろうと》にしては、とか、地下アイドルにしては、とか、但《ただ》し書《が》きつきの褒め言葉だったんだって」

「それは違うと思うけど、じゃあ、これからどうするつもり？」

「まだわからないけど、料理の道もありかもって思って」

今回、万太郎が作ってくれた亡き母親の揚げパンと特製の鴨南蛮には荒《すさ》んでいた心が癒《いや》された。料理にも歌に負けないぐらい心を癒す力があるんだ、と感じ入ったのだという。

「だけどあなたはまだ二十一歳でしょ。料理好きなのもわかるけど、ここで歌を諦めちゃうのはやっぱもったいないよ」

「でもあたしは」

言いかけた言葉を遮《さえぎ》るように万太郎が口を挟《はさ》んできた。

「だったら綾乃ちゃん、こういうのはどうかな。料理は当面、一献屋で頑張るとして、それとは別に月に一回、うちの店の定休日に弾き語りライブをやらないかな。しばらく準備期間をあげるから、綾乃ちゃんの新曲を毎回一曲ずつ発表するっていう条件で」

「ああ、それはいいね。うちの常連さんはもちろん一献屋やエムズの常連さんにも声をかければお客さんは集まると思うし。新橋って音楽やメディア関係の業界人も多いから、オリジナル曲の出来しだいでは注目されるかも」

と希子が膝を乗りだすと、万太郎もまた、

「そうそう、そういうチャンスがきっと転がり込んでくる。おれは力士として致命的な膝を壊したから蕎麦打ちで出直したけど、若い綾乃ちゃんはまだまだこれからだ。料理もやりたいならあと四、五年は歌と料理の二刀流で頑張って、それからどっちかに絞っても全然間に合うと思うんだ。だからここで歌を諦めちゃダメだ。いま諦めたら、それこそ門倉みたいなやつに負けたことになっちゃうしね」

と言い聞かせると、万太郎はコタツから出て膝立ちで綾乃ににじり寄るなり、頑張れよ、と太い両腕を広げてやさしくハグした。

そんな二人を見ながら、ちょっと妬けはしたものの、希子はいつになく万太郎が誇らしかった。この人と結婚してよかった、とうるっときたものだった。

けさのネットニュースで〝門倉は有名アーティストを育てたと騙《かた》って、芸能界を志《こころざ》す若い女性で金儲けしながら性加害を続けていた〟と暴かれていた。SERAとのツーショット写真はファンミーティングに紛《まぎ》れ込んで撮ったものらしい、とも書かれているのを読んで、もし万太郎の猪突猛進、正面突破がなかったら、と改めて希子はぞっとした。

いずれにしても、父親と珠江女将の助け舟のおかげもあって今日も無事に店を開けられる。そのルーティンが戻ってきたことに心から感謝しつつ、希子は白い三角巾を頭に巻いて朝一番の仕事、厚削りの鰹節《かつおぶし》、鯖節《さばぶし》に昆布《こんぶ》を加えて出汁を引いた。

これに〝本返し〟と呼ばれる濃口醬油《こいくちしょうゆ》と味醂《みりん》とザラメを煮切って二週間ほど寝かせたタレと合わせて蕎麦つゆを仕上げたら、続いて天ぷらの仕込み。これが終わったら蕎麦前用の酢の物を作ったり、合鴨《あいがも》や出汁巻玉子を焼いたりと、まだまだやることはたくさんある。

よし、あたしも頑張るぞ、と自分に気合いを入れ直してふと蕎麦打ち場に目をやると、やだ、万太郎がいない。

「んもう、どこ行っちゃったのよ！」

希子は一転、カリカリしながら万太郎を捜しに店を飛びだした。

第二話

三《さん》立《た》て

厨房《ちゅうぼう》に置かれた業務用の茹《ゆ》で釜《がま》は、直径七十センチある。そこに四十リットルの水をぐらぐらに沸かし、万太郎が打ってくれた蕎麦《そば》をささっとほぐしながら湯面全体にばらけるように入れる。

量は多くても五人前まで。釜の中の蕎麦がぐるぐる対流することおよそ一分。ここぞと見極めたら大きな揚《あ》げ笊《ざる》で一気にすくい上げる。すかさず手桶《ておけ》で面水《つらみず》と呼ばれる冷水をバシャバシャッとかけ急激に冷やして蕎麦のコシを立たせたら、洗い桶の水に浸《つ》け、切れやすい十割《じゅうわり》蕎麦が切れないよう慎重かつ手早く洗う。

ぬめりが取れたら再び揚げ笊ですくい、最後に化粧水《けしょうみず》と呼ばれる冷水をザバザバッとかけてチャッチャと水気を切ったら、一人前ずつせいろに盛りつけていく。

この間、せいぜい三分。のそのそやっていたら、せっかくの香りもコシも台無しになる。それでなくても七月は夏の新蕎麦〝夏新《なつしん》〟の季節だ。濃厚な味わいの〝秋新《あきしん》〟に比べて淡《あわ》い香りの清涼感が持ち味の夏新は、茹で加減と手際の良《よ》し悪《あ》しで味が左右される。てきぱき盛りつけたら間髪《かんはつ》を容《い》れず蕎麦つゆや薬味とともに客のもとへ運び、

「お待ちどおさま」

笑顔を向けて配膳する。

待ちかまえていた客が割《わ》り箸《ばし》を手にして、つやつやの蕎麦をちょいと手繰《たぐ》り、まずは蕎麦だけでズズッと啜《すす》る。最初から蕎麦つゆをつける派の客は、手繰った蕎麦の先にだけちょいとつゆをつけてズズズズッと啜り込み、両派それぞれ、鼻腔《びこう》に抜ける爽《さわ》やかな香りとコシを味わってい

る。

この瞬間の蕎麦っ食いたちの満足顔が希子は大好きだ。旨《うま》い蕎麦の条件は昔から、挽《ひ》き立《た》て、打ち立て、茹で立ての〝三立《さんた》て〟と言われている。それを守るために万太郎が蕎麦打ちにかかりきりのときは、白い三角巾《さんかくきん》姿の希子が釜前に立って茹で立てを提供していることもあり、三立ての夏新に目を細める客を見るたびに悦《よろこ》びが湧《わ》き上がる。

これでも蕎麦茹ではきっちり修業した。新橋烏森の『蕎麦処《どころ》まんた』開業前、両国で『蕎麦処ひろき』を営む父親のもとで研鑽《けんさん》を積み、よし、と太鼓判《たいこばん》を押された。それだけに希子には、茹でのプロだという自負がある。今日の昼営業も万太郎が三十人前を打ち終えるまでは釜前で蕎麦を茹で、天ぷらなどの調理と接客も含めた三刀流で頑張《がんば》っている。

ところが、ちょうど茹で釜に蕎麦を投入した瞬間、店の電話が鳴った。でも、いまは出られない。蕎麦を茹ではじめたら一時といえども釜前を離れられない。

「万太郎、出られる？」

仕方なく蕎麦打ち場に声をかけると、いつ三十人前打ち終えたのか姿を消している。

また烏森神社へ拝みに行ったんだろうか。ったくもう、と苛《いら》つきながらも茹で続けていると電話が鳴り止《や》んだ。先方が諦《あきら》めたようだ。

ほっとしながら揚げ笊で蕎麦をすくい、面水をかけはじめたところで、また電話が鳴りだした。諦めたわけじゃなかったようだ。やれやれ、と嘆息《たんそく》しながら蕎麦をせいろに盛りつけていると店の引き戸が開いた。

新たな客が来たようだ。いらっしゃいませ、と挨拶《あいさつ》しながら目をやると、のっそり入ってきたのは万太郎だった。

「電話に出て」

盛りつけた蕎麦を客席に運びながら小声で促《うなが》した。万太郎は慌《あわ》てて厨房の受話器を取り、蕎麦処まんたです、と応答し、

「すみません、出前はやってないんですよ」

困惑顔《こんわくがお》で謝っている。三立てを守るために出前はしない。それが開業以来の方針だけに、

「十割蕎麦は盛りつけた瞬間から味が落ちはじめるから出前は無理なんですよ」

ぜひ店で茹で立てを食べてください、と理解を求めている。それでも相手はチップを払うからと食い下がっているようで、

「お金の問題じゃないんです」

さらに万太郎は説明を続ける。

この忙しいときに、と希子はまたまた苛ついた。この手の厄介《やっかい》な客はたまにいるのだが、店には店の方針がある。

「ちょっと代わって」

客にせいろを配膳し終えるなり万太郎から受話器を取り上げ、

「とにかく、うちは三立てでやってますので、ぜひご来店ください」

毅然《きぜん》と告げたものの、先方は昼間から酔っているのか呂律《ろれつ》が回らない口調で、

「だからさっきから、うちは二丁目の貴島《きじま》ビルだって言ってんだろ。歩いて五分とかからねえ距離なんだから味なんか大して変わらねえし、それぐらいご近所サービスしろよ」

と言い張って引かない。その声からして若そうな男だが、たまらず希子はたたみかけた。

「ご近所さんでもなんでも、できないものはできません」

するとと男は、ふん、と鼻を鳴らし、

「おまえんとこはモンゴル人に蕎麦打たせてるくせして、何が偉《えら》そうに三立てだ。モンゴル人だったら馬に跨《また》がって運んでくりゃ一分で出前できっぞ」

だれに聞いたのか万太郎の出自を茶化してせせら笑っている。これにはかちんときて、

「とにかくダメなものはダメです！」

きっぱり言い放って希子は電話を切った。


午後二時過ぎ、昼営業を終えた希子は賄《まかな》い作りにかかった。

今日の賄いは、昼営業で余った蕎麦と、冷凍庫に溜《た》めている鴨《かも》せいろ用の鴨の端切《はぎ》れと天ぷら用の野菜の端切れで作る〝とろみ鴨野菜蕎麦〟と決めている。早速、鴨と野菜の端切れを千切《せんぎ》りにして胡麻油《ごまあぶら》で炒《いた》めていると、

「あれはよくないよ」

蕎麦を茹でている万太郎から文句を言われた。電話対応のことに違いない、と察した希子は鴨野菜炒めにとろみをつけながら、

「ああいう厄介な人には、びしっと言っとかなきゃダメなの。そんでなくても忙しい昼にだれかさんはいなくなっちゃうし、こっちはてんてこ舞いだったんだから」

と嫌みで返したが、万太郎は意に介さない。

「今日は仏滅《ぶつめつ》だから拝んできたんだけど、そんな日に電話をくれた人にあの返しはないよ」

その不満げな物言いに、モンゴル人を茶化してきたことも言っちゃおうか、とも思ったが、それは万太郎が傷つくとわかっている。

「あのねえ、仏滅はお寺さんのほうで、神社は関係ないの」

そっちに突っ込みを入れると、万太郎は茹で上げた蕎麦を二つの丼《どんぶり》に入れて汁を張り、

「とにかく、うちの方針をちゃんと説明して店に食べに来てほしいんだよ」

とまた抗《あらが》う。

「あんなやつ、店に来なくていいよ。二丁目の貴島ビルだ、って威張《いば》ってたから、どっかで聞いた名前だと思ったら、新橋でも古株の雑居ビルらしいんだよね。昼間っから酔ってたから、どうせオーナー一族の馬鹿息子かなんかだろうし、こっちが新参者だから舐《な》めてかかってんのよ」

「けどおれは」

「はい、本日の賄い、お待ちどおさま」

話を断ち切るようにとろみをつけた鴨野菜炒めを汁蕎麦にかけた。万太郎は不服そうな顔のまま丼二つを客席のテーブルに運び、希子を待たずにさっさと食べはじめた。

そのままぎくしゃくした空気を引きずって午後休憩を過ごした。いつもは出掛けることが多い

万太郎だが、今日は客席のテーブルに突っ伏して居眠りしている。

　このままだと夜営業の空気が悪くなりそうだ。そんな懸念《けねん》を抱《いだ》きながら食材や酒類の発注に勤《いそ》しんだ。午後四時半過ぎには万太郎が目を覚まし、大きな伸びをしてから蕎麦を打ちはじめた。午後五時前にはバイト学生の琢磨が出勤してきて、再び暖簾《のれん》を掲《かか》げると今夜も額《ひたい》が禿げ上がった楠木先生が真っ先に来店した。それを皮切りにほかの常連客も顔を見せはじめ、希子の心配をよそにいつも通りの夜営業になった。

　その心地《ここち》よさゆえか楠木先生も上機嫌《じょうきげん》で、

「いやあ今日の夏新、よかったよ」

と満足げに言い残して帰っていき、その後も閉店時間まで和《なご》やかに賑《にぎ》わった。おかげで売上げ的にも絶好調。綾乃《あやの》の一件でごたついた春先から三か月、万太郎が気にしていた仏滅などどこ吹く風で、このぶんなら借入金も早期返済できそうだ、と希望も湧いてくる。

　ところが、翌日になって異変が起きた。このところは連日満席が当たり前だったのに、久しぶりに昼夜《ちゅうや》ともに空席が目についた。しかもその翌日も、そのまた翌日も同様で、なぜか客席が埋まらない。

　どういうことだろう。常連客は相変わらず楠木先生をはじめ顔馴染《かおなじ》みの面々がまめに足を運んでくれている。なのに空席が目立つということは、常連以外の新規の客が減っているとしか考えられない。

　飲食店の来客数は〝常連客七・新規客三〟が理想だ、と以前希子が働いていたビストロのオーナーシェフが言っていた。それからすると蕎麦処まんたは、ここ三か月余り理想の七：三を維持してきたのに、ここにきて急に新規客が減ったぶん空席が増えたことになる。猛暑や台風で減る日もなくはないが、天候は安定しているのに新規の客足が落ちている。

マジでどうしちゃったんだろう。さすがに心配になって、

「ねえ、ちょっとおかしいと思わない？」

定休日の前夜、売上げを締めたばかりの帳簿を万太郎に見せた。なのに万太郎はひょいと肩をすくめ、

「こういうこともあるよ」

旨い蕎麦さえ出してれば大丈夫、と気にかける様子もなく、今夜は昔の力士仲間と飲み会だ、と出掛けていった。

和格子《わごうし》の扉を開けると、『エムズ』の薄暗い店内には、今夜もいつものピアノ協奏曲が静かに流れていた。

新橋界隈《かいわい》の大人が集《つど》うオーセンティックバーとあって、L字カウンターに並んでいる先客三人も飲み方を心得たもので、黒いベスト姿の日吉マスターと抑《おさ》えた声でウイスキー談義をしたり、常連同士で近況を語り合ったりして、ゆるゆるとグラスを傾《かたむ》けている。

希子に気づいた日吉が、ほかの男性客から離れた隅の席に促してくれた。希子の浮かない様子を察して気遣《きづか》ってくれたらしく、その配慮に会釈《えしやく》して腰を下ろすと、

「今日はどうされました？」

日吉がおしぼりを差しだしながら毎度の常套句《じょうとうく》で問いかけてきた。

「万太郎が飲み会に出掛けちゃったから、あたしは一人飲み」

手を拭《ふ》きながら苦笑いした希子に、

「ああ、明日はおたくの定休日でしたね。では今夜は林檎《りんご》でいきましょうか」

とカウンターに置かれたフルーツ籠《かご》から林檎を手に取り、ナイフで皮を剝《む》きはじめた。

定休日前は酸味が心地よい林檎のカクテル。ここ最近の希子の好みを日吉は覚えてくれている。皮を剝き終えた林檎をブレンダーにかけ、クラッシュアイスとともにシェーカーに注《そそ》ぐと、冷凍庫から取りだしたとろとろのジンと蜂蜜《はちみつ》も加えてキャップを閉め、ぴしりと背筋を伸ばして悠然《ゆうぜん》と振りはじめる。

その熟練の手捌《てさば》きに希子はいつも見惚《みと》れてしまう。日吉の前でウイスキーソーダを飲んでいる中年の紳士も目を細めて眺《なが》めている。

エムズで飲むたびに思うことだが、こういうちゃんとした店には、その素晴らしさがちゃんとわかる客がついている。それに比べて、うちの店はどうなっちゃったんだろう、とまたしても疑念が湧き上がる。万太郎も希子も以前と変わらない真っ当な手打ち蕎麦を提供しているのに、新規の蕎麦好きに対して何か至らない点でもあったんだろうか。

ふと考え込んでいると、日吉がシェイクした林檎のカクテルをシャンパン用のクープグラスに注ぎ、そっと差しだしてきた。

「あ、ありがとう」

我に返って礼を言った希子に、

「今夜はどうされました？」

また日吉が問いかける。いつもの常套句とは別の意味で聞いていると気づいて、

「ていうか、ここんとこお客さんが」

と言いかけて、はっと口をつぐんだ。この手の愚痴《ぐち》は今夜の店の空気にそぐわない。とっさに林檎のカクテルを口にして誤魔化《ごまか》したものの、日吉が声を低めて、

「そういえば最近、ネットに妙なことを書き込んでる人がいるみたいですね」

思わせぶりに囁《ささや》く。

「妙なこと？」

希子は小首をかしげた。

「詳しいことは私も聞いてないんですけど、万太郎さんファンの方から小耳に挟《はさ》みまして」

「ファンって、ひょっとして楠木先生？」

「もっとお若い方です。うちには先生のほかにも万太郎さんファンがお見えになるので」

烏森ではこういうことがよくある。こっちの常連客がむこうに流れ、むこうの常連客がこっちに流れる。そんな行き来によって、それぞれの店に情報が行き交っているのだが、だれに聞いたんだろう。

何人かの常連客の顔を思い浮かべながら、どんな書き込みか気になってバッグから携帯電話を

取りだそうとすると、

「希子さん、ネットの書き込みは見ないほうがいいですよ」

やんわりとたしなめられた。

「でも、そのせいでお客さんが来なくなってるんだとしたら」

希子が憂《うれ》い顔《がお》を見せると、日吉は柔和《にゅうわ》な微笑《ほほえ》みを浮かべながら、

「ネットの書き込みは真偽《しんぎ》ごちゃまぜですから、その手の情報を鵜呑《うの》みにしない人たちだけ相手にしていればいいんじゃないですかね」

さらりと言い添えるなり希子の前からすっと離れ、カウンターの奥の席でカクテルを飲み干した客のもとへ向かい、今夜もシングルモルトで締めますか？　と声をかけた。


ほどなくしてエムズを後にした。いつものようにわざわざ店の外に出て見送ってくれた日吉に手を振り、七夕月《たなばたづき》の夜風を浴びながら歩いて築地の自宅マンションに帰ってきた。

万太郎はまだ帰っていない。力士時代の仲間との飲み会となれば鯨飲馬食《げいいんばしょく》がデフォルトだから午前様は確定だ。いまのうちにネット検索しておこうと、リビングのソファに腰を下ろしてバッグから携帯を取りだした。

ふだん希子は自分の店の検索などしないし、日吉からもそう言われたものの、妙なこと、という言葉がずっと引っかかっていて今夜ばかりは検索せずにいられなかった。

まずは定番の飲食店口コミサイトをいくつか覗《のぞ》いてみた。よく誤解されるのだが、この手のサ

イトには、こっちから依頼して掲載してもらったわけではない。新橋に店を開いてしばらくして知人から、掲載されてる、と教えられて万太郎と二人で驚いたものだった。

もちろん、積極的に掲載を依頼したり、金を払って口コミサイトの業務支援を受けている飲食店も多いらしいが、希子は開業前に両国の父親から釘《くぎ》を刺されている。

〝飲食店ってもんは味で客を呼び込む商売だ。宣伝やらする時間と金は、そっくり味のために費《つい》やせ〟

その言葉を夫婦ともに胸に刻み、口コミサイトには見向きもせずに真っ当かつ旨い蕎麦を提供することのみを追求してきた。

それもあって飲食店の口コミサイトを見るのは知らぬまに掲載されていたとき以来なのだが、とりあえず蕎麦処まんたのページに投稿されている最新のレビューを読んでみた。

すぐに目にとまったのは〝グルメシ王〟と名乗るレビュアーの一文で、〝日本の伝統を踏みにじる謎《なぞ》蕎麦〟という酷《ひど》いタイトルに続いてこう書いてある。

〝まずは蕎麦前に湯葉《ゆば》刺《さ》しを頼み、一献《いっこん》傾けてから天せいろを手繰ったのだが、本格手打ち十割蕎麦を謳《うた》っているにしては何かが足りない。何が足りないんだろう、と不思議に思っていたら、この蕎麦を打った店主はなんとモンゴル人だった〟

と早々に万太郎の出自を明かし、

〝そういえば厨房の前を通ったとき、うっすら羊肉の匂いがした気がする。ひょっとして鴨南蛮《なんばん》ならぬ羊南蛮を作っていたのか。あるいは裏メニューとしてモンゴルの麺《めん》料理ツォイワンも提供しているのか、なんて訝《いぶか》ってしまったほど、日本伝統の蕎麦を踏みにじる謎蕎麦の味に仰天《ぎょうてん》してひと口で箸を置いた〟

とまあ滅茶苦茶《めちゃくちゃ》なことを書いている。さらには、おそらく希子のことだと思われるが、

〝日本人っぽい女店員も接客の心得など皆無《かいむ》だった。良かれと思いちょっとしたアドバイスをしたら、いきなり暴言を吐かれて、さっさと退散してきたのだが、店主が店主なら店員も店員だ。こんな店には二度と行かない〟

そう断じた末尾には、

〝ちなみに、星はつける価値もない〟

と取ってつけたように書き添えてあり、五つ星満点中、無星という評価だった。

希子はため息をついた。こんな出鱈目《でたらめ》かつ無神経な投稿が許されるんだろうか。あまりのことに腹を立てるより先に呆《あき》れ返った。

ただ、読み返すうちにひとつ気づいたことがある。このグルメシ王なるレビュアーは絶対、うちの店に来ていない。なぜなら、うちでは蕎麦前に湯葉刺しなんか一度たりとも出したことがない。つまりグルメシ王は来店もしないで悪口三昧《ざんまい》を投稿したわけで、これはもうレビューという端《はな》っから誹謗中傷《ひぼうちゅうしょう》を目的に書かれたものとしか思えない。

念のため、グルメシ王以外のレビューも読んでみたが、

〝元力士の腕っぷしで捏《こ》ねて延《の》した十割蕎麦の香りとコシには格別のものがある。日本人以上に日本人らしい蕎麦職人が、開業一年余りで多くの常連客を摑《つか》んでいる〟

〝蕎麦の極意を心得た極上の三立てせいろを手繰るたびに頬《ほお》が弛《ゆる》んでしまう得難《えがた》い店だ〟

〝角の立つ蕎麦とはこのことだ。シコっとした食感と香りには目を瞠《みは》ったが、これを打った店主がモンゴル人と知ってさらに驚いた〟

などなど、ちゃんと来店して万太郎の蕎麦に高評価をつけてくれている人が大半とあって、グルメシ王の悪意が異様なほど際立つ。

かつては希子も何度となく利用していた口コミサイトだが、これほど酷い投稿が許されるものなんだろうか。ほかのサイトでも、こんな投稿が書き散らかされているんだろうか。

怖くなった希子は、さらに蕎麦好きが集うサイトの検索を続け、電子掲示板の〝旨《うま》チャンネル〟という蕎麦マニアのスレッドを見つけた。口コミサイトと違って、こっちはよりぶっちゃけたやりとりが売りらしく、

〝モンゴル人が日本人の魂、蕎麦を打つなんて草。つゆが羊臭えんじゃねえのか?〟

〝羊とミルクとバターのモンゴル野郎に、蕎麦の繊細《せんさい》な味がわかるわけねえって〟

〝女店員に蕎麦を茹でさせてるくせして、出前はしねえって抜かしてやがる〟

とまあコンプライアンスもへったくれもない。差別丸出しの口汚い誹謗中傷が平然と書き込まれていたが、そこまで読み進んできた希子はすでに気づいていた。

グルメシ王なるレビュアーも、この罵詈雑言《ばりぞうごん》を書き込んだ匿名《とくめい》投稿者も、あのときの電話の主に違いない。書き込んだ日時を見ても、出前を断られた腹いせに報復に打って出たとしか思えない。

〝モンゴル人だったら馬に跨って運んでくりゃ一分で出前できっぞ〟

受話器の向こうのせせら笑いがよみがえった。この手の陰湿《いんしつ》な人間は、一度ターゲットを見つけたら執拗《しつよう》に攻撃してくるから始末に負えない。こっちだって夫婦の人生がかかっているのだ。ここはきっちり落とし前をつけてやらなきゃ泣くに泣けない。

ただ、困ったことに証拠がない。グルメシ王イコール二丁目の貴島ビルの馬鹿息子だと特定できる証拠がない。こうなったらＳＮＳを検索しまくって特定してやろうか、とも思ったが、これ以上検索し続けて罵詈雑言にさらされるのもメンタル的にきつすぎる。

じゃあどうしたらいいのか。

いま頃になってこんな事態に陥《おちい》るなんて、仏滅の呪いが効いてきたんだろうか。なんてオカルトめいた考えまで頭をよぎり、希子は再びため息をついて天を仰《あお》いだ。

翌日の定休日。だれかに肩を叩かれて目覚めると、

「おはよう！」

ぷっくり膨《ふく》らんだ大きな顔が上から覗き込んでいた。

丁髷頭《ちょんまげあたま》の万太郎だった。え、と身を起こして周囲を見回した。カーテンの隙間《すきま》から朝の陽《ひ》が射《さ》している。いつしかソファで寝てしまったらしく、時計は午前六時を回っている。

「いま帰ってきたの？」

寝ぼけ眼《まなこ》で聞いた。

「ゆうべ盛り上がっちゃったもんだからさあ」

へへへっと笑っている。

希子は単なる元力士仲間との飲み会だと思っていたのだが、実は、いまや関取《せきとり》となった後輩力士の私的な激励会も兼ねて集まったのだという。その後輩力士は先般の五月場所で優勝争いの一角に食い込む活躍を見せ、今月末までの名古屋《なごや》場所で結果を残せば小結《こむすび》昇進も夢じゃないそうで、

「もし小結になったら、おれが祝い蕎麦を打ってやるって約束してきたんだよな」

と自分のことのように喜んでいる。

でも希子はそれどころじゃなかった。一夜明けても胸の奥には、貴島ビルの馬鹿息子らしき投稿者の罵詈雑言が渦巻《うずま》いている。後輩の躍進を喜ぶ万太郎に水を差したくはなかったが、希子はソファから立ち上がり、冷蔵庫の冷水で喉《のど》を潤《うるお》して戻ってくると、

「これ、ちょっと読んでくれる?」

携帯で口コミサイトを開いて差しだした。

万太郎は一瞬、怪訝《けげん》そうな表情を見せたものの、徹夜明けの目を凝《こ》らして投稿を読みはじめた。途中、携帯の画面を指差し、

「踏みにじる謎蕎麦って?」

と意味を聞かれた。大方の読み書きはできる万太郎だが〝日本蕎麦の伝統を踏みにじる謎蕎麦の味に仰天して〟というくだりが理解しにくかったようだ。

「日本蕎麦の伝統を傷つける、わけのわからない蕎麦にびっくりした、みたいな意味。酷いこと

書くでしょう」

希子は憤然《ふんぜん》と説明したが、

「ふーん」

なぜか他人事《ひとごと》のような態度でいる。

予想外の反応だった。いつも猪突猛進《ちょとつもうしん》の万太郎だけに怒り狂うと思っていたのに、やけに反応が薄い。希子を腐《くさ》しているくだりも淡々《たんたん》と読み進み、最後の〝ちなみに、星はつける価値もない〟まで目を通したところで、

「なるほどなあ」

と言いながら平然と携帯を返してきた。これには拍子抜《ひょうしぬ》けして、

「ねえ、酷いと思わないの？　これって絶対、貴島ビルの馬鹿息子が書いたんだよ」

と希子はけしかけた。すると万太郎は、ほわっとひとつ欠伸《あくび》をしてから、

「けど、両国のお義父《とう》さんから口コミサイトなんか見るなって言われたじゃないか」

どこにでも馬鹿はいるんだから、と笑い飛ばすなり、

「ちょっと寝てくる」

定休日なのをいいことに、昼過ぎまで寝るつもりなのだろう。寝室に引っ込んでしまった。

確たる証拠がないとはいえ、釈然《しゃくぜん》としなかった。いつもの万太郎だったら、この手の不埒《ふらち》な輩《やから》は力ずくでも蹴散《けち》らしてくれるのに、徹夜明けで頭がぼやけていたせいだろうか。

不満を募《つの》らせながらも翌日は、朝食もそこそこに二人で自転車を駆って店に行き、いつも通り開店準備を進めて午前十一時半に店を開けた。

今日も定休日前と変わらず常連客は来店してくれたが、やはり空席が目立った。こんな状態がいつまで続くんだろう。あの出鱈目なレビューが、ここまで営業に響こうとは思わなかった。いったいどうすればいいのか。考えるほどに気分が落ち込んだが、それでも万太郎は淡々と蕎麦を打ち、天ぷらを揚げたり鴨を焼いたりして働いていた。

口コミサイトのことなんか忘れちゃったんだろうか。希子は一人悶々《もんもん》としていたが、やがて午後休憩に入ると万太郎は店内の椅子《いす》を一列に並べ、寝不足を補うように寝てしまった。

ったくもう、と嘆息しながら希子は帳簿を広げた。今日はバイトの琢磨の給料日だから、今月分の給与計算をして給料袋に現金をセットした。いまどきは銀行振り込みの店も多いものの、夫婦で営む小さな店だけに給料袋で手渡ししているのだが、こんな状態が続けば、そのうちにバイトも雇《やと》えなくなる。

もうどうなっちゃうんだろう。爆睡している万太郎を横目に再び不安に駆られていると、

「お疲れっす」

琢磨が早々と出勤してきた。来年になったら就活だから、今年は思いきり羽を伸ばして遊ぶ、と最近よく言っているから、給料を待ちかねていたのかもしれない。

「いつもお疲れさま、はいこれ」

すぐに給料袋を手渡すと、

「あの、何かあったんすか？」

訝しげに問われた。万太郎は爆睡中だし、希子の顔には疲労の色が滲《にじ》んでいるという。

そう指摘されて急に、溜まっていたものを吐きだしたくなった。実はね、と携帯で口コミサイトと旨チャンネルを開いて見せ、

「せっかく琢磨も頑張ってくれてるのに、こんな酷いこと書かれて、あたしもう腹が立って腹が立って」

と悔しさをぶちまけた。

「ああ、やっぱそうだったんすか」

琢磨もこのところ妙に空席が目立つと気づいていたそうで、

「おれ、マンタさんが打った蕎麦でめっちゃ蕎麦好きになったのに、腹立ちますよ。このグルメシ王ってやつ、特定したほうがいいっすよ。この手のレビュアーはネット弁慶《べんけい》が多いからビシッと抗議すべきっすよ」

ネット弁慶とは、根は大人しくて引っ込み思案なのに、ネット上では強気で攻撃的な人格に変《へん》貌《ぼう》するこじれた人間のことだという。この手の輩に絡《から》まれたら口コミサイトに通報して誹謗中傷を削除させ、同時進行で相手を特定して直接叩くことも有効だそうで、就活ではメディア業界志望の琢磨だけにけっこう詳しい。

「けど、実はもう見当はついてるのよ」

希子は貴島ビルの馬鹿息子との一件を話し、ただ証拠がなくて、と唇《くちびる》を嚙《か》んだ。

「だったら、おれがネットを深掘りしますよ」

こういうやつは四六時中《しろくじちゅう》ネットに張りついてあれこれ投稿してるはずだから、どこかでぽろっと特定ネタを覗かせているかもしれない。おれも腹が立ってきたから、友だちにも手伝ってもらってネットを深掘りしてみるっす、と意気込んでくれた。


夜営業の後片付けを終えて希子が白い三角巾を脱いでいると、

「なあ、今夜は一献屋に行かないか？」

と万太郎から声をかけられた。なんて元気な人なんだろう。午後休憩で爆睡したら疲労が一気に回復したのか、今後も飲みに行こうだなんて。

「そんな気になれない」

速攻で拒《こば》んだ。琢磨に思いの丈《たけ》を吐きだし、レビュアーの特定に協力すると言ってもらえたおかげで多少は気持ちが楽になったとはいえ、いまだに店の状況は変わっていない。今日の夜営業もやはり空席が目立ったし、呑気《のんき》に外食して帰る気になどなれない。

なのに万太郎ときたら、

「まだ口コミサイトのことを気にしてんのか？　わかってくれてる人はわかってくれてんだから気にすんなって」

と笑い飛ばす。

「けどあたしは」

たまらず言い返そうとすると、

「だったらおれ一人で行く。綾乃ちゃんが来月からはじめるライブの話もしたいし」

と希子の気持ちなど気遣うこともなくまた飲みにいってしまった。

もはや怒る気力もないまま帰宅した希子は、買い置きしてあった冷凍パスタで夕飯をすませ、風呂《ふろ》に入るなり早めの床《とこ》に就《つ》いた。

ところが、なかなか寝つけない。仕方なくベッドの中で携帯を手にした。そのまま希子なりに誹謗中傷男の特定ネタを探してネット検索していたら瞬《またた》く間に時が過ぎ、気がつけば深夜零時《れいじ》近くになっていた。

ヤバっ、そろそろ寝なきゃ、と焦《あせ》っていると、そのとき携帯が震えた。見ると、琢磨から長文のメッセージが届いている。

〝夜中にすみません、グルメシ王の正体を特定できました！〟

いきなりの朗報に続いて、特定までの経緯《けいい》が詳細に記されている。

今夜のバイト後に問題の貴島ビルの写真を撮って帰り、口コミサイトのグルメシ王のレビューを深掘りしたら、彼の投稿は三年前にはじまり、当初は新宿の店が多く取り上げられていた。ところが一年半ほど前から新橋界隈の店が増えはじめ、その延長線上で蕎麦処まんたのレビューが投稿されていたという。

そこで新橋界隈の店に絞《しぼ》って読んでみると、日本料理屋、居酒屋、鮨屋《すしや》、ラーメン屋、焼肉屋、ビストロ、フレンチなど三十店余りが取り上げられ、各投稿を読み進めていくうちに『肉々《にくにく》亭《てい》』という焼肉屋が目に留《と》まった。グルメシ王はよほど肉々亭が気に入ったらしく、この一年半に十八回も通っていて、行くたびに食べたものの味や店の居心地などを細々《こまごま》とレビューしているのだが、その八回目の投稿にこんな一文があった。

〝すっかり常連になった肉々亭は、我が家の裏手という近場なのもありがたい〟

これに注目して肉々亭を〝我が家の裏手〟と呼べる場所をストリートビューで調べてみた。するとそこは、新橋駅日比谷《ひびや》口前の蒸気機関車が置かれているSL広場から通り一本隔《へだ》てたエリアだった。その通り沿いに軒《のき》を並べる雑居ビルのうちの一棟が、琢磨が撮った貴島ビルの古びた外観とぴたり一致した。


よし、繋《つな》がった、と手応《てごた》えを感じた琢磨は、さらなる証拠を求めて電子掲示板の旨チャンネルも深掘りした。そこで〝モンゴル人が日本人の魂、蕎麦を打つなんて草。つゆが羊臭えんじゃねえのか？〟と書き込んだ匿名投稿者のコメントを一年半前まで遡《さかのぼ》って詳細にチェック。と同時に大学の友人にも協力を仰ぎ、グルメシ王と匿名投稿者のコメントを足掛かりに、ここ一年半のうちにほかのＳＮＳにも貴島ビルに繋がるコメントや写真、動画が投稿されていないか検索したという。

結果、〝黄昏《たそがれ》動画日記〟と題した個人の動画ＳＮＳが見つかり、そこに載せてある動画に思わぬ証拠が映っていたそうで、そのＵＲＬが希子へのメールに貼ってある。

早速、動画を再生してみた。それはどこかのビルの窓から薄暮《はくぼ》の新橋駅前ＳＬ広場を撮ったものだった。画面は徐々にアップになり、ＳＬ広場で開催されているお祭りイベントが浮かび上がる。出店が並び、その傍《かたわ》らに設《しつら》えられたミニ舞台に無名の演歌歌手が登場した、と思ったらそこで動画は終わった。

これのどこに証拠があったんだろう。希子は首を捻《ひね》り、もう一度再生して画面の隅々まで注視した。すると、ＳＬ広場がアップになる直前、画面右下に明かりを灯《とも》した縦型のビル名看板がチラッと映っているのに気づいた。

慌てて画面を戻して見直すと、看板の上部には〝貴〟の文字、続いて〝島〟の文字が半分だけ覗き見える。しかも動画の脇には黄昏動画日記の執筆者コメントが添えてある。

〝今日は新橋駅前で祭りをやってたから、ちょこっと見物してから肉々亭へ行った。上タン塩と上カルビがめっちゃ旨くてビールをがぶ飲みしちまった〟

これだ、と希子はベッドから身を起こした。琢磨が撮った貴島ビルの写真と見比べると、動画を撮ったのは貴島ビルの最上階、五階の窓からだとわかる。まさにグルメシ王は貴島ビルの馬鹿息子だと特定できる証拠といっていい。

どうやってこんな超ニッチな情報を見つけたんだろう。さすがは生まれたときからネットが身近にあった世代だ、と感心しながら、

〝ありがとう！　今度、何かご馳走《ちそう》するから友だちも連れてきてね〟

と琢磨に返信した。ほどなくして琢磨から再度のメッセージが届いた。

〝ついでなんで口コミサイトや電子掲示板に、誹謗中傷投稿の削除依頼をしときますね〟

〝え、そこまでやってくれるの？〟

〝おれもマンタさんの蕎麦の大ファンだし〟

〝ありがとう！　やっぱ琢磨ってメディア業界向きだね！〟

改めて礼を伝えたところで、ようやく先行きが見えてきた気がして、希子はやれやれと缶ビールを開けた。

そのとき万太郎が帰ってきた。すでに時計は深夜一時近く。多少は自粛《じしゆく》したのか思ったより酔っていなかったが、缶ビールを手にしている希子に気づいて、

「なんだ、家で飲むぐらいなら一緒に来れば綾乃ちゃんも喜んだのに」

と肩をすくめて笑う。

「冗談《じようだん》じゃない、こっちはそれどころじゃなかったの。琢磨のおかげで、グルメシ王は貴島ビルの馬鹿息子って特定できたから、明日、午後休憩のとき貴島ビルに抗議しに行く」

あなたも一緒に来て、と迫った。ところが、

「いきなり抗議に行くのはまずいよ」

また肩をすくめる。

「何でまずいのよ、ちゃんと証拠もあるんだから、いつもみたく猪突猛進してよ」

「けど、いきなり喧嘩腰《けんかごし》はなあ」

「何言ってんのよ、いきなり喧嘩腰で来たのは馬鹿息子のほうじゃん」

かちんときて言い返したものの、それでも及び腰でいる万太郎に希子は切れた。

「ああそう、だったらあたし、一人で行く！　このままコケにされ続けたら、うちの店なんかあっけなく潰《つぶ》れちゃうんだから！」

缶ビールの残りをぐいと呷《あお》るなり万太郎に空き缶を投げつけ、寝室に飛び込んでベッドに潜《もぐ》り込んだ。


翌朝、いつもより一時間半ほど早起きした希子は、まだ寝ている万太郎をベッドに残して店へ向かった。

今日は午後休憩になったら一人で貴島ビルに抗議しに行って、やり合わなければならない。そのためにも蕎麦前の仕込みや開店準備のほか、ふだんは午後休憩中にやっている食材や酒類の発注、伝票整理なども一気に片付けてしまうことにした。

途中、万太郎ものっそりと店に現れ、ゆうべのことなど忘れたかのように淡々と蕎麦を打ちはじめた。あとはもう何の会話もないまま夫婦それぞれの仕事に打ち込み、定時の午前十一時半ちょうどに店を開けた。

今日もランチタイムの常連客がつぎつぎに来店してくれたものの、やはり以前ほどの賑わいはない。でも、原因はもう特定できている。この腹立たしい状況を乗り越えるためにも、午後休憩になったら馬鹿息子と直接対決して誹謗中傷をやめさせなければならない。

いつになく身の引き締まる思いで蕎麦茹でに調理に接客にと三刀流で仕事に励《はげ》んでいると、正午過ぎになって初顔の若者三人組が来店した。ストリート系というのだろうか。派手なキャップにチャラついたTシャツを着て首からは金鎖のネックレスを垂らしているが、見た目はともかく新規の客はありがたい。

「いらっしゃいませ」

満面の笑みで希子が奥のテーブル席に案内すると、大盛り天せいろを三人前注文された。

早速、蕎麦を打ち終えたばかりの万太郎が釜前に立って茹でに入り、希子は手早く天ぷらを揚げ、お待ちどおさま、と若者三人に配膳して調理場に戻ってきた。

その直後だった。配膳し終えたばかりのテーブルから突如《とつじょ》、

「メエーーッ、メエーーッ、ヒヒヒヒーンッ」

と羊と馬の鳴き真似《まね》が響き渡ったかと思うと、ゲラゲラゲラッと笑い声が上がった。

仰天して客席を見ると、若者三人の一人が段ボールを切り抜いた羊の角、隣の一人は馬の耳をキャップに装着し、

「メエーーッ、メエーーッ、ヒヒヒヒーンッ」

と鳴き真似を続けながら二人とも山盛りの蕎麦に顔面を突っ込み、獣のごとくガフガフガフッとじか喰《ぐ》いしている。

しかもよく見れば山盛りの蕎麦も天ぷらも真っ白く染まっている。傍らにはモンゴル人が好きなヨーグルトのパックがあるから、せっかくの天せいろにそれをぶっかけて、顔面を埋《うず》めてガフガフ喰い散らかしているのだった。

「おい、やめろ！」

隣の席の常連客が怒鳴りつけた。それでも二人は奇行をやめようとせず、その奇行を同じテーブルの向かいにいるもう一人が爆笑しながら携帯で動画撮影している。

ようやく事態を察した希子が制止しようとした瞬間、背後から突如、唸《うな》り声《ごえ》が聞こえた。え、と振り返ると万太郎が巨体を揺らして飛んできたと思うや、丸太のごとき両腕で羊男と馬男の上半身をガッと抱え込み、ジタバタ暴れる二人を力ずくで店から引きずりだした。

その怪力《かいりき》ぶりに慄《おのの》いた撮影男も遁走《とんそう》しようと席を立った。とっさに常連客と希子が二人がかりで撮影男を取り押さえ、羊男と馬男を引っ立てていく万太郎を追いかけて、そのまま三人組を新橋駅前の交番に突きだした。

警察官に事情を話したところで、

「ここはおれが対応するから、希子は店を頼む」

と万太郎から告げられ、希子は常連客とともに店に戻ってきた。途端に客席からワッと拍手と歓声が巻き起こった。

「あれが迷惑系ってやつらか」

「ろくでもねえ連中だ」

「マンタを舐めんな！」

一部始終を目撃していたほかの常連客が口々に憤《いきどお》りの声を上げている。

ほどなくして交番から戻ってきた万太郎にその後の話を聞くと、彼らは〝とんでもグルメに突撃！〟という迷惑系動画チャンネルの配信者だった。モンゴル人の手打ち蕎麦屋があるとネットで知って、おちゃらけ動画で茶化してやれ、と乗り込んできたらしく、これはもう迷惑どころか違法な愉快犯でしかない。

これがネットの怖さなんだ、と痛感した希子は改めて万太郎を焚《た》きつけた。

「もうわかったでしょ、こうなったら一緒に貴島ビルに抗議しに行こ！」

ところが万太郎ときたら、

「いや、まだ行かないほうがいい」

またしても引き止める。

「だけどこのままじゃ、またああいう馬鹿がちょっかい出してくるよ」

「それはそれでおれも何とかしたい。でも、とにかくいまは行かないほうがいい」

いましがたの豪快っぷりとは一転、淡々と諭《さと》された。

もう万太郎なんか当てにしない。

いつにも増して頑《かたく》なな態度に呆れた希子は、午後休憩に入るなり店を飛びだした。

SL広場の向かい側だったら店から五分とかからない。さっさと馬鹿息子に抗議して、それでも誹謗中傷が止まなければ警察に駆け込むまでだ。同じ地元同士とはいえ、すぐさま怒りの声を上げなければ何も解決しない。

腹を括《くく》って烏森神社脇の路地を抜け、新橋の駅前通りを日比谷方面へ歩いていくと、SL広場の斜向《はすむ》かいに目指す貴島ビルがあった。やけに年季の入った間口五メートルもない五階建てのペンシルビル。こんなビルがあったんだ、と思わず見上げてしまった。このビルの前は何度となく通っていたのに、古びた外観のせいか一階に地味な事務所が入っているためか、まるで印象に残っていなかった。

とりあえず事務所の脇にある階段ホールに入ってフロア案内板を見た。四階までは知らない会社の名前が並んでいるが、五階はビル所有者の住居で〝貴島菊枝《きくえ》〟と個人名が記されている。エレベーターはなかったから階段でふうふう言いながら五階まで上がると、そこにはマンションのような玄関ドアがあった。

ひとつ深呼吸して気合いを入れ直してからインターホンを押した。

「はーい」

高齢女性っぽい声が返ってきた。近所の蕎麦処まんたの女将《おかみ》だと伝えると、しばらく間があってからカチャリと玄関ドアが解錠され、小太りの年配女性が姿を見せた。

「あの、貴島菊枝さんのお宅ですよね」

思わず希子は聞いた。年配女性が思いがけなく東南アジア系の顔立ちだったからだ。

「私、貴島菊枝」

年配女性は即答してくれたが、外国人訛《なま》りがある。この人が馬鹿息子の母親ってこと？　と希子が戸惑《とまど》っていると、

「何の用ですか？」

セールスはダメ、と告げられた。

「いえ、違うんです」

慌てて店の名刺を見せて突然訪問した理由を説明し、理《り》不《ふ》尽《じん》な誹謗中傷を続ける息子に抗議しにきた、と言い添えた。

途端に菊枝は動揺を露《あら》わにして、

「ちょ、ちょっと入ってください」

と部屋に上げてくれた。

そこはマンションさながらの広々とした住居になっていた。間口の狭いペンシルビルながらけっこう奥行きがあり、菊枝は希子を廊下伝いに応接室へ導き、ソファに促す。

「あたし、息子さんと話をしにきたんですけど」

「すみません、レオンは難しい子だから」

レオンとは息子の名前らしく、とにかく座ってください、と無理やりソファに座らせられ、菊枝は向かいに腰を下ろした。

すかさず希子は切りだした。

「息子さんが難しい子とか、そういうことはあたしにはわかりません。でもとにかく、うちは息子さんの誹謗中傷で被害に遭ってるんです。このままじゃ店を潰されちゃいます」

身を乗りだして実情を訴えかけると、菊枝は急に涙ぐみ、

「すみません、本当に難しい子だから、すみません」

ぺこぺこ頭を下げて謝りだした。希子は鼻白《はなじろ》んだ。子どもじゃあるまいし、母親に謝られたと

ころで何の意味もない。苛つきながらも黙っていると、そんな希子におもねるように菊枝は涙を拭《ぬぐ》いながら、

「私はフィリピン生まれで、リアルネームは貴島・マリア・菊枝です。初めはダンサーで日本に来ましたですけど、三十歳のときに新橋四丁目にスナック、オープンしたですね」

唐突《とうとつ》に身の上話をはじめた。

そのスナックに来店した貴島ビルオーナーの貴島孝雄《たかお》に見初《みそ》められて四十歳で結婚。ほどなくして授《さず》かって高齢出産したのが一人息子のレオンだそうで、菊枝の東南アジア顔を受け継いだために、子どもの頃からフィリピンダンサーの子といじめられてばかりいたという。

なのに夫の孝雄は〝レオンは日本人として生まれたんだから堂々としてればいいんだ〟と取り合ってくれない。仕方なく菊枝がいじめっ子の親に苦情を持ち込むと、それを理由に、さらにいじめがエスカレートした。疎外《そがい》されたレオンは五年前、高校入学と同時に家を飛びだしてしまったというが、黙って聞いていた希子は慌てて口を挟んだ。

「息子さんを庇《かば》うのはやめてください。あたしは息子さんの生《お》い立《た》ちとかは何も知らないけど、家を飛びだしたとおっしゃるにしては、最近、貴島ビルの最上階から撮った動画をネットに投稿してます」

携帯で動画を見せると菊枝は肩をすくめ、

「それは二年前、主人が死んだからです。あたしとレオンが貴島ビルのオーナーになって新宿にいたレオンが戻ってきたです。でも、今日は出掛けていていないです」

「いつ帰宅するんですか」

「レオンは難しい子だからわからない」

ますます希子は苛ついた。ああ言えばこう言う菊枝も共犯者に思えてきた。

「とにかくそちらの個人的な事情は関係ないです。息子さんに営業妨害《ぼうがい》をやめさせてほしい。あたしが言いたいことはそれだけです」

それでも菊枝は、苛立つ希子に困惑した面持《おもも》ちで、

「レオンは難しい子だけど悪い子じゃないです。でも、いじめられてひねくれて、ワタシも困ってるです」

と弁明を繰り返して再び泣きだした。


結局、最後まで話が噛み合わないまま希子は貴島ビルを後にした。

こうなったら息子が帰るまで居座ってやろうか、とも思ったが、そのために夜営業を休むわけにはいかない。万太郎に啖呵《たんか》を切って抗議しにきたのに、バツが悪い思いを抱えて店に戻ると、すでに出勤していた琢磨から、

「どうでした？」

小声で問われた。貴島ビルに抗議しにいったことを万太郎から聞いたらしく、それなりの成果を期待していたようだが、希子は黙って首を左右に振った。

万太郎は蕎麦を打ちはじめていた。何か聞かれるかと思ったが、何も言わずに蕎麦打ちに集中

している。すごすごと引き下がってきた希子の物腰から察して、ほれ見たことか、と内心苦笑しているのか、しょげ返っている希子を気遣っているのか。蕎麦を打ち終えると無言のまま茹でと調理の仕事に切り換えた。

希子も淡々と調理と接客に勤しんでいたが、閉店後、帰《かえ》り支度《じたく》をすませたところで、

「ちょっと飲んで帰る」

と言い置いて店を出た。万太郎はこくりとうなずいただけだったが、かまうことなく希子はエムズへ向かった。

ネオンが瞬く烏森の路地をとぼとぼ歩きながら、ひょっとしたら菊枝の息子が帰宅してるかも、とも思ったが、もう午後九時を回っている。いまから再訪する気にはとてもなれず、蕎麦処まんたと同じ昭和の木造家屋にあるエムズに入ると、楠木先生がぽつんと一人でウイスキーを飲んでいた。

今夜も夜営業の口開けに蕎麦を手繰りにきてくれたのだが、その後、どこかに立ち寄ってエムズに来たらしく、先程はどうも、と希子が会釈すると穏《おだ》やかにうなずいてくれた。

この時間帯にしてはめずらしく、ほかに客はいない。とりあえず先生の近くに腰を下ろすと、日吉からいつもの言葉をかけられた。

「今日はどうされました?」

希子は肩をすくめて半《はん》ティーニを頼んだ。半ティーニとは日吉にだけ通じる言葉で、マティーニを半分という意味。一日のモヤモヤを強い酒で紛《まぎ》らわせたいけど酔いすぎたくはない、という

ときによく注文している。

早速、差しだされた半ティーニを口にして渇《かわ》いた喉をカッと熱くしていると、楠木先生がふと問いかけてきた。

「そういえば希子さん、このところ、なんというか、万太郎くんは大丈夫かね？」

誹謗中傷やら愉快犯やらで大変そうだし、と常連仲間も心配しているという。

「ご心配をおかけしてすみません。正直、あたしはめっちゃ苛ついてるんですけど、不思議と万太郎は淡々としてるんですね。だからこっちはますます苛ついちゃって」

自虐《じぎゃく》まじりに希子が苦笑してみせると、楠木先生は眉根《まゆね》を寄せ、

「ただ失礼ながら、淡々としてるようで最近、蕎麦の味が微妙に変わってきた気がしてねえ」

言いづらそうに呟《つぶや》いて口元を歪《ゆが》める。

「え、どう変わったんですか？」

驚いて問い返した。楠木先生にそんなことを言われたのは初めてだ。

「いやそれが、どう言ったらいいのか、長年蕎麦を手繰っているとなんとなくわかるんだが、いまの万太郎くんは蕎麦打ちの勘《かん》も鈍《にぶ》るほど過大なストレスを抱えてる気がしてねえ」

思案げに腕を組んでいる。最近はゴタゴタ続きでパパッと試食する日が増えたせいか、希子は味の変化には気づかなかったが、ただ、いまの万太郎がどこかおかしいのは確かだ。

口コミサイトの誹謗中傷を見せたときは、どこにでも馬鹿はいる、と笑い飛ばしていたし、貴島ビルの馬鹿息子が特定できたときも、いきなり喧嘩腰はなあ、と及び腰でいた。希子が切れて

抗議に押しかけ、すごすご帰ってきたときも、なぜか淡々と蕎麦を打っていた。

でも一方で愉快犯に乱入されたときは、いつもの豪快な猪突猛進を見せてくれたし、それも考え合わせると、蕎麦の味が変わるほどのストレスにまみれているとは思えない。

それでも、蕎麦っ食い仲間からも一目置《いちもく》かれる楠木先生がわざわざ指摘してくれたからには、希子が気づけないでいるだけで、万太郎は人知れず何かを抱えているんだろうか。

急にわからなくなって考え込んでいると、グラスを磨《みが》きながら耳を傾けていた日吉が、

「ああ見えて繊細な人ですものねえ」

と楠木先生をフォローするように言い添えた。その言葉がいつになく刺さり、

「あたし、どうしたらいいんでしょう」

思わず女子中学生のように問い返してしまった。すると楠木先生はなだめるように、

「実はさっき一献屋に寄ってきたんだが、なんというか、女将さんも気にかけてたから、この際、相談してみたらどうだろうね」

と勧《すす》めてくれた。


最後まで奥歯に物が挟まったような楠木先生の物言いに、正直、引っかかったが、でも、それだけ楠木先生も気にかけてくれているのかもしれない。そう解釈した希子は丁重《ていちょう》に礼を言って、すぐに一献屋へ向かった。

ガラス戸越しに一献屋の中を覗いてみると、そろそろ客が引きはじめた店内にいる珠江女将が

目敏《めざと》く気づいてくれて、

「あらしばらくね」

と笑顔でガラス戸を開けてくれた。いまや正式な従業員となった綾乃の地下アイドル事件後も、何度か万太郎と飲みにはきていたのだが、ここしばらくはご無沙汰《ぶさた》していた。数日前も万太郎の誘いを蹴ってしまっていただけに、

「すみません、ここんとこ気忙《きぜわ》しくて」

無沙汰を詫《わ》びながら店内に入り、いまエムズに行ったら楠木先生がいて心配されちゃって、と照れ笑いしてみせると、

「こっちで話そっか」

と厨房の奥に連れていかれた。店の営業は綾乃にまかせられるから大丈夫、と調理台の脇に置いてある丸椅子を勧められ、珠江女将も丸椅子に腰を下ろし、

「今日も事件が起きたんでしょ？」

声を潜《ひそ》めて希子に聞く。迷惑系の件だろうと察して事の詳細を話した。

「じゃあ、乱入してきたのは貴島ビルの息子じゃなかったのね」

珠江女将に念押しされて、

「ええ、それは違ったんですけど、でもそんな輩が乱入してきたのも貴島ビルの息子の投稿のせいだと思ったらマジで頭にきちゃって、あたし、母親に抗議してきたんです」

と希子が説明すると、珠江女将はふと宙の一点に目をやりながら、

「実はね、デリケートな問題だから黙ってたんだけど、貴島ビルの息子のことは、あたし、最初から万太郎さんに相談されてたの」

「え、最初から？」

「どこから話していいかわからないけど、彼が出前しろって電話してきたのは一度じゃないのよ」

希子が電話でやり合った前日の午後休憩中にも電話があったのだという。そのとき希子は銀行に出掛けていたから万太郎が応答すると、モンゴル人の蕎麦がどんなもんか食ってやるから出前しろ、と言われて万太郎は三立てを理由に断った。

なのに翌日また出前しろと電話してきたため、電話を代わった希子も貴島ビルの息子の存在を知ることになった。それで万太郎が警戒していたら、その数日後の元力士仲間との飲み会で、ネットに酷い誹謗中傷が投稿されている、と後輩力士が教えてくれた。

そう聞いて、出前を強要してきた馬鹿息子に違いないと直感した万太郎は、飲み会を途中で抜けて閉店間際の一献屋に駆けつけ、烏森界隈の事情に通じた珠江女将に相談した。

「で、結局、夜明け前まで話し込んじゃったんだけど、あたしも頭を抱えちゃってね。貴島ビルの息子レオンの父親は生前、うちによく飲みにきてて、たまに奥さんも連れてきたの。そのときレオンのこともいろいろ聞いてたから、この問題は出前がどうこうじゃなくて、もっと厄介な問題が絡んでるって気づいちゃって」

「どう厄介なの？」

「差別問題」

「は？」

「レオンにフィリピン人の血が入ってることは聞いたでしょ」

「ええ、彼の母親から聞いた。だから子どもの頃からいじめられてきたって」

「そう、レオンは無神経な差別を受けながら育ってきたらしいのね。なのに同じ彼が今度はモンゴル人の万太郎を茶化したり腐したりしてるわけ。これ、どういうことかわかる？」

「レオンも外国人差別をしてるってこと？」

「簡単に言えばそう。差別っていうのは異質な人や弱い立場の人に向けられるものでしょ。だから身近な外国人や他民族が被害者になることが多いんだけど、ただ、もうひとつ厄介なのは、その差別された被害者がまた異質な人や弱い立場の人を見つけて差別して自分のメンタルを守ろうとしたりもするわけ」

　フィリピン人の血が入っているために差別されてきたレオンは、父親の死で黙っていても家賃収入が転がり込む共同オーナーとして地元に戻ってきた。その優越感から地元に残っていたかつてのいじめっ子たちにマウントをとりはじめた。両親ゆかりの一献屋にも飲みにきて、羽振りのいいところを勧め人たちに見せつけて悦《えつ》に入《い》ったりもしていた。

　その流れから今回、蕎麦処まんたの存在を知ったレオンは、新参者のモンゴル人が日本蕎麦なんか打ちやがって生意気だ、と息巻いて、長年差別されてきた鬱憤《うっぷん》晴らしに万太郎を差別していじめる側に回ってしまった。

「そういうことだったんだ」

愕然《がくぜん》とした。最初は出前騒ぎだったはずなのに、そんなややこしい構造が横たわっていようとは思いもしなかった。

「だから差別やいじめっていうのは根が深いわけで、それもあって万太郎さんから言われたの。この問題に希子を巻き込みたくない。おれ一人で事を収めるから、それまで希子には内緒にしといてほしいって」

「そんな水臭いこと言ったんだ」

希子は嘆息した。元力士仲間や綾乃に会って楽しんでいるように見せていたのも、希子に心配をかけないためだったらしい。でも希子にしてみれば差別意識など微塵《みじん》もないから万太郎と結婚したわけで、そんなあたしになぜ明かしてくれなかったのか。それが悔しくて歯噛みしていると再び珠江女将が口を開く。

「もちろん、世の中には希子さんみたいな意識の人もたくさんいることはあたしもわかってる。ただ、そのとき万太郎さんに話したんだけど、日本で生まれ育ったあたしにも韓国《かんこく》人の血が入ってるから、あたしにもレオンの気持ちがわからなくはない。差別問題って下手《へた》に騒ぎ立てると寝た子を起こすじゃないけど、それをネタにさらにエスカレートさせてしまったりするからね。だから万太郎さんは大切な希子さんを守るためにも、自分一人で決着をつけようとしてるんだと思うの」

それはぜひわかってあげて、とやさしく言い含められた。

珠江女将の言葉は重く響いた。と同時に、そこまで万太郎が気遣ってくれていたことに気づけなかった自分が情けなくなった。

「珠江さん、ありがとう」

思わず希子は感謝を口にしてしまった。でも一方で、万太郎は自分一人でどう決着をつけるつもりなんだろう、と心配になった。

ここまで話がややこしくなると、希子もどう事を収めたらいいか見当もつかないだけに、この先、蕎麦処まんたはどうなるのか。あたしたち夫婦はどうなるのか、と思い詰めていると、また珠江女将が口を開き、

「そういえば万太郎さんは、今回の件でひとつ考えてることがあるらしいの。だから希子さんはもうしばらく、いま話したことは知らない体《てい》で万太郎さんを見守っててほしいの」

お願いね、と念押しされた。

いまどきは多様性なんて言葉がもてはやされているけれど、些細《ささい》な違いにかこつけた差別問題はいまだに解決されていない。

一献屋からの帰り道、自転車を引いて歩きながら希子の気持ちは沈んだ。

国が違う、民族が違う、思想が違う、信仰が違うなどなど。何かが違うだけで誹謗されたり攻撃されたり疎外されたり傷つけられたりしている人たちが世界中にいる。そんな理不尽が一介の蕎麦屋にまで及ぶのだから、生きていくって簡単じゃない。

ただ、ひとつ嬉《うれ》しかったのは、希子たち夫婦はつくづく人に恵まれている、ということだ。今夜、珠江女将が事の真相を打ち明けてくれたのは、蕎麦処まんたに愉快犯が乱入してきたと伝え聞いて、たまたま来店した楠木先生に相談したからだという。すると楠木先生は、デリケートな問題だから希子さんには明かしたほうがいい、と助言してくれたそうで、その直後に楠木先生自身がエムズで偶然、希子と出くわしたことから、それとなく仲介役《ちゅうかいやく》になってくれた。

おかげで希子は今回のトラブルの核心を知ることができた。その意味で楠木先生にも感謝しかないけれど、といってまだ何も解決していないだけに、築地の自宅マンションが近づくにつれて希子の気持ちはさらに沈んだ。

「ただいま」

内心の葛藤《かっとう》を押し隠して自宅に入ると、万太郎はキッチンにいた。もう深夜零時過ぎだというのに、自家用の小ぶりな石臼《いしうす》でずりずりずりと蕎麦の実を挽いている。

「どうしたの、こんな時間に」

「いや、ここんとこ店で蕎麦を打ってても調子が出ないから自主練してたんだ」

万太郎は照れ笑いしながら挽き上げた蕎麦粉《そばこ》を篩《ふるい》にかけて捏ね鉢に入れ、天然水を回し入れている。

傍らに置いてある生舟《なまぶね》を見ると、すでに二十人前の蕎麦が打ち上がっている。あと十人前打つというから合わせて三十人前。自宅での自主練は昔からよくやってはいたが、三十人前はけっこうな量だ。

試食した残りは冷凍して、当面、自宅の食事が蕎麦尽くしになるが、ここまで自主練に励んでいるのは楠木先生の言葉通り、本人も蕎麦の味が落ちていると自覚しているからなのかもしれない。希子の前では相変わらず淡々としているものの、愉快犯の乱入もあっただけに、そろそろ何かしらの行動に打って出るつもりなんだろうか。

聞きたいことは山ほどあったが、差別問題に関しては珠江女将に釘を刺されたから知らない体でいなければならないし、どう切りだしたらいいのか。しばし逡巡《しゅんじゅん》したものの、とりあえず蕎麦が打ち上がるのを待って、茹で立てを夜食がてら二人で試食した。

「けっこうおいしいじゃない」

ひと口啜って希子は褒《ほ》めた。半分は励ましも込めたつもりだが、実際、自主練の成果なのか思ったよりよかった。それでも万太郎は、

「うーん、多少はよくなったって感じかなあ」

まだまだ不満そうだったが、

「そういえば今日の午後はまいっちゃった」

希子はさらりと話題を変えた。一人でレオンの母親に抗議してきたことを伝えた上で、

「でも、このままだとまた何か起こる気がして、あたし、もうどうしていいかわからなくなっちゃって」

あえて不安を口にした。すると万太郎はなだめるように、

「大丈夫だ、来週の定休日、おれが貴島ビルに行くから」

「え、来週？」

「うん。希子にもちょっと手伝ってほしいんだけど、いいかな？」

目を見据《みす》えてくる。希子が考えた通り、ようやく行動に移す決意を固めたらしい。

「けど何を手伝えばいいの？」

慎重に問い返すと、実はね、と万太郎は思いもよらない段取りを説明しはじめた。

翌週の定休日。自宅用の蕎麦打ち道具一式を背負った万太郎とタクシーで烏森の店へ向かった。

店で下準備を整えたところで午前十一時ちょうどに貴島ビルへ出発。ゆっくり歩いて貴島ビル前に着いたのは、十一時三分四十秒。ふうふう言いながら階段を上がり、五階の貴島家には十一時五分二十秒に到着した。

アポは取っていない。だしぬけに訪ねてもし留守だったらまた出直す、と万太郎から言われている。

マンション風の玄関のインターホンは希子が押した。しばしの間があってから、はーい、と菊枝の声が返ってきた。

「先日お邪魔した蕎麦処まんたの希子です」

愛想《あいそ》よく告げたつもりだったが、途端に菊枝は強張《こわば》った声色《こわいろ》で、

「あの、息子にはいじわるしないでって言っといたです」

と弁明を口にした。

「いえ、本日はそれとは別件で、先日、息子さんから依頼された出前をお持ちしました」

「出前？」

訝しげな声が返ってきたが、ほどなくしてカチャリとドアが解錠された。

すかさず万太郎が背中の蕎麦打ち道具を下ろし、菊枝がドアを開けると同時に丁髷を揺らしてぴしりとお辞儀をして告げた。

「蕎麦処まんたの店主、万太郎と申します。せっかく息子さんからご依頼いただいたのに、当店は蕎麦だけの出前ができないため、本日は〝店ごと出前〟に伺《うかが》いました」

いきなり現れた大男に慄いて菊枝が絶句しているが、万太郎はたたみかける。

「いま息子さんはいらっしゃいますでしょうか。お留守でしたらまた出直しますが」

物腰こそ丁寧《ていねい》だったが、その巨体の迫力に圧倒された菊枝は、

「あ、あの、レオンはいるですけど、何ですか、店ごと出前って」

怯《おび》えた目で声を震わせている。かまわず万太郎は蕎麦打ち道具を見せながら、

「おたくの台所をお借りして挽き立て、打ち立て、茹で立ての〝三立て蕎麦〟を打って召し上がっていただきます」

と説明し、よろしいでしょうか、と迫った。それで菊枝も観念したのだろう、しぶしぶながら台所に上げてくれた。

菊枝が見守る中、自宅用の石臼、捏ね鉢、蕎麦打ち台、茹で鍋、蕎麦つゆなどを夫婦で台所に

セットして、準備が整ったところで、

「そろそろ息子さんをお願いします」

万太郎が促した。菊枝は微《かす》かな躊躇《ちゅうちょ》を見せながらも、スリッパの音をパタパタ立てて別室に行き、しばらく戻ってこなかった。

レオンと揉《も》めているのかもしれない。希子は緊張した。レオンの前で蕎麦を打ってみせなければ、わざわざ訪れた意味がなくなる。

固唾《かたず》を呑《の》んで待つこと五分。再びスリッパの音が聞こえて菊枝が台所に顔を覗かせ、背後には銀縁眼鏡《ぎんぶちめがね》をかけた部屋着姿の若い男がいた。菊枝にそっくりな茶褐色《ちゃかっしょく》の東南アジア顔からしてレオンらしい。

「息子さんでしょうか」

万太郎が穏やかに尋《たず》ねた。するとレオンも巨体に圧倒されたらしく小さくうなずいたが、電話やネットでの横暴さが嘘《うそ》のようにおどおどしている。まさにネット弁慶を絵に描いたような態度に希子が当惑《とうわく》していると、

「それでは、ただいまより出前をはじめますので、しばらくお時間をいただきます」

と万太郎が宣言して麻袋に入れてきた蕎麦の実を取りだし、石臼でずりずりずりと挽きはじめた。

レオンは黙って見ている。何を考えているのか、まだ怯えた表情のまま万太郎の作業を凝視《ぎょうし》している。やがて万太郎は挽き終えた蕎麦粉に天然水を回し入れ、捏ねて捏ねて円錐形《えんすいけい》にまとめて

から圧《お》し潰《つぶ》し、延し棒でわしわしわしと延していく。力と技を駆使して薄さ一・二ミリの四角い生地《きじ》に広げたら折りたたみ、蕎麦切り包丁でトントントンと小気味よく切りはじめる。

十人前の蕎麦を切り終えたところで、万太郎は半分の五人前を紙袋に入れ、

「よろしく」

希子に差しだしてきた。それを受け取るなり希子は、

「ちょっと出掛けてきます」

と菊枝に告げて貴島家を飛びだし、小走りで店に取って返した。

店に戻った希子は、すぐさま釜前に立ち、さっき沸かしておいた茹で湯を再沸騰させ、蕎麦五人前を投入した。茹でて冷やして水切りしてからせいろ五枚に盛りつけ、角盆に載せてラップをかけて万太郎に電話を入れ、

「いまから出る」

と告げると、角盆を揺らさないようゆっくり歩いて貴島ビルへ戻りはじめた。

さっき計った通り、およそ三分四十秒で貴島ビル前に到着。再びふうふう言いながら階段を上がり、五分二十秒ほどで貴島家に着くと、万太郎は台所で茹でた蕎麦をせいろ五枚に盛りつけ終えるところだった。

希子は店から運んできた蕎麦と一緒に応接室に運び、レオンと菊枝の前に並べ置いた。

台所で茹でたばかりの蕎麦はつやつやに輝いているが、店で茹でて五分以上経《た》った蕎麦は明らかにつやがなくカサついている。この違いは十割で打った蕎麦ほど顕著《けんちょ》なだけに、見た目だけで

も違いがわかる。

「お待ちどおさまでした。右のは店で茹でてきた蕎麦、左のはいま台所で茹でたばかりの三立て蕎麦です。どうか食べ比べてください」

希子が説明すると菊枝とレオンは黙って箸を手にして食べはじめた。店ごと出前の趣旨《しゅし》は希子が店で蕎麦を茹でている間に万太郎が説明してくれているから、二人は黙々と左右の蕎麦を食べ比べていたが、やがて菊枝が声を上げた。

「全然違うです。茹で立てはしこしこして香りもして、すごくおいしいです」

隣で食べ比べていたレオンも気恥ずかしそうに小さくうなずいている。二人の反応に力を得た万太郎が、いまだとばかりに、

「菊枝さん、しばらく息子さんと二人にしてくれませんか」

と告げた。これも万太郎が考えた段取り通りだったが、希子もまた、

「菊枝さん、あたしたちは席を外しましょ」

と万太郎をフォローしてソファから立ち上がった。そんな希子たちの思いを察してくれたのだろう。ためらいを見せていた菊枝も静かに立ち上がってくれた。

ゆうべの段取り説明の際、

「食べ比べが成功したら、レオンと二人きりにしてくれるかな」

と万太郎から言われたときは、二人きりにして大丈夫か、と希子は不安になったものだった。

それでも万太郎は、

「今回のことには差別の問題が絡んでるから、レオンとゆっくり話したいんだ」

と身を乗りだし、珠江女将が言っていたデリケートな事情を初めて明かしてくれた。珠江女将から釘を刺されていた通り、どういうこと？　と希子が驚いてみせると、

「レオンと二人きりで話すのは心配かもしれないけど、絶対に怒鳴ったり殴《なぐ》ったりはしないから安心して待っててほしい」

と万太郎は約束してくれた。

菊枝と一緒に別室で待っているときは気が気でなかったが、二十分後、万太郎から携帯に、

「応接室に戻ってくれるかな」

と電話が入った。

菊枝とともに恐る恐る応接室に戻ってみると、万太郎とレオンは思いのほか打ち解けた空気を漂わせていた。これには菊枝ともどもほっとしていると、

「じゃ、店に帰るぞ」

万太郎はそう告げるなり台所に行って蕎麦道具一式を背負い、菊枝への挨拶もそこそこに貴島家から出ていった。慌てて希子は菊枝に挨拶して後を追うと、万太郎はそのまま店に向かってのしのし歩いていく。

ほどなくして二人で店に入り、引き戸を閉めると同時に希子は聞いた。

「レオンと何話したの？」

万太郎は黙って店の冷蔵庫から瓶《びん》ビールを取りだして開け、グラスに注いで一気に飲み干して、ふうと息をついてから答えた。

「ゆうべ約束したように、差別のことで怒ったりはしなかった。そのかわり、モンゴル人のおれがどんな覚悟で蕎麦職人になったか、それを説明したんだ」

モンゴル人でありながら日本伝統の蕎麦の世界に足を踏み入れた当初は、周囲からいろいろと雑音が聴こえてきた。しかし万太郎は雑音に反発するかわりに、よりいっそう蕎麦にのめり込んだ。蕎麦を打って打って打ち続け、みんなの舌を納得させることで雑音を打ち消し、外国人うんぬんよりも一人の蕎麦職人として評価してもらえるよう頑張ってきた。

「だからレオンも差別したり悪口を言ったりした人を恨《うら》んでる暇《ひま》があったら、自分の夢を叶えるために努力すべきなんだ。もし暴力を振るわれたり違法なことをされたら警察を呼べばいいけど、茶化したりいたずらしたりする雑音は無視して努力し続けていれば、きっとまわりが変わってくる。そう言い聞かせたら、黙って聞いてたレオンが、だけどぼくは純粋な外国人じゃないし、って言い返してきた」

「ああ確かにフィリピンの血は半分だものね」

希子が相槌《あいづち》を打つと、

「でも、おれも言い返した。もちろんレオンには、おれとはまた違う雑音も聴こえるんだと思う。それでも、一人の人間として夢を叶えるために努力してれば怖がることなんて何もないのに、なんで今回、レオンは逆に雑音を立てる側になっちゃったのか。そのほうが気が楽になるからなのかもしれないけれど、でも、それってブーメランでまた自分に還《かえ》ってくるんだ。だからもうそんなことはやめて、自分が幸せに生きるためにはどんな夢を叶えればいいのか、それを探す努力をしたほうが絶対いい、って」

それでなくてもいまのレオンは、新橋駅前という絶好の立地にある貴島ビルの共同オーナーで、だれもが羨《うらや》む立場にある。

だったらたとえば、いまの立場をレオンが大好きな飲食のために生かせないか、とか、頭を切り替えて努力したらどうだろう。そうすれば周囲もきっと変わりはじめて雑音もなくなると思う、と万太郎がたたみかけると、レオンは黙ってしまったが、それでも万太郎は続けた。

「だからおれは、最後にこれだけは言っときたいんだ。肌の色とか人種とかが違っても、一人の人間として堂々と生きてれば、人間同士、通じ合えるものなんだ。そのためにも、もしおれの三立て蕎麦を気に入ってくれたなら、つぎはぜひ店に食べにきてくれ。旨いもん食って、笑顔で挨拶し合っていれば、レオンが叶えたい夢がきっと見つかるはずだから」

これからもよろしくな、と万太郎はにっこり微笑みかけ、ソファに座っているレオンに歩み寄ると巨体を屈《かが》めて両手を広げ、力強くハグした。

レオンは一瞬、ビクッと身を硬くしたものの、すぐにふっと体の力を抜いて嗚咽《おえつ》を漏《も》らしながら抱きついてきたという。

その晩は気疲れと体の疲れが重なって、夫婦揃《そろ》って早々に寝てしまった。

おかげで身も心も久しぶりに癒《いや》されたのだろう。翌朝は夫婦ともに爽快《そうかい》に起床《きしょう》して、気持ちも新たに店に出掛けて開店準備に励んだ。

万太郎の手打ち技もいつになく冴《さ》えわたり、昼営業前には、このところバタバタしていて忘れがちだった試食も夫婦揃ってした。

上等な出来栄《できば》えだった。もう大丈夫、と安堵《あんど》して暖簾を掲げると、昼営業の常連客たちも昨日までの蕎麦とは違うと気づいてくれて、

「いやあ旨かったよ」

とわざわざ声をかけて帰る人が続出した。

そんな客席の空気がひしひしと伝わってくる喜びもあってか、午後休憩に入ると万太郎が、二人で烏森神社に参拝しにいこう、と言いだした。希子も素直に賛同し、久しぶりに感謝を込めて参拝して賽銭《さいせん》も弾《はず》んでしまった。

さて、夜営業も頑張ろう、と夫婦で気合いを入れ直して店に戻ってくると、バイトの琢磨がいた。今日は給料日じゃないのにやけに早い。どうしたのか、と訝っていると、

「口コミサイトに新しい投稿があったんすよ」

と携帯画面を見せてくれた。最近は毎日チェックしてくれているそうで、

「また何かあったの？」

慌てて読んでみると、それはグルメシ王ことレオンの最新投稿だった。

〝先般の私が投稿した内容につきまして、虚偽かつ誹謗中傷に当たる部分があったため、本日、

口コミサイト運営会社に削除を依頼しました。蕎麦処まんたの店主ご夫妻、そしてファンの皆様に心から謝罪いたします〟

驚いた。まさに夫婦の思いが通じた証拠ともいえる謝罪投稿で、久々に万太郎が満面の笑みを浮かべて、

「店ごと出前、やってよかったなあ」

と感じ入っている。すると琢磨が再び携帯を操作して、

「あと、旨チャンネルもチェックしてみたんすけど、こっちは過去投稿が削除できないらしくて、〝虚偽かつ誹謗中傷に満ちた過去投稿を全面撤回します〟っていう謝罪コメントがアップされてました」

と投稿を見せてくれて、

「電子掲示板って書き逃げ言いっぱなしが当たり前なんで、これ、すごいことっすよ」

と顔を上気させている。

希子としてもここまでレオンがやってくれるとは思っていなかっただけに、

「すごいよマンタ！　マジですごい！」

嬉しさのあまり琢磨の前で、ぴょんと万太郎に抱きついてしまった。

おかげで夜営業はさらに活気づいた。今夜もいつも通り口開けに来店した楠木先生に感謝を込めて事の次第を伝えると、

「それは素晴らしい。だったら今夜はわしがご馳走するから、閉店後、夫婦でエムズで飲《や》らない

かい？　よかったらネット名人の琢磨くんも一緒に」

と広い額を撫《な》でながら誘ってくれた。


店の後片付けを終えた夜九時半、琢磨も含めた三人でエムズへ行くと、和格子扉に〝本日午後九時半より貸切〟と張り紙してあった。

楠木先生が日吉に掛け合ってくれたそうで、店に入ると一献屋の珠江女将もいた。これまた楠木先生が声をかけてくれて、九時半以降はワンオペでも一献屋を回せるから従業員の綾乃にまかせてきたという。


早速、それぞれのカクテルを日吉が手際よく作って差しだしてくれたところで、

「楠木先生、乾杯の音頭《おんど》を取ってください」

と希子が声をかけた。

「いやいや、音頭なんておこがましいが、これで明日も絶品の蕎麦を手繰れると思うと嬉しくてね。万太郎くん、ありがとう」


楠木先生は抑えた声で言ってマティーニのグラスをそっと掲げ、みんなも静かにグラスを掲げて口に運んだ。すると当の万太郎がおもむろに席を立ち、

「すみません、最初にちょっと話したいことがあるんだけど」

とみんなを見渡した。みんなの視線が万太郎に集まる。

「まだみんなはレオンのことを、店で食べてもないくせに悪口を言いふらしたとんでもないや

つ、と思ってるかもしれない。でも、おれにはレオンの気持ちがよくわかるんだよね」

もう十年以上も前の話になるが、万太郎は来日当初、慣れない日本の相撲《すもう》に四苦八苦していた。幼少期からやっていたモンゴル相撲はお手のものだったのに、日本の相撲の勝負勘が摑めないため、体格はいいのになかなか勝てないでいた。そんなモンゴルの若造を新弟子仲間の日本人力士たちは〝大草原の羊ちゃん〟と茶化したりいじめたりしはじめ、その二重の軋轢《あつれき》に万太郎はあえいでいた。

そんな折に、東欧《とうおう》から新たな若者が入門してきた。当時はグルジアと呼ばれていた現ジョージア出身の新弟子で、万太郎にも増して日本の相撲に苦戦していた。そこに目をつけた万太郎は、自分より弱くて日本語も拙《つたな》い彼を見下し、ここぞとばかりに口汚く罵《ののし》ったり、まわしを隠したり、稽古中《けいこちゅう》にこっそり拳《こぶし》のパンチを入れたりして憂《う》さを晴らしていた苦い記憶があるという。

「だからあの頃を思い出すたびに、おれは自分が大嫌いになるんだけど、そんなおれだからこそレオンの気持ちがわかるんだ」

子ども時代から東南アジア顔ゆえに差別されてきたレオンは、力士で挫折《ざせつ》して蕎麦打ちになったモンゴル人をいじめて溜飲《りゅういん》を下げていた。まさにグルジア人力士をいじめて喜んでいた万太郎と同じく、より弱い立場の人をいじめる卑《いや》しくも哀《かな》しい新たな差別に走っていたわけで、こうした二次被害も含めた差別の連鎖が世界中の人たちを苦しめている。

「だから、こういう繰り返しを止めない限り差別はなくならない。そのためにもおれは、レオンを許して仲良くしようと思ったんだ」

異質なものへの差別意識は、だれの心にも潜んでいる。それを乗り越えるには、それぞれの気持ちを理解し合い、許し合っていくしかない。もちろん、許せないほど過酷な状況もあるだろう。それでも小さな差別の芽のうちに許し合える接点を見つけ合う努力を積み重ねていかなければ、いつまで経っても同じ繰り返しだ。それがわかっているからこそ万太郎は、耐えがたきを耐えて喧嘩腰ではなく店ごと出前でレオンの心に訴えかけたのだという。

「そういうことだったんだ」

初めて万太郎の悲哀《ひあい》を知った希子はぽつりと呟き、定休日前でないのに日吉が作ってくれた林檎のカクテルを口にしながら、万太郎と結婚した直後に交わした会話を思い出した。

そのとき希子はこう尋ねた。

〝将来、モンゴルに帰るつもりはあるの？〟

万太郎はふと考えてから答えた。

〝たった一人の身内、母親を亡くしたおれは、日本人として生きていくって決めて帰化したけど、まだみんな日本人と見てくれてないと思うんだ。だから、みんながふつうに日本人と認めてくれるまでモンゴルには帰らない。ひょっとしたら一生帰れないかもしれないけど、そう決めたんだからそれでもいい〟

ここまで言い切れる覚悟が生まれたのも新弟子時代の葛藤があったからだと思うと、希子は胸が詰まる。ただ、差別問題は一朝一夕《いっちょういっせき》で解決できるものじゃない。希子も万太郎もゆくゆくは子どもを持ちたいと考えているだけに、こうした問題に再び直面するかもしれない。それでも、そのたびに理解し合い、許し合っていくしかないし、それこそが夫婦二人で蕎麦屋として生きていく道なのかもしれない。

　そう悟《さと》った希子はカクテルグラスを掲げて声を張った。

「万太郎、これからも三立て夫婦で頑張ろ！」

　途端にエムズの店内に拍手が沸き起こった。楠木先生も珠江女将も日吉も琢磨も、みんなが笑顔で手を叩いている。

　翌日の昼営業の直前。蕎麦前用の出汁《だし》巻玉子を焼き終えた希子は、そろそろ店を開けなきゃ、と蕎麦打ち場を見た。
　万太郎がいない。ゆうべはエムズで深夜三時まで盛り上がってしまい、夫婦で店に戻って客席で仮眠したのだが、ふと目覚めると朝九時になっていた。慌てて営業準備をはじめてどうにか間に合いそうなのに、万太郎ったらまた途中で投げだしたんだろうか。
　泡を食って打ち場に入り、生舟の蓋《ふた》を開けてみた。とりあえず十人前は打ち上がっているが、これじゃ足りない。ったく相変わらずなんだから。苛つきながらふと顔を上げ、打ち場のガラス越しに路地の先を見ると、茶褐色の肌をした若い男がぽつんと佇《たたず》んでいる。
　レオンだ。

そう気づいた瞬間、路地を駆けていく万太郎の大きな背中が見えた。希子があたふたと準備を進めているとき、レオンに気づいて店を飛びだしていったらしい。

嬉しくなって希子も飛んでいこうとすると、万太郎の腕で肩を抱かれたレオンが、おじゃまします、と店に入ってきた。

「いらっしゃいませ！」

希子が笑顔を弾《はじ》けさせて迎え入れると、レオンは照れ臭そうにぺこりと頭を下げた。

第三話　先輩

機内のベルト着用サインの音がポーンと鳴り、飛行機が着陸態勢に入った。希子はシートベルトを締め直し、ふと窓の外に目をやると、海の向こうに港が広がっている。

「あれが博多《はかた》港だ」

右隣に座っている万太郎が説明してくれた直後に、飛行機は左に旋回しはじめ、希子の眼下には港沿いに佇《たたず》む巨大な和風屋根が見えてきた。

両国国技館に似たその建物こそが、来週末から大相撲《おおずもう》九州場所こと十一月場所が催《もよお》される福岡《ふくおか》国際《こくさい》センターだそうで、

「あそこの土俵《どひょう》に立ったのは、もう六年前になるんだなあ」

万太郎が丁髷頭《ちょんまげあたま》を撫《な》でつけながら懐《なつ》かしそうに眺《なが》めている。

当時、万年幕下《まくした》だった万太郎は七日間しか土俵に上がれなかったそうだが、つぎの場所前に希子と出会って力士を廃業したため、それが最後の土俵になったという。

「ちなみに最後の成績は？」

「二勝五敗の負け越し」

照れ笑いした万太郎の大きな背中を慰《なぐさ》めるようにさすりながら下界を眺め続けていると、飛行機は港を抜けて福岡市街の上空に進入。数多《あまた》のビルが立ち並ぶ中心街を横切るなり、その先に滑走路が見えてきた。

「福岡空港って街のすぐ近くにあるんだね」

初めて訪れた希子が驚いているうちにも飛行機は左旋回を続けながらみるみる高度を落として

いき、ふわりと滑走路に着陸した。

時刻は午前八時二十分。羽田《はねだ》空港を始発便で発《た》って二時間ほどで着いてしまった。

「すぐ地下鉄に乗るぞ」

手荷物受取所で受け取った大型スーツケース二つをごろごろ引いて万太郎が歩きだした。

眞山部屋の力士が寝泊まりしている宿舎は福岡市から南東に下った太宰府《だざいふ》市にあるそうで、力士は場所中、片道五十分かけて福岡国際センターまで通うのだそうだ。

「もっと近くの宿舎にすればいいのに」

希子が言うと、

「これでも眞山部屋は近いほうなんだよ」

万太郎は笑った。相撲部屋の宿舎は利便性より経済性が優先されるため、弱小部屋ほどタニマチと呼ばれる後援会が無料で提供してくれる工場、倉庫、寺社の境内《けいだい》といった場所を選ぶ。その手の好適地は中心街には少ないため、開催場所から一時間以上もかかる遠方に宿舎を借りる相撲部屋もあるらしい。

「まあ地方場所って相撲部屋にとっては、いかに出費を抑《おさ》えるかが勝負だからさ」

そこで、ちゃんこ用の米はもちろん肉、魚、野菜、調味料などもタニマチからの差し入れを使い、宿舎用の貸布団《かしぶとん》や日用品、光熱費までタニマチ頼りの部屋が大半だという。

「それでも部屋の力士が活躍すればご祝儀《しゅうぎ》がたっぷり入って潤《うるお》うから、地方場所は〝集金場所〟って言う人もいるんだよな」

そんな裏事情があるだけに、眞山親方はタニマチとの付き合いに心を砕くとともに、幕下力士には、ひとつでも多く勝ち越せ、と尻を叩く。とりわけ親方は西前頭《まえがしら》筆頭の出世頭、かつて万太郎の後輩だった鉄眞山《てつまやま》には並々ならぬ期待をかけている。

「相撲って、けっこう大変な商売なんだね」

初めて知った希子が驚いていると、

「そりゃそうだよ。相撲はみんなで盛り上げてかないと成り立たないし、それがわかってるからおれも自腹で駆けつけたんだ」

そもそも今回、タニマチが集《つど》う力士激励会《げきれいかい》で蕎麦《そば》を打ってくれ、と言ってきたのは眞山親方だった。今場所は上位陣が低調とあって鉄眞山にとっては正念場だ。同じ秀ケ浜《ひでがはま》一門の十勝海《とかちうみ》部屋の東前頭筆頭、鷹乃海《たかのうみ》を制すれば平幕《ひらまく》優勝も夢じゃない。そうなれば小結《こむすび》昇進はもちろん、一足《いっそく》飛《と》びに関脇《せきわけ》昇進もありと言われているだけに、

「ここはひとつ、長生きの縁起物《えんぎもの》、蕎麦を打ってもらって、後援会員の健康長寿と力士の白星長命を祈願しようと思ってね」

と頼み込まれた。

かつて親方は、膝《ひざ》の故障で万年幕下だった万太郎に〝ちゃんこ長〟という役職を与えて面倒を見てくれた。その恩義に報《むく》いる絶好の機会と捉《とら》えた万太郎は快諾《かいだく》し、店を臨時休業して福岡に飛び、タニマチと力士のために奉納蕎麦を打って、翌朝には東京にとんぼ返りする強行日程を組んだのだった。

それだけに一刻もうかうかしていられない。万太郎はごろごろ引いていた二つの大型スーツケースをえいやと担《かつ》ぎ、福岡市地下鉄の改札を目指して空港内をずんずん歩いていく。そんな気合いに煽《あお》られて、希子もいつにない早足で万太郎の背中を追いかけた。

電車を乗り継いで到着した太宰府駅前からタクシーで五分。地元後援会の拠《よ》り所《どころ》、丹勝寺《たんしょうじ》という寺が眞山部屋の宿舎だった。

境内に入ると鬱蒼《うっそう》と茂る楓《かえで》や銀杏《いちょう》が赤や黄に色づきはじめている。出迎えてくれた若手力士の話では、今場所の初日あたりには見頃になるそうで、

「できれば来週までいて見事な紅葉を見たいもんだよなあ」

と万太郎は残念がっているが、今回はそれどころではない。若手力士に先導されて境内の右手に歩いていくと、眞山部屋の幕内《まくうち》力士の四股名《しこな》が色鮮やかに染め抜かれた幟旗《のぼりばた》が立ち並ぶプレハブの稽古場《けいこば》があった。

場所中は親方と幕内力士以外は全員、本堂内の大広間に貸布団を敷いて雑魚寝《ざこね》する。食事どきは貸布団を片付け、親方以下全力士が集まってちゃんこを食べるそうだが、この時間はだれもが稽古場にいる。

引き戸を開けて稽古場に入ると、噎《む》せ返《かえ》るような汗臭さの中、丁髷に稽古まわし姿の力士たちが盛り土を固めた土俵の上でぶつかり稽古の真っ最中だった。

「お疲れっす！」

万太郎が大声で挨拶《あいさつ》すると、

「あ、マンタさん！」

後輩力士から拍手が湧《わ》き起こった。

そういえば万太郎は七月にも後輩力士と飲み会をやっていたし、蕎麦職人となったいまも、みんなに慕《した》われていることがよくわかる。土俵正面の小上がりに座って稽古を見守っている眞山親方も、遠くからありがとな、と嬉《うれ》しそうにしている。

そんな歓迎ぶりに笑顔で応じながら、万太郎は土俵の奥にいる一人の力士に向かって、

「テツマ、元気でやってるか！」

と声をかけた。

テツマとは鉄眞山の愛称で、その体型はソップ型と呼ばれる細身で筋肉質なタイプ。身長は百七十五センチと、いわゆる小兵《こひょう》力士ながら、持ち前の筋肉パワーに加えて相撲巧者《こうしゃ》とあって上位陣にも恐れられているという。

鉄眞山がぺこりと頭を下げてきた。元兄弟子との再会が照れ臭いのか、妙に他人行儀でいる。

すると小上がりにいる親方が、

「マンタ、久々にテツマとやってみるか」

と言いだした。鉄眞山が新弟子の頃は万太郎がよく稽古相手をしていたそうで、親方としては余興のつもりで若手力士に稽古まわしを持ってこさせた。

この提案に万太郎も現役時代を懐かしんでか、躊躇《ためら》うことなくまわしを締めてきた。ほかの弟

子たちも興味深そうに見つめる中、ゆっくりと四股を踏み、鉄砲という突っ張りの練習をしてから、よし、と土俵に上がった。

その裸体を見て希子は噴きだしそうになった。それでなくてもアンコ型と呼ばれる丸々と太った体型なのに、ぷっくり膨《ふく》らんだ腹や背中の肉は青白くてぶよぶよ。同じアンコ型でも現役力士の腹や背中は堅《かた》くぱんぱんに張っているだけに、あからさまに見劣《みおと》りする。

それでも親方は、

「テツマ、ガチでいけよ！」

と発破《はっぱ》をかけている。そう言われては、稽古終わりで肩で息をついていた鉄眞山も抗《あらが》うわけにはいかず、四股を踏みはじめた。

希子はひやひやしていた。稽古とはいえ、いま注目の出世力士が相手となれば万太郎など瞬時に投げ飛ばされるに違いなく、怪我《けが》でもされたら蕎麦打ちどころではなくなる。

二人が土俵に上がった。だれもが固唾《かたず》を呑《の》んで立ち合いを見守っている。ぶよぶよのマンタと相撲巧者の鉄眞山が、たがいの仕切り線を挟んで両拳《りょうて》を土俵につけた瞬間、万太郎がダッと体ごと攻め込んだ。

その巨体を鉄眞山はガシッと冷静に受け止め、素早くがっぷり四《よ》つに持ち込んだかと思うや、いきなり上手《うわて》投《な》げを打った。万太郎はぐっと堪《こら》えた。間髪《かんはつ》を容《い》れず鉄眞山が意表を突く下手《したて》捻《ひね》りを繰りだしたものの、かろうじて万太郎は残った。

おおっ、と周囲から声が漏《も》れる中、がっぷり四つのまま、しばしの膠着《こうちゃく》状態が続いた。二人ともじりじりと相手の出方を窺《うかが》っていたが、ふとした隙《すき》を突いて万太郎が体をくねらせ巧妙《こうみよう》に両差《もろざ》しに持ち込むと、怒濤《どとう》のがぶり寄りでぐいぐい押し込んだ。

その勢いに負けて不覚にも鉄眞山は上体のバランスを崩し、ずるずるっと土俵際まで追い詰められた。それでも全身の筋肉を震わせて踏ん張り続けたものの、それまでだった。鉄眞山は苦渋《くじゆう》の表情を浮かべて土俵を割った。

稽古場が静まり返った。平幕優勝候補が万年幕下だった元力士に負けた異常事態に、だれもが驚愕《きようがく》の面持《おもも》ちでいる。鉄眞山にしてみれば過酷《かこく》な稽古終わりの一番というハンディがあったにせよ、あってはならない逆転劇。同部屋の現役力士たちはどう反応したものか、当惑顔《とうわくがお》でいる。

それは希子も同様だった。居心地《いごこち》の悪い思いで見守っていると、当の鉄眞山が再び土俵に戻り、まだ荒い息をついている万太郎に、

「あざっす！」

と乱れた丁髷を揺らして頭を下げるなり稽古場から出ていった。

すかさず眞山親方が小上がりから降りてきた。万太郎を土俵に上げた張本人としても当惑しているはずだが、そんな素振《そぶ》りは見せることなく、

「おうマンタ、やるじゃねえか。その勢いで後援会員に旨《うま》い蕎麦を打ってやってくれ！」

と万太郎の大きな尻をパチンと叩いた。

力士激励会は午後二時からはじまった。

会場は本堂にある百畳ほどの大広間。幕下力士たちが準備した細長い座卓には食器や箸《はし》がずらり並べ置かれ、福岡県内から集まった七十人近い後援会員たちが腰を下ろしている。

ほどなくして眞山親方と八人の幕内力士が、着物姿でのしのしと一段高い演台に上がって整列すると、マイクを手にした司会者が、

「ただいまから、眞山部屋後援会の力士激励会を開催いたします」

と宣言した。続いて演台上の幕内力士を順に紹介したところで、

「それでは早速ですが、眞山部屋後援会長の武田秀樹《たけだひでき》様に開会のご挨拶と乾杯の音頭《おんど》をお願いいたします」

と背広姿の熟年男性を演台に呼び込んだ。

いかにも往年の熱血漢といった陽焼け顔の武田会長は、開会の挨拶に続いて部屋期待の鉄眞山について熱く語りはじめた。

「さて今場所、何を差し置いても注目すべきは、先場所の大活躍で伸《の》し上がった鉄眞山に尽きます！　それでなくても今場所は横綱《よこづな》一人と大関《おおぜき》二人の休場が決まっている。学生相撲以来の因縁《いんねん》のライバル、鷹乃海に競《せ》り勝《か》って平幕優勝を果たせば、小結どころか関脇昇進も夢ではありません！　これをチャンスと言わずして何がチャンスでありましょうか！」

煽り立てられた会場から、チャンスだチャンスだ！　関脇昇進だ！　と声が飛んだ。

事実、直近の三場所は鷹乃海が三十一勝、鉄眞山は三十三勝と二勝も上回っている。年齢も鷹乃海は三歳上の三十歳。若さと筋肉パワーの相撲巧者鉄眞山が蹴散《けち》らしてくれるに違いない、と

会場が大いに盛り上がっている。

そんな熱気に応《こた》えて武田会長は、ビールを満たしたグラス片手に鉄眞山を呼び寄せ、

「鷹乃海を倒すぞ！」

と声を張り、会場も応じる。

「鷹乃海を倒すぞ！」

「鷹乃海を倒して関脇昇進だ！」

「鷹乃海を倒して関脇昇進だ！」

「鉄眞山に乾杯！」

「鉄眞山に乾杯！」

全員がグラスを掲《かか》げて飲み干し、賑々《にぎにぎ》しく宴《うたげ》がはじまった。

いよいよだ、と万太郎が一張羅《いっちょうら》の着物の帯を締め直して襷掛《たすきが》けしている。希子は手伝いの若手力士たちに指示して蕎麦打ち台を演台に運び込み、蕎麦打ち道具をセットした。

今回、打ち台や大鍋、石臼《いしうす》といった大きな道具は眞山部屋のちゃんこ番が現地調達しておいてくれた。ほかの捏《こ》ね鉢《ばち》、延《の》し棒《ぼう》、蕎麦切り包丁、小間板《こまいた》、そして蕎麦の実も含めた小物は烏森《からすもり》の店から持参した。

ただし、実演で打つのは十人前のみ。全八十人前のうち七十人前は、すでに打ち終わっている。鉄眞山との稽古相撲後、大広間の隣にある台所で、いまが旬の秋蕎麦の実を粉に挽《ひ》き、激励会スタートまで粉まみれになって十人前ずつ七回も打った。

残り十人前は会場で手打ちを実演して見せてから、夫婦二人で台所の大釜《おおがま》二つで全八十人前を茹《ゆ》でて振る舞う段取りになっている。

準備が整ったところで司会者が再びマイクを手にした。

「ご歓談中ではございますが、ただいまより眞山部屋の元力士、泰平山《たいへいざん》万太郎が皆様のご長寿と全力士の勝利を祈願して、奉納蕎麦を手打ちしてご賞味いただきます！」

途端に会場から拍手が湧き上がり、よっ、万太郎！　と声も飛ぶ。

その声援に応えて万太郎は神妙《しんみよう》な面持ちで一礼し、捏ね鉢に蕎麦粉《そばこ》を入れて水回《みずまわ》しにかかった。あとはもう手慣れたもので、蕎麦粉を捏ねて延ばして折りたたんで打ち粉《うこ》をして、と毎度の手際で打ち進めていく。

そんな万太郎を演台脇で見守っていた希子は、途中、その蕎麦打ち姿に違和感を覚えた。もちろん、いつも通り丁寧《ていねい》かつ誠実に蕎麦に向き合っているのは間違いない。なのに日頃から打ち姿を見慣れている希子の目には、どこか精彩を欠いているように見える。

どこがどうとは言えないが、久々の稽古相撲で空気を読まずに勝ってしまった自分を悔いているのか。あるいは、あの勝ちに味をしめてまさかの現役復帰を考えていたりして。

希子の戸惑《とまど》いをよそに万太郎は淡々《たんたん》と蕎麦を打ち終え、拍手喝采《かつさい》の中、台所に戻ってきたが、気になった希子は耳打ちした。

「ねえ、大丈夫？」

なんか変だよ、と声色《こわいろ》に滲《にじ》ませたつもりだったが、万太郎は黙って湯が沸き立つ大釜の前に立ち、さっさと蕎麦十人前を茹ではじめた。仕方なく希子も、隣の大釜で十人前ずつ蕎麦を茹でてはせいろに盛りつけ、若手力士たちに会場へ運んでもらった。

こうして夫婦合わせて八十人前を茹で上げたところで二人は大広間に戻り、蕎麦を味わっている後援会員から労《ねぎら》いの言葉をかけられながら末席に着き、ビールを口にした。

そのとき再び司会者がマイクを手にした。

「皆様、素晴らしい奉納蕎麦をご堪能《たんのう》中ですが、たったいま、地元福岡のご意見番、御年《おんとし》八十二歳の〝貝原《かいばら》師匠〟こと貝原策太郎《さくたろう》様が駆けつけてくださったので、ぜひご挨拶していただきたく存じます」

そう紹介された白髪《しらが》頭の老翁《ろうおう》、貝原師匠が杖を突きながら演台に上がり、

「いやあ旨そうな蕎麦ばい！」

と会場を見渡し、にんまりと微笑《ほほえ》みを浮かべた。そのかくしゃくとした第一声に会場のだれもが箸を止めて拍手を送ると、

「やけん今場所の注目株、わしも通うとった大学の相撲部におったいう鉄眞山と鷹乃海は、楽しみやねえ。二人とも気合いを入れて、はっきょい残った残った！」

としゃがれ声を張り、会場に笑いが起こった。その反応に貝原師匠は満足そうにうんうんとうなずき、そいじゃ、と片手を挙げてまた杖を突いて演台を降りていく。

短いながらもほのぼのとした挨拶に、希子はほっこりしながら、

「どなたなの？」

蕎麦湯を配ってくれている若手力士に聞くと、福岡から中央政界に進出して活躍した元代議士だそうで、数年前に政界を引退して福岡に戻ってからも、地元のご意見番として人気者だという。

「まあ確かに楽しいお爺《じい》ちゃんだものね」

思わず希子は万太郎に笑いかけたが、またもや、うむ、と唸《うな》っただけで黙っている。

「んもう、どうしちゃったのよ。稽古相撲と蕎麦打ちで疲れてるのはわかるけど、愛嬌《あいきょう》ぐらい振《ふ》り撒《ま》いてよ」

周囲に気遣《きづか》って小声で叱《しか》りつけたものの、

「いやそういうことじゃなくて」

と呟《つぶや》いてまた口をつぐんでしまった。

宴会好きの福岡県人の集まりとあって、力士激励会は午後五時過ぎまで飲めや歌えやの大騒ぎだった。

お開きになってもだれもが飲み足りないらしく、陽気にはしゃぎながら二次会に繰りだしていった。しかし希子と万太郎はすぐにタクシーを呼んで大型スーツケース二つを積み込み、博多駅前のホテルへ向かった。

なにしろ今日は、早朝から盛《も》り沢山《だくさん》の予定をこなしてきた。明日も始発便で東京にとんぼ返りしなければならないとあって、ホテルにチェックインして部屋に入るなり、

「ああ疲れた」

希子はベッドに倒れ込んだ。さすがにくたくたで何もする気になれなくて、

「ねえ、せっかくの博多の夜だけど、夕飯はルームサービスで済ませて早寝しよ」

と枕に顔を埋《うず》めながら言うと、

「いや、今夜はモンゴル料理の店に行く」

思わぬことを口にした。力士時代、九州場所のたびに通っていた店があるという。

「ごめんね、またの機会にしよ」

マジで疲れちゃった、と希子は断ったが、

「だけどテツマも来るんだ」

さっきタクシーの中から鉄眞山にメッセージを送って約束してしまったという。

「やだもう、稽古相撲で勝ったからって偉そうに呼びだしたわけ？」

「そんなんじゃないって。八百長《やおちょう》で勝ったってちっとも嬉しくないし」

その言葉に耳を疑い、

「え、八百長だったの？」

思わず問い返した。

「そうだ、あれはテツマが勝たせてくれたんだ。平幕優勝候補が、廃業六年目の蕎麦屋に負けるわけないだろう」

「でも八百長になんか見えなかったし」

「テツマは相撲上手だから、そう見えないように負けてみせたんだ」

それはもう肌を合わせて闘った万太郎しか気づけないほど巧妙な負けっぷりだったという。その感覚は希子にはわからないが、ほかの力士はもちろん親方ですら八百長と見抜けなかったはずだと万太郎は強調する。

「だとしても、テツマさんはこっそり元兄弟子に花を持たせてくれたんじゃないの？」

希子が苦笑いしてみせると、

「はなをもたせる？」

訝《いぶか》しげに問い返された。八百長という言葉は知っていても、こっちはわからないらしい。

「先輩のあなたを立てて喜ばせてくれたってこと。粋《いき》なことする人ね」

意味を説明すると、万太郎はため息をつきながら、そうじゃないんだ、と続ける。

「テツマは昔から相撲だけはガチなやつなんだよ。だから花を持たせるとか、そういうことは絶対にしない」

実際、大相撲では本場所以外の地方巡業で子どもや素人《しろうと》と対戦してみせる余興があるのだが、そのとき力士はわざと負けて素人を喜ばせる。なのに鉄眞山は絶対に〝わざと負け〟はしない男だった。相手が素人だからこそプロの相撲をガチで体験させることに意義がある。そう信じて必ず勝ってみせていたのに、なぜ今日に限ってわざと負けたのか。それが万太郎は解《げ》せないそうで、

「だからテツマとこっそり話そうと思ったんだけど、宿舎の近所だと眞山部屋の関係者がいるか

もしれないだろ？」

そう考えて、かつて通った博多駅前のモンゴル料理店で会おうと思いついたというが、ただ場所前の力士はだれもがピリついている。

「おれと二人きりだと話がこじれそうな気がするから、希子も一緒に来てほしいんだ」

そう言われると断れない。結局は希子が折れて二人でホテルを出た。


歩いて五分ほどで『ドルジ食堂』と看板を掲げたモンゴル料理店に着いた。万太郎が引き戸を開けて店に入り、

「姐《ねえ》さん！」

と呼びかけると、

「あらマンタさん、しばらくねえ」

モンゴル出身の女将《おかみ》、髪をお団子にまとめたアマルが、いきなり万太郎にハグした。モンゴル人は親しい間柄のハグはふつうらしく、

「まあ素敵な奥さん」

初対面の希子にもハグしてくれて、

「マンタさんが現役の頃、うちはモンゴル力士のたまり場だったのよ」

と流暢《りゅうちょう》な日本語で話してくれた。

ドルジ食堂は、万太郎が姐さんと慕うアマルが十五年前に料理人の夫タバンとともに開いた居

酒屋テイストの店だった。ドルジとはアマルの父の名で、妻のアマルが店主だそうで、さあどうぞ、と店内の中央にある立派なテーブル席に案内してくれた。

「いやごめん、今夜はゆっくり話したい後輩が来るから、目立たない席がいいんだ」

万太郎が恐縮しながら頼むと、

「だったらこっちはどう?」

奥にある半個室のテーブルに変えてくれた。

ほどなくして鉄眞山もやってきた。かつての先輩から急に呼びだされて戸惑っているのか、半個室のテーブルに着いても落ち着かない顔でいる。そんな空気を察したアマルが、

「今夜はモンゴルのお酒と料理をどんどん出すから、好きなだけ飲んで食べてね」

と鉄眞山に微笑みかけ、アルヒと呼ばれるウォッカをショットグラスに注《つ》いでビールと一緒に持ってきた。

アルヒをくいっと飲んでチェイサー代わりにビールを飲むのがモンゴル流だそうで、早速三人で乾杯すると、鉄眞山もアルヒをひと息に呷《あお》ってみせた。

「いやテツマは酒も相撲も強くなったよなあ」

入門した頃とは大違いだ、と万太郎が目を細めている。

「とんでもない、今日はマンタさんに完敗しちゃいましたし」

鉄眞山は肩をすくめる。その言葉に万太郎が敏感に反応して、

「でも八百長で勝っても嬉しくないいな」

唐突に本題を切りだした。

「ど、どういうことっすか」

鉄眞山が動揺している。かまわず万太郎は、

「テツマがわざと負けたからびっくりしたって言ってんだ」

とたたみかけた。もうちょい探りを入れてから切りだせばいいのに、と希子は慌《あわ》てて、

「ねえ、おかしなこと言わないでよ」

と万太郎をたしなめた。当の鉄眞山もまた、

「わざとじゃないっす」

心外といった表情でいる。それでも万太郎は、

「いいや、テツマは相撲が上手《うま》いからみんな気づかなかったみたいだが、おれだけはわかった。あれは絶対にわざとだ」

と断じて睨《にら》みつけた。これには鉄眞山も困惑顔《こんわくがお》でいる。そこにお盆を手にしたアマルがやってきた。

「どうしたのよ、みんなで怖い顔して」

大きなお盆に載せた豪勢な料理、遊牧民の国モンゴル自慢の骨付き羊肉の塩茹で〝チャンスンマハ〟、揚《あ》げ餃子《ぎょうざ》のような〝ホーショラ〟、羊肉の石焼〝ホルホグ〟などを配膳して、

「さあさあ、楽しく食べてちょうだい」

と微笑みかけてきた。

「だけど姐さん、こいつは今日、八百長相撲を取りやがったんだよ」

万太郎が事の次第を伝えた。アマルに話しちゃって大丈夫だろうか。希子は不安に駆られたものの、事情を把握《はあく》したアマルは、

「でも、ほんとに八百長だったの？」

インチキするような人には見えない、と鉄眞山を庇《かば》う。

「いや姐さん、マジな話なんだ。おれだってプロの土俵に立ってたから、肌を合わせて闘ってれば筋肉の動きとか力の入れ方とか息づかいとかで、ちゃんとわかるんだよ」

万太郎がムキになって言《い》い募《つの》る。これにはアマルも対応に困ったのか、ふう、と小さく息をついてから、

「そこまでマンタさんに言われたらあたしも考えちゃうけど、ねえテツマさん、ほんとはどうだったの？　嘘《うそ》ついてもいつかバレちゃうんだから正直に言って」

母親が子どもを諭《さと》すようにやんわり迫った。

鉄眞山がたじろいでいる。一度は庇ってくれたアマルにも迫られて言葉に窮《きゅう》してか、

「すみません、明日も稽古があるんで、このへんで失礼します」

突如《とつじょ》席を立った。

「ちょ、ちょっと待てテツマ！」

万太郎が顔色を変えた。

「おまえ、そんなやつじゃなかったのにおかしいぞ！　何があったんだ！」

それでも鉄眞山は黙礼するなりアマルに代金を押しつけて店を出ていってしまった。

翌朝、後味の悪い思いを抱《かか》えたまま福岡空港から始発便に乗った。

定刻の午前七時に離陸した機内から博多の街を見下ろしながら、希子は嘆息《たんそく》した。

隣にいる万太郎とは、あれからほとんど口を利《き》いていない。鉄眞山が帰ってからは気まずい思いで残った料理を夫婦で平らげたのだが、希子が何を話しかけても万太郎は、ああ、とか、いや、とか言うだけでまともに話そうとしなかった。

そんな希子たちにアマルが気遣って、

「ごめんね、あたしが口を挟んじゃって」

と謝ってくれたが、あれはアマルのせいじゃない。鉄眞山を心配するあまりとはいえ、万太郎は話の切りだし方からして間違っていた。生来の猪突猛進《ちょとつもうしん》が悪いほうに転んだ結果としか言いようがなく、帰り際には希子が、

「今夜は本当にお騒がせしました」

丁寧にアマルにお詫《わ》びした。

「お騒がせなんてことないわよ」

アマルは笑顔でお団子頭を横に振り、また遊びにおいでね、と笑顔で見送ってくれたが、せっかくの出張蕎麦打ちが残念な幕切れになってしまった。

重い空気に包まれたまま翌朝の八時半、羽田空港に舞い戻ると、その足で新橋に直行した。通

勤ラッシュに揉《も》まれながら朝九時半過ぎには到着し、休む間もなくバタバタと開店準備を進め、なんとか昼営業に間に合わせた。

こういうときに限って客が押し寄せてくる。折しも秋の新蕎麦〝秋新《あきしん》〟の時期とあって、臨時休業明けを待ちかねていた常連客がどっと繰りだしてきて注文が途切れない。

もちろん、ありがたい話なのだが、昼営業にしてはめずらしく蕎麦が足りなくなって、万太郎が追い蕎麦打ちするほどの忙しさ。夫婦ともどもてんてこ舞いになってしまい、前の晩から引きずってきた重い空気など吹き飛んでしまった。

昼の客を捌《さば》き終《お》えたのは定時の午後二時を大幅に回った頃合いだった。ようやく暖簾《のれん》を下げた希子は、はあ、と息をつくなり客席の椅子《いす》にへたり込んだ。それは万太郎も同様らしく、やれやれと蕎麦打ち場から出てきて、離れた椅子にどすんと腰を下ろした。

そのまま万太郎は蕎麦打ち疲れの肩をこきこき鳴らしてほぐしていたかと思うと、

「ごめんな」

ぼそりと言った。突然の謝罪に、急に何よ、と希子が顔を上げると、

「ゆうべは希子にもアマル姐さんにも不愉快な思いをさせちまった」

マジでごめん、と頭《こうべ》を垂《た》れる。

一夜明けて慌ただしい日常に追われたことで、ドルジ食堂でのことをようやく冷静に振り返れるようになったらしく、とりあえず希子はほっとしたものの、

「けどやっぱ、納得できないんだよなあ」

万太郎はまだ釈然《しやくぜん》としない顔でいる。

あの場で鉄眞山を性急に問い詰めたことは反省しているが、鉄眞山の〝わざと負け〟に関しては、やはり腑《ふ》に落ちないという。本場所を前に鉄眞山に何らかの異変が起きている。そんな不吉《ふきつ》な予感に駆られてならないそうで、

「あいつに何があったか知らないけど、このままだと今場所はヤバいと思う」

と呟いてまた考え込んでいる。

いつだったか常連の楠木先生が、モンゴル人にはだれにでもやさしくする気質がある、と言っていた。その言葉通り、いまだ鉄眞山を気遣っている気持ちもわからなくはないが、

「もうテツマさんには関わりすぎないほうがいいんじゃない？」

希子はやさしく諭した。彼は彼でプロとして頑張《がんば》ってるんだから、とも言い添えたが、

「それはそうだけど」

丁髷をいじり回しながら言葉尻を濁《にご》す。

これはもう気分転換を図《はか》るしかない。そう悟《さと》った希子は思いきって提案した。

「ねえ、今夜はエムズで軽く飲んで帰らない？」

こういうときは日吉マスターとのんびり話したほうがリラックスできるし、奉納蕎麦打ちの打ち上げも兼ねて、行こうよ、と微笑みかけた。

午後八時過ぎに暖簾を下ろすと、後片付けもそこそこに、このところご無沙汰《ぶさた》していたエムズ

の和格子《わごうし》扉を開けた。

「いらっしゃいませ」

聞き慣れない声で挨拶された。え、といつものL字カウンターの中を見ると、髪をセンター分けにした見慣れない若い男性がいた。

「あの、日吉さんは？」

いつもだったら、今日はどうされました？　と聞いてくれるのに、日吉のほうこそ今日はどうしたんだろう。

怪訝《けげん》な思いで立ちすくんでいると、

「申し訳ありません、今夜はわたくし木崎《きざき》が、お試しマスターを務めさせていただいてます」

と頭を下げられた。

「お試しマスター、ですか」

「ええ、学生さんでいえばインターンシップみたいな感じですね」

よろしければお掛けください、と促《うなが》されて希子たちが座ると詳しく説明してくれた。

木崎は日吉の兄弟子が店主を務める銀座のオーセンティックバー『止《と》まり木《ぎ》』で二番手のバーテンダーとして働いていたが、三十路《みそじ》を迎える今年、独立を決めた。そこで止まり木の店主にエムズみたいな小さな店をやりたい、と相談すると、

「だったら独立前にお試しマスターをやってみろ」

と勧《すす》められた。

銀座界隈《かいわい》の鮨屋《すしや》では、弟子が独立する際、予行演習として親方に代わって何日か店を仕切らせてもらえる慣《なら》わしがある。そこでそれにあやかって止まり木の店主が、いまも同店に飲みにくる弟弟子の日吉に打診してくれて、週一回、一か月だけエムズでのお試しマスターを許されたという。

「それはいい慣わしね。いつか万太郎にも弟子ができたらやってみようよ」

希子が肘《ひじ》でつんつんと夫を突っついた。

「ああ、それはいいな。いきなり開店したおれたちは、いろいろ戸惑ったもんだし」

万太郎も大乗り気で、木崎にカクテルの基本とも言うべきジントニックを注文した。

「じゃ、あたしは洋梨を使ったシュワシュワ系のカクテル、何かお願いできます？」

シュワシュワ系とは炭酸入りという意味で、希子もお手並み拝見とばかりにざっくりとした頼み方をした。

すると木崎はレディファーストで、まずはミキサーにかけた洋梨とリキュールを入れたシェーカーを、こなれた手捌きで振ってグラスに注いで差しだしてきた。

ありがと、と口にするると、日吉とはまた違うフレッシュな飲み口でおいしくできている。続いて差しだされたジントニックを飲んだ万太郎もうんうんとうなずいている。

そのとき新たな客が入ってきた。ちらりと目を向けると、今日も夜営業の口開けに秋新を手繰《たぐ》って帰った楠木先生だった。

「あらら、またお目にかかっちゃいましたね」

希子が声をかけると、

「いや実は、木崎くんのお試しマスターぶりを見にきたんだよ」

と木崎とも挨拶を交わしている。楠木先生も止まり木によく行くそうで、この界隈の店と常連はみんなどこかで繫《つな》がっている。

早速、楠木先生はマンハッタンを注文し、

「そういえば福岡の激励会はどうだったね？」

と希子に聞く。今日の夕方来店してくれたときは、万太郎も希子もバタついていて何も話せなかっただけに、

「鉄眞山の優勝祈願でマンタが打った蕎麦が大好評でした」

と希子が話して聞かせると、

「今場所の鉄眞山は大チャンスですものねえ」

木崎もにこやかに相槌《あいづち》を打ってくれて、ひとしきり九州場所の話題で盛り上がった。

ところが、話の合間にふと万太郎を見ると背中を丸めて考え込んでいる。せっかく心地よく飲んでいたのに、再び〝わざと負け〟のことに頭が向いてしまったようだ。

切り上げどきかも、と判断した希子は、

「ご馳走《ちそう》さま、おいしかった。今夜は早帰りしなきゃならないんで一杯だけでごめん」

でも素敵なお店が開けそうね、と微笑みかけ、万太郎の背中をそっと押して路地に出た。

すると、路地を歩きはじめた万太郎がふと夜空を仰《あお》ぎ見《み》ながら、

「お試しかあ」

ぽつりと漏らした。〝わざと負け〟のことを考えていたのかと思ったら木崎に思いを馳《は》せていたようだ。ちょっとだけ安心した希子は、

「みんな、うまくいくといいね」

万太郎の太い腕に甘えるように縋《すが》りつき、自宅がある築地に向けて歩きだした。


それからの数日間、万太郎はひたすら仕事に打ち込んでいた。

朝一番で蕎麦粉を挽き、蕎麦を打ち、まずは一人前だけ茹でて盛りつける。希子が出汁《だし》を引いて本返《ほんがえ》しと合わせて作った蕎麦つゆに、ちょんとつけて試食して、二人ともよし、となったらつぎの仕事にかかる。

そんな日常に戻ったことで万太郎も、いつまでも気に病んでいても仕事に差《さ》し障《さわ》る、と悟ったのだろう。相撲の話題には触れることなく黙々と蕎麦に向き合っている。

ところが、昼営業を終えて午後休憩になると、気がつけば携帯を手に蕎麦打ち場に入って電話している。だれと話しているのか知らないが、夜営業後に帰宅してからも、どこかに電話したり、かかってきた電話に応答したりしていた。

でも、希子は見て見ぬふりをしていた。とりあえず仕事はきっちりこなしてくれていたし、あまり干渉《かんしょう》してもかえって万太郎を刺激してしまう。黙って見守っていれば波風は立たない。そう自分に言い聞かせた。

そんな数日を過ごしているうちに九州場所が初日を迎えた。お試し営業のエムズから帰って以来、二人ともあえて相撲の話は避けてきたが、今日ばかりは朝から万太郎がそわそわしている。店にテレビは置かない主義だから、開店準備中も昼営業中も福岡のことが気にかかるのだろう。午後休憩に入ると同時に、またどこかへ出掛けていった。

何しに出掛けたんだろう。さすがに希子もそわそわしていると、小一時間後に万太郎が中古のタブレットを手に戻ってきた。テレビはご法度《はっと》だし携帯だと画面が小さい。これで観るぐらいは許されるだろ、と希子に弁明し、

「いまちょうど鉄眞山の話をしてるんだよ」

と現地からの生中継を見せてくれた。

画面の中では、福岡国際センターの実況ブースにいる相撲解説者が、今場所は三役力士の不調もあって鷹乃海と鉄眞山にとっては願ってもないチャンスだ、と煽り立てている。

「ねえ、このまま相撲を観てるつもり？」

希子は苛《いら》ついた。営業中に相撲中継を垂れ流す店にはしたくないから、夜営業になったら消して、とたしなめたものの、

「だけどテツマの取組だけは観たいんだ」

と万太郎は粘る。仕方なく希子が折れて、じゃ、その一番だけ許す、と万太郎にタブレットを消させて午後五時に暖簾を掲げた。

すると、今夜も最初に来店した楠木先生が席に着くなり携帯を取りだした。耳にイヤホンを着

け、鉄眞山の取組前だというのに早くも嬉しそうに相撲中継に見入っている。

続いて来店した常連たちも鉄眞山のことを聞いたのだろう。イヤホンを繋いだ携帯やタブレットで相撲中継を観はじめ、気がつけば万太郎だけが鉄眞山の出番まで中継を観られない皮肉な状況になってしまった。

やがて午後五時二十分過ぎ、鉄眞山が土俵に上がった。常連たちに促されて万太郎もタブレットを手にして希子を見る。約束通りこの一番だけは許可すると、土俵に上がった鉄眞山は瞬《また》く間《た》に相手力士に土をつけ、初日を勝利で飾った。相手が格下力士だったとはいえ、幸先《さいさき》のいい滑りだしに店内の常連たちから、よし、という声とともに拍手が起きた。

と同時に常連客から酒やら板わさやらの追加注文が相次《あいつ》ぎ、店内のそこかしこで相撲談議に花が咲きはじめた。

こうして翌日も翌々日も、午後五時を回ると店内は相撲中継一色になり、みんなの期待に応えるように鉄眞山は三日続けて大柄なアンコ型力士三人を土俵に沈めた。

これで初日から三戦連勝。店内はますます盛り上がり、希子も琢磨も嬉しい忙しさに追われたが、ふと厨房《ちゅうぼう》の万太郎を見ると、なぜか渋い顔をしている。

不思議に思いながら三連勝の余韻《よいん》に浸《ひた》っている常連たちの相手をしていると、万太郎が突如、そそくさとどこかへ飛びだしていった。

それっきり、暖簾を下ろすまで万太郎は戻ってこなかった。

こんな時間まで何してるんだろう。蕎麦は多めに打ってくれていたから営業には支障がなかったが、閉店後、琢磨が帰ったら希子一人で後片付けしなければならない。仕方なく、いつもは暖簾を下ろすなり帰る琢磨に泣きついて二人で後片付けをしていると、のっそりと万太郎が戻ってきた。

「んもう、どこ行ってたのよ！」

希子がどやしつけると、

「テツマが注文相撲ばっかり取ってるから、外であちこち電話してたんだ」

お客さんがいるのに電話するわけにいかないだろ、と弁明する。

注文相撲とは立ち合いで変化する奇襲戦法のことだという。たとえば初日の一番では、立ち合いに正面からぶつかると見せかけてとっさに体《たい》を左にかわし、よろけた相手力士の右手を抱えて小手投《こてな》げで土俵に転がした。二日目は立ち合い直後に頬《ほお》に張り手を飛ばして相手が怯《ひる》んだ隙に右下手《したて》を取り、得意の右四つになるなり上手投げを打って白星を挙げた。さらに三日目は立ち合い直後にひょいと八艘飛《はっそうと》びで横っ飛びし、つんのめった相手の背中を叩《はた》き込み、土俵に這《は》いつくばらせた。

けっして反則技ではないものの、相撲界では正面からぶつかり合う立ち合いが王道とされている。なのに、以前は王道の相撲しか取らなかった鉄眞山が三日連続で注文相撲とは、たとえ勝っても上位力士としての品格に欠けるとして昇進の評価に影響しかねない。

いったい何があったのか。心配になった万太郎は、鉄眞山の周辺に探りの電話を入れた上で本人にも電話して、場所前から抱《いだ》いていた懸念《けねん》をぶつけたのだという。

「何よ懸念って？」

希子が訝しげに問い返すと、

「眞山部屋の激励会のとき、貝原師匠って呼ばれてた地元の有力者が、鉄眞山と鷹乃海のことを〝わしも通うとった大学の相撲部におった〟って言ってたろ？」

それは希子も覚えているが、その言葉が引っかかっていた万太郎は、帰京後、相撲人脈を辿《たど》ってあちこち電話して大学時代の鉄眞山と鷹乃海の関係を調べたのだという。

結果、鷹乃海と鉄眞山は同じ体育大学相撲部の三年離れた先輩後輩で、学生寮では同部屋暮らしだったとわかった。

「しかも鉄眞山は、鷹乃海のパシリだったらしいんだな」

パシリとは使いっぱしりのことだが、そこまで明かした万太郎は店内を掃除《そうじ》している琢磨にふと気づいて、これ、内緒だからな、と釘《くぎ》を刺した。琢磨はモップを止めて、

「大丈夫っすよ、お客さんの個人情報は漏らすなって、いつも希子さんから言われてるんで」

と首肯《しゆこう》してまたモップを動かしはじめる。

その言葉に安堵《あんど》した万太郎は、再び希子に向き直って続けた。

「で、鉄眞山と鷹乃海の関係がわかったとき、おれ、眞山部屋に入門した日のことを思い出したんだ。その日から日本の若い連中と集団生活をはじめたんだけど、ちょっと歳が違うだけで先輩だ後輩だってみんな大騒ぎしててびっくりしたんだよな」

もともと遊牧民のモンゴル人は親族以外と集団生活する経験があまりなかったため、チームプレーより個人プレーが得意だった。先輩後輩とか気にせずに自分がやりたいようにやるのが当たり前だったから、日本の厳格な上下関係に大きな違和感を覚えたという。

もちろん、モンゴルにも歳上の人を敬《うやま》う文化はあるけれど、先輩には絶対服従、みたいな年功序列意識はない。なのに日本では、とくに運動部関係では一年でも先輩なら王様、後輩は奴隷《どれい》、みたいな意識が染みついていて、それが万太郎は大の苦手だった。だから鷹乃海と鉄眞山が同じ体育大学相撲部の先輩後輩とわかったとき、今場所の鉄眞山に危惧《きぐ》を覚えたそうで、その危惧通り、鉄眞山は初日から三日連続で注文相撲を取った。

これは何かある、と直感した万太郎は鉄眞山に電話を入れた。すると、いつになく疲れた声の鉄眞山がため息をつきながら、

「やっぱマンタさん、お見通しなんすね」

と力なく笑い、こう明かした。

「激励会の前の日に、鷹乃海関から電話が入ったんすよ。何かと思ったら、〝まさか先輩を差し置いて関脇昇進するつもりじゃねえだろうな〟って冗談《じょうだん》めかして言われちゃって」

早い話が先輩風を吹かせて恫喝《どうかつ》してきたわけで、やっぱそういうことだったか、と察した万太郎は、

「けど相撲は相撲だ。土俵に上がったら正々堂々と闘う。それ一択なのはわかってるよな」

余計なことは考えずにどーんと行け！　と励ました。

ところが、その上から目線っぽい励まし方がよくなかったのかもしれない。考えてみれば鉄眞山にとって万太郎は、鷹乃海にも増して歳上の先輩だ。鷹乃海の恫喝と万太郎の励ましの板挟みになった鉄眞山は、こうなったら鷹乃海との対戦前に白星を稼いでおくしかない、と考えた。

鷹乃海と直接対決して負けたとしても、ほかが全部白星なら優勝の可能性は残る。何が何でも白星を重ねなければ、と焦《あせ》った鉄眞山は、心ならずも初日の一番で体をかわしてしまった。しかも注文相撲は不思議と癖《くせ》になる。二日目も三日目も、気がつけば立ち合いで張り手や八艘飛びに走ってしまったに違いなく、

「だからもう、テツマのメンタルはガタガタなんだと思うし、この先、何が起きてもおかしくない気がするんだよな。なにしろテツマはお試し相撲に成功してんだから」

と万太郎は口元を歪《ゆが》める。

「お試し相撲？」

希子が問い返すと万太郎が身を乗りだす。

「なんでテツマが稽古相撲でわざと負けたのか。おれ、ずっとわからなかったんだけど、先週、お試し営業のエムズで飲んでるときに気づいたんだ。テツマはおれにわざと負けて、親方やほかの力士がわざと負けだと気づくかどうか試したんじゃないか、って」

わざと負けだと気づかれなければ、それでよし。もし気づかれたら先輩の万太郎に花を持たせたように振る舞えばいい。そう考えて自分の〝負け技〟が通用するか試してみたに違いないという。

言われてみれば、木崎がマスターを務めていたあの晩、エムズから出た直後に〝お試しかあ〟と万太郎は漏らしていた。

「けど負け技なんか試してどうするわけ？」

「試しとけば本場所でも使えるじゃないか」

「じゃあテツマさんは、鷹乃海にわざと負けるつもりでいるってこと？」

「その可能性もなくはない」

「それは失礼だよ、テツマさんは八百長相撲なんか取る人じゃない」

「おれもそうであってほしいけど、やっぱ日本の運動部関係の先輩後輩感覚って根深いんだよな。だから明日の定休日におれ、もう一度、テツマに会って話そうと思ってる」

すでに会う約束をしたという。

「じゃあまた福岡に行くってこと？ それはダメだよ、明日は綾乃ちゃんの店内ライブだし」

この春に万太郎が提案して以来準備を進めてきて、七月から毎月一回、定休日に開いている大事なライブだ。当初は綾乃の友人や店の常連が主な客だったが、綾乃の歌声の魅力と毎回披露《ひろう》している新曲の評判が広がり、いまや新橋界隈の勤め人や学生も集まるようになっている。

「いやもちろん店内ライブも大事だけど、いまはテツマを放っとけないんだ」

だから明日のライブは希子が仕切ってくれ、と言い放たれてかちんときた。

「そこまで言うならあたしも福岡に行く。マンタ一人で行かせたら何するかわかんないし」

「だけどライブは？」

「綾乃ちゃんに事情を話して今回は中止にする」

「それは可哀想《かわいそう》だろう」

「でもそうするしかないじゃん」

たまらず言い返した途端、

「あ、あの、ライブはおれが仕切るっす」

黙って掃除を続けていた琢磨が割って入ってきた。これまでも毎回ライブを観にきてくれていたけれど、そこまでやってもらったら申し訳ないじゃない、と希子は言ったが、それでも琢磨は、

「大丈夫っす。中止じゃ綾乃が可哀想だし、メディア業界を目指す上でいい経験になると思うから、友だちにも手伝ってもらって頑張るんで二人で鉄眞山に会ってきてください」

とにっこり笑った。


結局、翌日は再び夫婦で福岡に行くことになり、午前中は烏森の店に来てくれた琢磨に客席をライブ仕様に変える方法と、観客に売る缶ビールやソフトドリンクの買い揃え方を教えた。

午後からは琢磨の友だちも駆けつけてくれるそうだから、最後に本番の段取りを打ち合わせたところで希子たちは羽田空港に駆けつけ、福岡空港へ向かったのだった。

午後四時過ぎ、福岡空港からタクシーを飛ばし、二十分ほどで博多湾沿いの福岡国際センターに辿り着くと、その周辺には各部屋の関取の幟旗が立ち並び、〝大相撲十一月場所〟と横断幕が

張られた正面玄関前には櫓太鼓《やぐらだいこ》を打ち鳴らす櫓も組み上げられていた。

「久しぶりだなあ」

廃業以来の本場所に感慨《かんがい》も新たにしている万太郎とともに関係者受付に向かうと、昨夜、眞山親方に頼んでおいた招待券が用意されていた。親方は本場所中、支度《したく》部屋の監督業務に就いているから挨拶はいいと言われている。ふだんは展示会やイベントが催されているアリーナに二人とも直行した。

この時間、四方に広がる桟敷《さじき》席と椅子席は七割方埋まり、中央に設《しつら》えられた土俵上ではすでに幕内の取組がはじまっていた。かつて万年幕下だった万太郎が土俵に立つのはいつも昼頃だったから、観客は数えるほどだったそうで、

「一度でいいから、この時間の土俵に立ちたかったよなあ」

と遠い目をしている。

午後五時を回る頃には場内は満席になり、天井から満員御礼の垂れ幕が降りたところで幕内力士の後半戦に入った。鉄眞山は四番目の取組で登場し、今日こそは潔《いさぎよ》い土俵を見せてくれ、と祈るように見つめる万太郎の視線の先で行司《ぎょうじ》が軍配を返した。

すかさず鉄眞山は頭からガツンと相手力士に突進した。よしっ、と思わず叫んだ万太郎の声が届いたのか、鉄眞山は素早く両差しになるや相手力士をがぶり寄りでぐいぐい土俵際まで追いつめ、一気に寄り切った。

場内がどーんと沸いた。

「鉄眞山〜！」

行司の勝ち名乗りが響き渡り、希子たちも立ち上がって拍手を送った。ゆうべ改めて万太郎は鉄眞山に電話して、注文相撲なんかに逃げるな！　客席から見てっからな！　と発破《はっぱ》をかけたそうだが、あれが効いたのかもなあ、と万太郎が喜んでいる。

希子も舞い上がっていた。これまでとは違う豪快な勝ちっぷりを目の当《まあ》たりにして、これが本来の鉄眞山なんだ、と惚《ほ》れ惚《ぼ》れした。

鷹乃海が登場したのは、その二番後だった。鉄眞山より一回り大きいアンコ型の力士だったが、こんな野郎にテツマが負けてたまるか、とばかりに万太郎が睨みつけている。その威嚇《いかく》が土俵上にも伝わったかのように、鷹乃海は立ち合い直後に相手力士に上手投げを打たれて一瞬、体勢を崩しかけた。それでもとっさに鷹乃海は投げを打ち返し、かろうじて勝ちを拾った。

そこまで観届けたところで万太郎は、いくぞ、と席を立ち、三役力士の取組前に福岡国際センターを後にした。せっかく招待券を都合してもらったのに、と希子は引き止めたが、万太郎は無言のまま客待ちしていたタクシーに乗り込み、先日泊まった博多駅前のホテルに乗りつけてチェックインした。

「ここからがおれたちの本番だ」

万太郎はそう言ってホテルの部屋に入るなり携帯で電話しはじめた。

「おう、今日はいい相撲だったたな。いまホテルに着いたんだが、約束通りでいいか？　うん、そうか、だったら待ってる」

だれが相手かはすぐわかった。鉄眞山だ。ゆうべの電話で、明日太宰府の稽古場に行く、と鉄眞山に伝えたところ、人目につく場所はまずいからホテルの部屋に行きます、と言われたそうで、

「でも、あたしも一緒でいいの？」

念のため確認した。

「ていうか逆に、いてくれたほうが鉄眞山も話しやすいと思うんだ」

本場所中の微妙な時期だから、場を和《やわ》らげるためにもいてほしいと言う。

そう言われたら仕方ない。希子も一緒に待っていると小一時間後にドアチャイムが鳴った。

万太郎と鉄眞山が部屋の窓際にあるソファセットに向かい合って座った。希子は部屋に備えつけの紙パックのコーヒーを淹《い》れてソファテーブルに配膳し、手前のベッドに腰掛けて二人を見守ることにした。

万太郎はコーヒーを静かに啜《すす》ると、緊張した面持ちの鉄眞山にゆっくりと切りだした。

「なあテツマ、おれをお試しに使っただろ」

いきなり核心を突いた問いかけだったが、いきなりすぎて鉄眞山は、は？　と小首をかしげた。すかさず万太郎は言葉を変えた。

「この前の稽古相撲、おれ相手に八百長の練習したんだろ、って聞いてんだ」

途端に鉄眞山が目を伏せた。今度は伝わったらしく、しばしソファテーブルのコーヒーを見つ

めていたかと思うと、

「やっぱバレちゃったんすね」

嘆息まじりに鉄眞山が漏らした。

「そりゃそうだ。見ての通り体は衰《おとろ》えたが、現役時代の感覚はまだ残ってる。テツマは相撲が上手いから観てる連中の目はごまかせても、肌を合わせたおれはごまかせねえ。先輩に脅《おど》されたぐらいで馬鹿な真似《まね》するな」

ずばり告げられて鉄眞山は絶句している。ついさっき満員の観衆から喝采を浴びていた鉄眞山とは別人のように背中を丸めてうなだれている。かまわず万太郎は、

「先輩相手だろうが、だれ相手だろうが、土俵に立ったら正々堂々と闘うのが関取だ。何で八百長なんて馬鹿なこと考えてんだ！」

押し殺した声で迫った。それでも鉄眞山は口を閉ざしている。これには万太郎も業《ごう》を煮やしたのか、静かに息を吐いてからふと表情を和らげ、

「なあテツマ、何か隠してんだろう」

今度はやさしく囁《ささや》きかけた。先輩を立てるとかじゃない理由が何かあるんだろ？　と穏《おだ》やかに言葉を重ねると、鉄眞山はごくりと喉《のど》を鳴らし、覚悟を決めたように口を開いた。

「実は、あれからもうひとつ、鷹乃海関から言われたことがあって」

それは〝まさか先輩を差し置いて関脇昇進するつもりじゃねえだろうな〟と電話越しに恫喝された数日後のこと。初日前夜にまたもや鷹乃海から電話があり、〝ひとつ言い忘れてたが、マジ

な話、テツマが優勝した日には眞山部屋は貝原師匠から見放されっからな〟と二度目の脅しをかけられたという。

「そんな脅しもかけてきたのか」

万太郎が目を吊り上げた。

貝原師匠とは、万太郎が力士激励会で蕎麦を振る舞っているとき、〝二人とも気合いを入れて、はっきょい残った残った！〟と挨拶して会場を沸かせた老翁だ。地元では人気のご意見番とのことだったが、

「彼に見放されるとどうなるの？」

思わず希子が口を挟むと、

「貝原師匠は〝秀ケ浜一門〟のタニマチきっての十勝海部屋推しなんすよ」

鉄眞山が乾《かわ》いた声で説明してくれた。

相撲協会には四十余りの部屋があり、それぞれが五つの一門のどれかに所属している。鉄眞山がいる眞山部屋と鷹乃海がいる十勝海部屋は秀ケ浜一門に所属していて、十勝海部屋は眞山部屋の先輩格に当たるのだという。

「つまり相撲部屋にも先輩後輩があるわけ？」

驚いて問い返した希子に鉄眞山が補足する。

「相撲界って早い話が、番付以外は年功序列が基本なんすよ」

それだけに、昔から秀ケ浜一門の後ろ盾になってきた貝原師匠は、一門の先輩格に当たる十勝

海部屋にはことさら目をかけている。立場上、眞山部屋の力士激励会にも駆けつけたものの、今場所は鷹乃海の優勝しか頭にないだけに、もし鉄眞山が出過ぎた真似をしたら眞山部屋が痛手を負うぞ、と鷹乃海は再度、脅しをかけてきたのだった。

「眞山部屋が痛手って、どういうこと?」

また希子は問い返した。これには万太郎が答えてくれた。

「眞山部屋の資金源が断たれるってことだ」

「同じ一門なのに、そんなことされるの?」

「もちろん貝原師匠の匙《さじ》加減もあるだろうが、とにかく鷹乃海はそう脅してきたわけだな?」

改めて万太郎が確認すると、鉄眞山は眉根《まゆね》を寄せてうなずいている。

相撲部屋というところには何かとややこしい事情があるらしく、

「なんかもう、うんざりしちゃうね」

希子は首を左右に振った。

するとは万太郎がコーヒーの残りを飲み干し、

「どっちにしてもテツマ、電話でも言ったが、そんな脅しに負けて八百長相撲なんか取ったら、おまえの相撲人生は終わりだ。鷹乃海から何を言われようが、正々堂々、自分の相撲を取れ。いまのおまえにはその一択しかない」

と戒《いまし》めるなりソファから立ち、窓の下に広がる博多の夜景を見やりながら、

「おまえら若手力士は知らんだろうが、おれが八百長って言葉を覚えたのは来日してすぐの頃だ

ったんだ」

独《ひと》り言《ご》ちるように言った。

当時、一部の力士が八百長で白星を売買している、と週刊誌に告発されて大騒ぎになり、その年の春場所は中止に追い込まれ、相撲協会は崖《がけ》っぷちに立たされたのだという。

その余波はモンゴル人力士にも及んだ。いまや大相撲を観ているのは日本だけじゃない。モンゴルにも東ヨーロッパにも多くの相撲ファンがいるだけに国際的な問題にまで発展し、来日当初の万太郎にも母国の母親や友人知人から、日本の相撲なんかやめて帰ってこい、という連絡が相次いだ。

その結果、モンゴルでは大相撲ファンが半減してしまったというから、あのときの衝撃はいまも忘れられないという。

「だからテツマ、世界に恥じない相撲を取らないと、眞山部屋どころか今度こそ大相撲が潰《つぶ》れちまう。脅しなんかに負けないで、土俵に立ったら正々堂々とぶつかれ。力士の仕事は全力で勝ちにいくことだ。それ以外のことは一切《いっさい》考えるな！」

最後にまた語気を強めて鉄眞山を戒めた。

鉄眞山が沈鬱《ちんうつ》な面持ちで太宰府の宿舎に戻っていった。

彼は明日、どんな相撲を取るだろうか。鉄眞山が飲み残したコーヒーカップを片付けながら、希子は憂《うれ》いに駆られた。

正々堂々とぶつかれ、と万太郎は正論を振りかざした。でも、もし本当に眞山部屋の存続にかかわる事態だとしたら正論だけで語れるものだろうか。清濁《せいだく》併《あわ》せ呑《の》む、なんて言葉もあるけれど、そんなやり方だってあるんじゃないのか。

考えるほどにわからなくなって、ますます憂いを深めていると、

「腹減ったな、モンゴルめしでも食うか」

万太郎が大きな伸びをしながら言った。そういえば福岡に着いてから何も食べていない。せっかくだから気分転換してこようぜ、と促され、仕方なく希子も一緒に出掛けた。

博多駅前の繁華街には酔客《すいきゃく》が行きかっていた。観光シーズンだけに外国人観光客も多く、みんな楽しそうにはしゃいでいる。

「綾乃ちゃんのライブ、どうなったかなあ」

ふと思い出して希子は言った。予定通り運んでいれば、この時間、盛り上がっているはずだが、どうしているだろう。

「大丈夫、琢磨がうまくやってくれてるって。メディア業界志望のあいつにとっちゃ、この手のイベントはいい経験になると思うし」

万太郎は楽観しているが、やはり希子は心配でならず、みんな頑張れ、と心の内で励ました。琢磨も綾乃も鉄眞山も自分の夢のために頑張ってる。なのに世の中、さまざまな壁が立ちはだかる。でも負けるな。ここで負けちゃダメ、と念じながらドルジ食堂に辿り着くと、

「あらまた来てくれたのね！」

お団子頭のアマルが飛んできた。いまちょうど観光客グループが帰ったところだそうで、ゆっくりしてってちょうだいね、と酒や料理をどんどん運んでくる。

「テツマさんも誘えばよかったね」

希子がほっとして万太郎に言うと、

「またテツマさん帰っちゃったの？」

アマルが残念そうにしている。先日初めて会った彼が気に入って、今場所は初日から毎日、ラジオ中継を聴いているという。

そう言われて万太郎が、ふと思いついたように、

「そういえば姐さん、貝原策太郎っていう地元の有力者、知ってる？」

と尋《たず》ねた。さっきの話を蒸し返すつもりらしい。希子はうんざりしたが、

「ああ貝原師匠ね、よく知ってる」

昔お世話になったのよ、とアマルは顔を綻《ほころ》ばせた。ドルジ食堂をはじめた当初、わけのわからん外国人が居酒屋を開いた、と心ない一部の地元民から嫌がらせを受けたことがあったそうで、そんな折にたまたま出会ったのだという。

当時、貝原師匠は代議士として中央政界で活躍する一方、地元の国際交流協会の評議員長も兼任していた。その関係者と地元懇親会《こんしんかい》を開いた際、博多駅前にモンゴル人経営の店があると聞いて二次会がてら来店し、初対面のアマル夫婦にも気さくに接してくれた。

そんな人柄に魅《み》せられたアマルは、思いきって一部地元民との軋轢《あつれき》について相談してみた。す

ると貝原師匠は多忙な時間を割《さ》いて一部地元民に接触し、事を荒立てることなく取りなしてくれたそうだ。

「じゃあ、ドルジ食堂の恩人なんだ」

思わぬ逸話《いつわ》に希子が驚いていると、万太郎が声を潜《ひそ》め、

「だけど姐さん、おれが聞いた話だと貝原師匠は秀ケ浜一門の黒幕みたいな存在で、気に入らない部屋は潰しにかかるらしいんだ」

と鉄眞山から聞いた話を伝えた。

「あの人はそんな人じゃない」

アマルが顔色を変えた。

実際、貝原師匠が代議士を辞めたのは、秘書が密かに政治資金、つまり国民の税金を横領して遊興費に使っていた責任を取ったからだという。いまどきの政治家は自身の不祥事を秘書や部下になすりつけて居座ったり逃げたりする卑怯《ひきょう》な犯罪者ばかりだが、貝原師匠は秘書の監督責任を果たせなかった自戒を込めて議員辞職した。

もちろん、引退直後に身内の人間に地盤を継がせて世襲に走ったりする卑怯な真似もしていない。その潔い態度が地元で賞賛されて、下野《げや》してからも多くの人たちから慕われているという。

「だから貝原師匠の悪い噂《うわさ》を流す人の話なんか、絶対に信じちゃダメ」

めずらしく強い口調でアマルは擁護《ようご》した。

思いがけないアマルの話に希子は安堵した。

この話を伝えれば鉄眞山も臆《おく》することなく土俵に立てる。注文相撲に逃げたりもしなくなるだろうし、よかったよかった、とそれからはリラックスしてモンゴル料理に舌鼓《したつづみ》を打った。

ところが、ホテルの部屋に戻っても万太郎が鉄眞山に電話しようとしない。酔って忘れたのかと思い、

「ねえ、早く鉄眞山に言ってあげて」

と促したものの、

「いや、言わないことにした」

万太郎が思わぬことを言う。鷹乃海とアマル、どっちの話を信じるかと問われれば万太郎もアマルの話を信じるそうだが、それでも鉄眞山には言わないという。

「それは可哀想だよ。貝原師匠はそんな人じゃないって言ってあげれば、テツマさんだって安心して勝負できるし」

「いや違う。もしそれを伝えて鉄眞山のためになると思うか?」

険《けわ》しい顔で問い返された。鷹乃海の恫喝の真偽とは関係なく、正々堂々と闘うのが力士の本分だ。清濁併せ呑むなんて言葉は信じるな。何があろうと揺るぎない心で立ち向かう姿勢がなければ、いつかまた同じような事態に陥《おちい》りかねない、と万太郎は言う。

「そんな固いこと言ってないで、ここはテツマさんを楽にしてあげなきゃ」

「いいや、いまこそテツマは、どんなプレッシャーにも負けない強さを持つべきなんだ」

そう言い張って譲《ゆず》らない。毎度のこととはいえ、この頑固《がんこ》さには腹が立って、

「マンタってそんな冷たい人だったの？　モンゴル人はやさしいなんて大嘘じゃん」

と腐《くさ》しても、

「とにかく何があろうと、テツマは正々堂々と闘う、とおれは信じてる」

ぴしりと言い放つなり、万太郎は、さっさとベッドに潜り込んで寝てしまった。

仕方なく希子もベッドに入ったものの、釈然《しゃくぜん》としない気持ちが募って日付が変わってからもしばらく寝つけなかった。しかも、ようやく眠りにつけたと思ったら、

「おい、起きろ、飛行機に間に合わねえぞ」

と万太郎に叩き起こされた。時刻は朝五時過ぎだったが、寝《ね》ぼけ眼《まなこ》のまま福岡空港に連れていかれた。せっかくだから今日も鉄眞山の土俵を観たかったが、そうもいかない。予定通り朝七時の始発便で東京に帰ってきた。

その足で烏森の店に駆けつけ、急ぎ開店準備に勤《いそ》しんでいると、希子の携帯に電話がかかってきた。綾乃からだった。

「昨日はごめんね、ライブ、どうだった？」

希子は真っ先に尋ねた。

「おかげさまで大盛り上がりでした！」

ライブ中も琢磨が献身的に支えてくれたおかげで、いつにも増して歌に集中できて、最後は二回もアンコールされたという。

「琢磨さんも楽しかったみたいで、これからも仕切らせてほしいって言ってくれました」

「あら嬉しい」

希子も心から喜んだ。開店準備中とあって長話はできなかったが、

「今晩、一献屋に行くから詳しく聞かせてね」

と約束して再び準備作業に勤しみ、どうにか時間通り昼営業の暖簾を掲げると、いつもより早くから店の前で待ちかねていた昼の常連客がわさわさと入ってきた。

「どうしたの、今日はみんな早いじゃない」

希子が目を瞬《しばた》かせていると、

「昨日、相撲中継を観てたら映ってたんでさ」

と常連客の一人が教えてくれた。希子たちは椅子席の最前列にいたのだが、鉄眞山の取組になった途端、万太郎の丁髷姿が目立ったからか、夫婦で声援を飛ばしている姿がアップになってびっくりした、と録画していた動画を見せてくれた。

それは夜営業になっても同様だった。今日の鉄眞山も立ち合いに変わることなく堂々と勝ったのだが、そのときも、ひとしきり盛り上がったあと楠木先生はじめ多くの常連客から、昨日も相変わらず仲良かったねえ、と冷やかされた。

ライブの準備で観られなかった琢磨も常連が録った動画を眺めてニヤついていたが、そんな琢磨を希子は夜営業後、

「昨日のお礼がてらご馳走させて」

と飲みに誘い、万太郎と三人で手早く後片付けを終わらせて一献屋に足を運んだ。

ガラス戸を開けるとコの字カウンターの中で接客している綾乃がいち早く気づいて、

「お疲れさま！」

笑顔で挨拶してくれた。厨房で調理中の珠江女将も、

「相撲中継観たわよ！」

と声をかけてきた。珠江女将にも見つかってたなんて、と希子は照れ臭くなったが、

「だったら、テツマの白星とライブの成功を祝って乾杯だ！」

万太郎の発声でビールジョッキを合わせたところで、

「実は終演後に嬉しいことがあったんですよ」

綾乃がはにかみながら話しはじめた。

昨日のライブにはエムズの常連客も日吉に薦《すす》められて観にきてくれたそうで、そのうちの一人の男性が、

「今度、デモテープを聴かせてくれませんか」

と言ってきたという。しかも渡された名刺は広告代理店の社員だったそうで、これには万太郎が舞い上がり、

「いや凄《すご》いなあ、綾乃ちゃんの歌がＣＭになったら瞬く間に大評判になるな」

と声を上げて生ビールをぐびぐび飲み干した。

「そんなのまだわかんないですよ」

綾乃が照れ笑いしながらジョッキにおかわりを注《つ》いで差しだすと、

「しかし綾乃ちゃんがCMデビューとなると、こりゃ鉄眞山も平幕優勝しかないな」

万太郎は早くもご満悦《まんえつ》で、二杯目のジョッキもぐびぐびぐびと呷ってみせた。


それから千秋楽《せんしゅうらく》までの十日間は瞬く間に過ぎた。

その後も鉄眞山は白星を続けている。福岡のホテルで会った翌日からは注文相撲が影を潜め、まともにぶつかって正攻法で勝負する相撲が増えた。そのぶん、ひやひやする場面も何度かあったものの、ここにきて一番一番、彼が真摯《しんし》に向き合っていることが中継画面からも伝わってくる。

ただ、一方の鷹乃海も連日、しぶとく白星を重ね続けている。この流れからいくと千秋楽に二人の直接対決で優勝が決まる公算が強いだけに、メディア各社の注目度も日に日に高まっている。下馬評では両者五分五分の勝負と目《もく》されているが、そんな巷《ちまた》の声を耳にするたび、希子は鉄眞山の胸中に思いを馳せて切なくなる。

「大丈夫だ、テツマを信じろ」

もはや万太郎はそれしか言わなくなっているが、こうなったら内緒で鉄眞山に電話して、アマルから聞いた貝原師匠の人となりを伝えちゃおうか。そんな気持ちも湧き上がったものの、それをやったら夫婦関係に亀裂《きれつ》が入る。

そうしたジレンマも相まって、ここにきて希子は鉄眞山の取組だけは店内で携帯やタブレットの店内音出しオッケーとした。これに喜んだ常連客たちは、鉄眞山の一番に限ってはイヤホンを外し、現地中継の音声を響かせて応援している。

ところが、千秋楽の前日、十四日目になって異変が起きた。この日は二つ格上の関脇と対戦させられたのだが、鉄眞山は立ち合いで突如、ひょいと変化して引き落としで相手を土俵に叩きつけたのだ。四日目以降は注文相撲を封印したかのように見えていたのに、

「おいおい、どうしたんだ」

常連客の一人が声を上げた。希子も不安に駆られて、

「ねえマンタ、やっぱテツマさんに電話して貝原師匠の本当のことを伝えたほうがいいよ」

と再び万太郎に迫ったが、

「大丈夫だ、テツマを信じろ」

相変わらずそれしか言わない。これには希子もかちんときて、この日は店を閉めて帰宅しても夫婦の会話を交わすことはなかった。

不安と緊張の一夜が過ぎて、いよいよ千秋楽の当日になった。

朝のスポーツニュースでは〝結びの一番は鉄眞山と鷹乃海が優勝をかけて平幕決戦！〟と賑々しく伝えている。万太郎とはゆうべよりは言葉を交わすようになったが、二人ともテレビを横目にそわそわとした気分で朝食のお茶漬けをかき込み、早めに店に行った。

開店準備を終えて定時に昼営業の暖簾を掲げると、早速来店した昼の常連客から、

「いよいよだね」

と声をかけられた。みんな期待してるんだ、と実感しながら調理と接客に勤しみ、午後休憩になったら万太郎と二人で烏森神社に足を運んだ。お賽銭《さいせん》を弾《はず》んで鉄眞山の勝利を祈願しつつ、優勝決戦となるとやっぱ緊張するもんだと思ったが、もちろん、だれよりも緊張しているのは当の鉄眞山だ。どうか正々堂々と闘って、と念じながら店に戻ってきた。

ほどなくして琢磨が出勤してきて夜営業がはじまった。楠木先生を筆頭に常連客がわさわさと押しかけてきて一気に満席になった。

そのだれもが優勝決定戦を待ち侘《まわ》びながら、天ぷら蕎麦から蕎麦だけ抜いた〝天抜《てんぬ》き〟や〝焼《や》き味噌《みそ》〟やら〝蕎麦がき〟やらをつまんで決戦話で盛り上がっている。おかげで酒の追加も相次いで希子たちが慌ただしく接客しているうちに、気がつけば結びの一番になっていた。

「この一番だけは音出しオッケーでーす！」

店のサービスとして希子が声を張ると、相撲中継の音声が一斉《いっせい》に店内に鳴り響きはじめ、端末の画面には本日の主役二人が登場した。土俵上には十数本もの懸賞旗が連なり、いや凄《すげ》えな、と店内に拍手が巻き起こった。

やがて土俵上は制限時間いっぱいになった。鉄眞山と鷹乃海が塩を撒き、仕切り線を挟んで向かい合った瞬間、店内が静まり返った。

常連客のだれもが固唾を呑む中、行司が軍配を返し、両力士がゆっくり両手を突いた、と思うや鉄眞山がダッと頭から突っ込んだ。

鷹乃海が一瞬、怯んだ。その隙に鉄眞山は素早く上手を取り、右からぐいぐいおっつける。猛烈な攻めにたまらず鷹乃海の巨体がふっと浮く。その刹那《せつな》を逃《のが》さず、いまだ、とばかりに鉄眞山が渾身《こんしん》の上手投げを打った。

おおっ！　と店内がどよめく中、鷹乃海の巨体がもんどりを打って背中から土俵上に叩きつけられた。

「勝った！」

希子は叫んだ。まさに瞬時にして勝負が決まった。会場を埋め尽くした大観衆も歓声を上げて沸き立ち、早くも会場に座布団《ざぶとん》が飛び交っている。

「鉄眞山～！」

豪快を絵に描いたような鉄眞山の勝利に酔いしれた興奮が冷めやらぬ中、勝ち名乗りを上げた行司が懸賞金の分厚い束を差しだす。

鉄眞山が手刀《てがたな》を切って受け取り、いったん支度部屋に戻って髪などを整えて再び場内に現れると、いよいよ優勝力士インタビューがはじまった。

〝いやあ素晴らしい投げでした！　同じ相撲部出身の先輩を制して、いかがでしたか！〟

アナウンサーが声を弾ませながら問いかけると、まだ肩で息をついている鉄眞山が、

〝ありがとうございます！　尊敬する先輩への恩返しの意味でも勝ちたい！　と自分自身を励まして全力を尽くしました！〟

と答えた。尊敬、恩返し、と社交辞令を並べ立てた鉄眞山に思わず希子は苦笑いしてしまったが、機転を利かせた返しに万太郎はうんうんとうなずきながら、

「これでいいんだ。先輩を立ててみせながら、テツマは正々堂々と闘って勝った。この勢いに乗って突き進んでいけば、大関横綱だって夢じゃない。いやテツマはよくやった！　本当によくやった！」

嚙《か》み締《し》めるように賞賛するその目は潤《うる》んでいた。


優勝の余韻に包まれながら暖簾を引っ込めたときには午後八時半になっていた。常連客たちの大盛り上がりで閉店が三十分も遅れてしまったが、希子たちも大満足の一夜になった。

ただ、盛り上がったぶん洗い物は通常の五割増しとあって、

「おれ、手伝うっすよ」

琢磨が居残ってくれて、三人で後片付けに励んでいると万太郎の携帯が鳴った。手を止めて応答した万太郎が、

「おう、おめでとう！」

と声を上げた。鉄眞山からに違いない。希子と琢磨も手を止めて耳を傾《かたむ》けていると、ちょっと待て、と万太郎が携帯をスピーカーに切り替えた。すかさず希子は携帯に駆け寄り、

「おめでとう！　最高にかっこよかったよ！」

心からの賛辞を贈った。

「ありがとうございます！　お二人のおかげっす！」

涙声が返ってきた。いまは千秋楽パーティの真っ最中だそうで、早く礼を言いたくてトイレの

ふりをして中座して電話したという。

「せっかくのパーティの最中にありがとな。昨日とは見違えるほど見事な勝利だったぞ」

万太郎もまた手放しで褒《ほ》め讃《たた》えると、

「でも昨日の相撲は恥ずかしいっす」

と鉄眞山から照れ笑いが返ってきた。

昨日の一番は立ち合いのとき、こいつを倒せば鷹乃海と千秋楽対決になる、と雑念がよぎったことから、とっさに注文相撲に走ってしまった。そんな自分に嫌気が差しながら支度部屋に戻る途中、廊下の先から眞山親方がつかつかと歩み寄ってきたかと思うと、擦《す》れ違《ちが》いざまに、

〝明日は正々堂々とやれ！〟

低い声で叱責《しっせき》され、そのひと言で鉄眞山は我に返ったという。

早い話が眞山親方も、万太郎との稽古相撲はわざと負けたと気づいていたのだ。よくよく考えてみれば、元関脇の名力士だった親方が気づかないわけがない。鉄眞山のメンタルに異変が起きていると察しながらも黙って見守っていたものの、千秋楽直前になって魔が差したような注文相撲に走った鉄眞山を見かねて、一喝《いっかつ》してくれたのだった。

「そんな親方とマンタさんに叱られたおかげで、最後の最後に目が醒《さ》めて勝てたんっす。おれもう、おれもう、マジで感謝っす！」

鉄眞山は再び涙声を漏らすと、すみません、パーティに戻るっす、と詫びて電話を切った。

和格子の扉を開けてピアノ協奏曲が流れるエムズに入るなり、

「おめでとうございます」

長い髪をキュッと後ろで結んだ日吉が、毎度の常套句《じょうとうく》なしで鉄眞山の優勝を祝福してくれた。

鉄眞山と喜びの会話を交わしたあと、ドルジ食堂のアマルとも電話で喜びを分かち合った万太郎と希子は、ここ最近頑張ってくれていた琢磨の慰労《いろう》がてら三人で飲もう、と急ぎ後片付けを済ませてエムズにやってきた。

店内を見回すと、夕方一緒に相撲中継を観た楠木先生がいた。先日お試し営業に励んでいた木崎と肩を並べてグラスを傾けている。

「きみらも来ると思って待ってたんだよ」

希子たちに気づいた楠木先生が笑みを浮かべて、今夜の祝杯はご馳走する、と嬉しいことを言ってくれた。

ほかに店内にはL字カウンターの角の向こうに知らないカップルが一組いるだけとあって、五人横並びで正面に座った。早速、日吉がおしぼりを配り、万太郎と琢磨にはスコッチをショットで差しだし、希子には秋が旬の白桃《はくとう》のカクテルを作ってくれた。

すかさず万太郎がカップルに、今夜は特別な祝杯なんですよ、と事情を伝えてみんなで乾杯した。あとはもう〝鉄眞山の関脇昇進確定か〟と先走り情報がネットに流れていた話や〝千秋楽パーティに鉄眞山の彼女も出席してたらしい〟といった噂話まで、優勝にまつわるめでたい話題でひとしきり盛り上がった。

途中、カップルが帰り、口の堅い面々だけになってからは、鉄眞山と鷹乃海に確執《かくしつ》があった裏話を万太郎が明かし、

「それでもガチ相撲で勝った鉄眞山は、やっぱ凄いよなあ」

改めて称賛すると、琢磨が身を乗りだした。

「それって訴えたほうがいいっすよ」

脅迫罪《きょうはくざい》じゃないすか、と怒りを見せたが、

「いや、表沙汰《おもてざた》にするかしないかはテツマが決めることだ」

万太郎はなだめるように言って、

「おれも表沙汰にすることは考えた。でも、テツマが優勝を決めたときに気づいたんだ。テツマは鷹乃海にガチで勝って、先輩後輩の呪いから自分を救おうとしたに違いないって」

「どういうことっすか？」

首をかしげた琢磨に万太郎が続ける。

「だってそうだろう。ここでテツマが先輩後輩の呪いに負けてガチ勝負から逃げたら、一生、先輩後輩に呪われたままになっちまう。だからテツマは悩みに悩んで注文相撲に逃げたりもしたけど、最後は筋を通した。おれはそんな卑怯者じゃない、と気合いを込めて鷹乃海を投げ飛ばして

呪いを振り払ったんだ」

その言葉で希子も気づいた。だから万太郎は、貝原師匠の本当の人となりを鉄眞山に伝えなかったのだ。先輩後輩の呪縛《じゅばく》が強ければ強いほど、渾身の気合いを込めなければ振り払えない。それを見越して心を鬼にして、あえて鉄眞山に安心材料を与えずに渾身の気合いを込めさせた。

眞山親方が〝明日は正々堂々とやれ！〟と一喝したのも同じ意味だったはずだし、万太郎も親方もそこまで見通していたに違いない。

いずれにしても、卑怯の根絶って難しい。改めて希子は実感すると同時に、ただ、そこまで鉄眞山を追い込む必要があったんだろうか、とも考えていると、そんな心の内も万太郎に見透《みす》かされたのだろう。

「だからこそ、テツマは凄いんだ。そこまで追い込まれたのに、最後はきっぱり乗り越えて正々堂々と勝ったんだ」

その意味で逆に鷹乃海は、テツマのおかげで自分の愚《おろ》かさを思い知ったに違いない。

「だからおれは、今日のテツマは心から褒めてやりたいし、これでテツマも新しい朝を迎えられると思うんだ」

万太郎はそう強調してスコッチを飲み干し、ふう、と息をついた。すると、しばらく無言でいた楠木先生が、ジンソーダを口にしてからだれに言うでもなく、

「まあしかし、いまの世の中、筋を通した人間が排除されて、その場の出まかせで生きてる連中ばかりがのうのうと生き延びてる。それが腹立たしくてならないんだが、鉄眞山のように怯むこ

となく筋を通せる人間こそが羽ばたける時代になってほしいもんだよなあ」

と呟いて腕を組んだ。

グラスを磨《みが》いている日吉が深くうなずいている。じっと耳を傾けていた琢磨もこくりとうなずき、唇《くちびる》を噛み締めている。

希子も何かリアクションしたくなった。でも、何をどう言葉にしていいかわからないまま、ほんのりと甘い桃のカクテルを口にした。

第四話　テレビ

ぷりっと身厚の赤貝に、すっすっすっと飾り包丁を入れ、右手で丸めた赤酢《あかず》のシャリと合わせると、ほどよい力加減で手早く鮨《すし》に握《にぎ》り、ひょいと付け台に置いてくれる。

待ってましたとばかりに作務衣《さむえ》姿の万太郎が太い指でつまんで口に放り込み、

「いや旨《うめ》えなあ」

赤貝の香りが半端《はんぱ》ねえや、と顔を綻《ほころ》ばせた。ひと足先に食べた希子も、

「こりこりぷりぷりした食感も最高ね」

と微笑《ほほえ》み返すと、もうじき四十路《よそじ》になる将次《しょうじ》親方も相好《そうごう》を崩し、

「今年は閖上《ゆりあげ》が絶好調だからね」

二月中旬でこれだから、漁期が終わる六月まで楽しめるかも、と言い添える。

閖上は宮城県にある赤貝の名産地で、この手の上物《じょうもの》には目がない万太郎と希子だけに、二人とも一貫ずつ追加してしまった。

種々雑多な飲食店が賑《にぎ》やかに密集する新橋駅周辺から少し離れた新橋六丁目。中小のビルやマンションが立ち並ぶ静かな街で、看板も掲《かか》げずひっそりと営んでいる『鮨富《すしとみ》』は、開店して六年になる気鋭の高級鮨店だ。

といっても同じ港区《みなと》の六本木《ろっぽんぎ》や青山《あおやま》、麻布《あざぶ》などにあるセレブ御用達《ごようたし》の高級鮨よりは抑《おさ》えた価格で食べ応《ごた》えのある本格江戸前鮨を味わえる店とあって、セレブっぽさより鮨本来の旨《うま》さに精通する鮨っ食いたちに愛されている。

この店に通いはじめたのは蕎麦処《そばどころ》まんたを開店して半年後のことだ。いつものように夫婦でエ

ムズで飲んでいたら、恰幅《かっぷく》がよく笑うとかわいい将次親方がやってきた。日吉マスターに紹介されて仲良くなり、後日、鮨冨に行ってみたら夫婦ともに気に入ってしまった。

できれば月に一度は通いたいものだが、ただ、抑えた価格とはいえ、駆けだしの個人飲食店経営者夫婦には、二、三か月に一度が精一杯。折しも確定申告が迫っている時期だけに、さっきも鮨冨まで歩いてくる道すがら、

「来年はもっとお客さんを増やして、月一ペースで鮨冨に通いたいもんだよね」

と万太郎と話したものだった。

将次親方がおかわりの赤貝を握ってくれた。二人ともすぐ口に運んで二度目の口福《こうふく》を味わっていると、希子の携帯が振動した。振動パターンですぐわかった。ホームページの問い合わせ欄を経由したメールが届いたようだ。

こんな時間に何の問い合わせだろう。ちょっと気になって携帯を取りだし、付け台の下でそっとメールを確認した。

「どうした？」

万太郎に聞かれた。ほかの客の手前、希子は声をひそめて答えた。

「問い合わせメールがきたの。何かと思ったらテレビの人からだった」

「テレビ？」

「うちを取材したいって」

新橋の隣町、虎《とら》ノ門《もん》にある民放〝邦《ほう》テレ〟関係のプロデューサーからで、企画趣意書と記され

た書類も添付《てんぷ》してある。

「お断りだな」

即座に却下《きゃっか》された。テレビのグルメ番組なんかで騒がれてまたネットが荒れたらどうすんだ、と口元を歪《ゆが》めている。

「けどドキュメンタリー番組って話だから、チャラいグルメ番組とは違うかもよ」

真っ当な蕎麦好きにアピールできる企画だったら新たな集客に繋《つな》がる気がしたのだが、

「とにかくお断りだ」

去年のネット騒動が応えたのか、企画書なんか読むまでもない、とけんもほろろに拒《こば》まれた。

仕方なく希子は携帯を仕舞《しま》いながら、

「ねえ将次さん、テレビに取材されたことってある？」

将次親方にも小声で聞くと親方も声を低め、

「雑誌とかはあるけど、テレビは断ってる」

さらりと答えてくれた。

グルメ番組の取材を受けたら、レポーターのお笑い芸人に勝手放題されてえらい目に遭《あ》った。そんな話を鮨屋仲間からよく聞くそうで、ほれみろ、と万太郎が丁髷《ちょんまげ》を揺らして笑っている。それでも希子は冗談めかして、

「けど大相撲《おおずもう》の九州場所のときみたく、また二人でテレビに映れるのも楽しそうじゃない」

万太郎の大きなお腹をつんつんと突っつくと、

「馬鹿言うな」
鬱陶《うっとう》しげに吐き捨てられた。

それっきりテレビの話は棚上げされ、万太郎は不機嫌《ふきげん》そうに酒のピッチを上げた。握りを二、三貫つまんではぐいぐい飲んでお銚子《ちょうし》を追加する。また二、三貫つまんではぐいぐい飲んでお銚子を追加する。

こうなると手がつけられない。モンゴル人にはアルコール分解酵素《こうそ》活性遺伝子を持つ人が多いらしく、ふだんは抑えている万太郎も本気で飲みはじめたら際限がない。

それは将次親方も知っているだけに、大丈夫？　とばかりに希子に視線を送ってくる。それでなくても高級鮨店で鯨飲《げいいん》したら勘定書《かんじょうが》きも半端ない。お銚子のおかわりが五本を超えたところで黙っていられなくなって、

「そろそろ行くよ」

鯨飲男の背中を叩《たた》いて席を立たせたのだが、それでも万太郎は飲み足りないらしく、

「よし、エムズに行くぞ！」

将次さんも店が跳ねたら来てよ、と誘いかけて新橋駅界隈《かいわい》に戻ろうとする。もう放っとくしかない。これ以上は付き合っていられない、と見切った希子は、

「あたしは帰る」

ぴしりと告げて万太郎を放っぽりだし、一人で築地の自宅マンションに帰ってきた。

すぐにシャワーを浴びて冷たい麦茶で喉《のど》を潤《うるお》した。今夜は鯨飲万太郎に呆《あき》れてろくに飲まなかったから、気分を切り替えてリビングのソファに座って携帯を手にした。

高瀬《たかせ》という番組プロデューサーから届いた企画趣意書を読んでみようと思った。万太郎にも将次親方にも否定されたが、テレビってそこまで酷《ひど》いものだろうか。チャラいグルメ番組が多いことも事実だけれど、ドキュメンタリーとなれば話は別じゃないのか。

企画趣意書は三ページにまとめられた簡潔なものだった。その表紙には、

『蕎麦打ちの横綱《よこづな》を目指せ！　元モンゴル力士の日本伝統文化への再挑戦（仮）』

と番組の仮タイトルが記され、続く二ページ目には番組の趣旨《しゅし》が綴《つづ》られている。

『モンゴルから来日して角界《かくかい》入りした万太郎氏。注目の力士として頭角を現したものの、やがて不運な怪我《けが》に悩まされてどん底へ。そんな苦悩時代に出会ったのが、日本人妻の希子氏と日本伝統の手打ち蕎麦でした。

二つの出会いが万太郎氏を苦悩から立ち上がらせ、二年の修業を経て烏森に夫婦で蕎麦処まんたを開店。日蒙《にちもう》の懸《か》け橋《はし》とも言うべき手打ち十割蕎麦で蕎麦界に新風を吹き込み、いまや多くの蕎麦通を唸《うな》らせています。

こうした背景を踏まえて本企画は、モンゴル人にして日本の伝統文化のために日々精進《しょうじん》を重ねる万太郎氏と、調理接客で夫を支える希子氏の日常に密着。異国文化に挑み続ける万太郎氏の覚悟と、希子氏の献身ぶりを浮き彫りにする本格ドキュメンタリー番組です』

加えて三ページ目には、

・密着期間　撮休含めて十日間
・放送枠　全国ネットで日曜午後
・放送尺　五十四分

といった詳細が書き連ねてあり、そこまで目を通した希子は一人うんうんとうなずいた。

テレビの企画趣意書を読んだのは初めてだが、素人《しろうと》の希子にも企画の意図が伝わってきたし、少なくともチャラいグルメバラエティとは一線を画した番組だと思った。

万太郎はネット騒動に懲《こ》りて過剰反応しているが、この内容ならそんな懸念《けねん》もなさそうだ。というより逆に、この番組が放送されることで、万太郎の真摯《しんし》な仕事ぶりを全国の人たちにアピールできるんじゃないのか。

これはやっぱ、改めて万太郎を説得して、蕎麦処まんたの日常にじっくり密着してもらおう。漢字が得意じゃない万太郎に企画趣意書の中身を丁寧《ていねい》に読み聞かせて、先方の本意をわかってもらうしかない、と腹を決めた。


翌日の朝七時。ふと目覚めると、隣のベッドで作務衣姿の万太郎が大鼾《おおいびき》をかいていた。

深酒すると、明け方近くにへべれけになって帰宅するのが万太郎の定番だ。このまま寝かせておいたら店の準備に間に合わなくなる。

「朝だよマンタ！」

巨体を揺すって起こしたものの、ぼんやりと薄目を開けただけでまた寝てしまった。

仕方なく希子は身支度《みじたく》を整え、お茶漬けをかき込むと、万太郎の丁髷をぐいぐい引っ張ってまた起こした。そのまま無理やり自宅から連れだし、携帯アプリで呼んだタクシーに押し込み、烏森の店に連れていった。

それでも、店に入れば万太郎の職人魂が目覚める。流しで顔を洗い、ひとつ大きな伸びをしてからのしのしと蕎麦打ち場に入り、いつもの手順で蕎麦打ちにかかった。

これにはほっとして希子も蕎麦つゆの出汁《だし》を引きはじめた。早く企画趣意書について話したい気持ちもあったが、慌《あわ》ただしく開店準備をこなしているうちに昼営業の時間になってしまい、結局、話を切りだせたのは午後休憩に入ってからだった。

「ちょっと来てちょうだい」

意を決して万太郎を客席のテーブルに呼びつけて向き合い、携帯のメールを開いて、

「これ、テレビの企画趣意書」

と一ページ目から一言一句を指差しながら丁寧に企画内容を説明した。

万太郎はしぶしぶ聞いていたが、ゆうべ深酒した後ろめたさからか大人しく聞いてくれた。やがて説明を終えたところで希子は、万太郎の目を見据《みす》えて諭《さと》すように続けた。

「もしテレビに出たら、またネットが荒れる、って心配する気持ちもわからなくはないけど、企画趣意書にも書いてあったように、これはチャラいグルメ番組とは違うの。日本の蕎麦に魅《み》せられたマンタに密着取材して本当の姿を伝えたいっていう番組なの。だから逆に、この番組でマンタの本音や心意気がちゃんと伝われば、変な誤解がネットに溢《あふ》れることもなくなるし、それどこ

ろか、もっとたくさんのお客さんが店に来てくれるかもしれない。そう考えたら願ってもない話じゃない」

そう思わない？　と迫った。ところが万太郎は、ひとつ咳払《せきばら》いして、

「でもやっぱ、おれは嫌だな」

こんなに丁寧に説明したのに何が気に食わないのか、また拒まれた。これでは埒《らち》が明かない。かちんときた希子は舌打ちまじりに、

「ああそう、だったらもっと現実的な話をしよっか。ゆうべの鮨富のお勘定、いくらか知ってる？　気さくな店だけど高級店なんだから、お銚子一本でも桁《けた》が違うの。そのあとも夜明けまで飲んでたから半端ない飲み代になったはずだけど、うちはそんな豪遊できるほど儲《もう》かってないし、借金だってどっさり残ってるわけ。だからいまこそ、ちゃんとしたテレビの力を借りて集客も頑張《がんば》りたいのよ」

と昨夜の万太郎の行状を引き合いに出して詰め寄った。

実際、常連の客は足繁《あししげ》く通ってくれているものの、それ以外の客にはバラつきがある。とりわけ給料日前は勤め人の足が遠退《とおの》きがちで、蕎麦前の注文も減るから、ビストロのオーナーシェフから教わった〝常連客七：新規客三〟という理想の来客数比も崩れがちだ。

「だから、うちにとって会社勤めの人も大事だけど、違うタイプのお客さんにも足を運んでもらわないと、これ以上の売上げは望めないと思うの。お笑い芸人が馬鹿騒ぎするグルメ番組だったらあたしも断るけど、こんないい話、わざわざ断ることないじゃない」

もっと店のことを考えてよ！　と希子が気色《けしき》ばむと、万太郎は黙って腕を組んで天を仰《あお》いで考えていたかと思うと、

「だったらこうしよう。そのプロデューサーってやつを一度、おれが面接してやる」

思わぬことを言いだした。

「面接？」

「あんな企画書、どうせやっつけだし、どうにでも書ける。責任者を面接して納得できたら、受けてやってもいい。そう言ってんだ」

やけに上から目線で告げられた。

烏森の店から歩いて十分ほどで虎ノ門の街に入ると、連なるビルの先に目映《まばゆ》い光を放つ高層ビルが見えてきた。民放のキー局、邦テレの本社ビルだった。

この手の立派な建物には縁がない希子だけに、何年かぶりにスーツを着込んできたものの、その威容《いよう》を見ただけで気後《きおく》れしてしまう。なのに、隣を歩く丹前《たんぜん》を羽織《はお》った万太郎は相変わらずの仏頂面《ぶっちょうづら》でいる。

出掛《でが》けにまたひと悶着《もんちゃく》あったからだ。面接してやる、と言い張る万太郎のために、希子はその晩、番組プロデューサーに、直接会って話したい、とメールした。すると向こうも快諾《かいだく》してくれて翌々日の定休日、午後三時に本社ビルで会ってくれる運びになったのだが、

「おれたちが行くのか？　こっちが面接してやるんだから、向こうが来るのが筋だろう」

と万太郎がごねはじめた。

でも希子としては、せっかくだからテレビ局の中を見たくて、こっちが出向く、と申し出たのに、いまさら先方を呼びつけるわけにもいかない。とっさの機転で、

「けどよく言うじゃない、敵を知るには敵の懐《ふところ》に入らなきゃダメだって」

と言いくるめて連れてきたのに、局内でまたごねられても困る。どうか大人しくしてて、と祈るような気持ちで邦テレ本社に入った。

広々とした吹き抜けの一階受付で番組プロデューサーを呼びだすと、そのまま応接室に通された。芸能人に会えるかも、と微《かす》かに期待もしていたのだが、エントランスにも受付前にもスーツ姿の会社員っぽい人ばかりでちょっとがっかりした。

ほどなくしてラフな服装の男女二人が姿を現した。

「本日はわざわざご足労いただき、申し訳ございません」

丁重《ていちょう》に詫《わ》びながら最初に名刺を差しだしてきたのは、四十前後と思われる木之元《きのもと》という栗色《くりいろ》に染めたショートヘアの女性で、肩書は邦テレのプロデューサーだった。

続いて希子と同世代っぽい高瀬という小太りの男性からも名刺を渡されたが、肩書はテレビ制作会社〝CTプロ〟のプロデューサー。もともと企画趣意書を送ってきたのは高瀬Pのほうで、その後、希子が邦テレ本社に出向いて話したい、と申し出たことから、発注元の木之元Pも同席してくれたという流れのようだ。

そんな二人とソファで向き合って座った。万太郎は相変わらず口を閉ざしている。のっけから

の失礼な態度に希子は苛立《いらだ》ったが、木之元Pは笑みを浮かべながら、

「実は以前、烏森のお店でお蕎麦をいただいたんですけど、素晴らしかったです」

と万太郎を持ち上げた。それでも口を閉ざしている万太郎に代わって希子が、

「ありがとうございます、食べにきてくださったんですね」

気づきませんでした、と恐縮して詫びると、

「ぼくも一度、食べに伺《うかが》いました。名人の手打ちだとコシも香りも全然違いますね」

高瀬Pもにこやかに褒《ほ》めてくれる。正直、この人も来店した記憶はあまりなかったが、

「ありがとうございます。そんなお二人から声をかけていただけたなんて光栄です」

希子が愛想《あいそ》笑いを浮かべてみせると、それが気に食わなかったのか不意に万太郎が、希子を制するように二人に向き直り、

「で、あなたたちはどんな番組にしたいの？」

面接官のような口調で聞いた。いきなりの不躾《ぶしつけ》な問いかけに希子が慌てていると、高瀬Pはゆっくりとうなずき、

「端的に申し上げれば、モンゴルと日本の懸け橋となるべく蕎麦に打ち込んでおられる名人万太郎様と奥様の日常に密着させていただき、万太郎様の蕎麦人生を浮き彫りにできたらと考えています」

笑顔で答えてくれた。ところが万太郎は不服そうに切り返す。

「それは企画書でも読んだが、おれの蕎麦人生ったって、たかが三年だ。名人だの蕎麦人生だの

言われるほどやってないんだし、密着したって無駄足を踏むだけだと思うんだよな」

やはりテレビは嫌なのか、この場を利用して断るつもりらしい。そんな風向きは高瀬Ｐにも伝わったらしく、

「おっしゃることはわかりますが、ただ、その謙虚《けんきょ》な姿勢こそが私どもが密着をお願いした最大の理由なんですね。開店三年にして蕎麦好きの心を鷲掴《わしづか》みにした才能の源は、どこにあるのか。そこに焦点《しょうてん》を当ててこそ、若くして名人と称《たた》えられる万太郎様の本質に触れられると思い至った次第でして」

とたたみかけた。すると高瀬Ｐをフォローするように木之元Ｐが栗色の髪を掻《か》き上げ、

「結局、おいしい料理には作った人の人柄が投影されていると思うんですね。その意味で、万太郎様のお人柄に迫るには日々密着するしかないと考えたわけですが、実はもうひとつ、万太郎様に魅せられた理由があります」

と身を乗りだして言葉を繋ぐ。

「そちらのお店では毎月一回、綾乃さんというアーティストのライブもやっておられるそうですね。うちの若手もおじゃまして、素晴らしいシンガーソングライターと出会えた、と感激していましたが、そのライブは万太郎様の肝煎《きもい》りではじめたと聞いて得心がいきました。蕎麦打ちにしてもライブにしても、だれかを喜ばせたい、みんなを幸せにしたい、という万太郎様のお人柄があってこそなのだと。ですから私どもとしては、そうした文化活動にも尽力《じんりょく》されているお姿も含めて映像化することで、全国の視聴者に万太郎様の人間像を伝えたいと考えているわけで、その

点をご理解いただければ嬉《うれ》しく思います」

木之元Ｐはそう強調して潤《うる》んだ目で万太郎を見つめた。

万太郎がふうと息をついた。軟化の兆しだ、と希子にはわかった。事実、しばしの間を置いてから万太郎はこう問い返した。

「つまり、その、綾乃ちゃんのライブも撮って紹介してくれるってことかな？」

もちろん、と即座に木之元Ｐはうなずき、

「それも含めて、とりあえずカメラを回させていただけませんか。もしまだ何かご懸念があるようでしたら、それは密着の現場で都度話し合いながら進めていく、ということで」

そう言い添えて今度は静かに微笑みかけた。


翌日、いつも通り昼営業を終えて午後休憩に入ると万太郎はどこかへ出掛けていった。

毎度のことながらどこへ行ったのかわからないが、希子は黙って送りだした。木之元Ｐの説得が奏功してか、ようやく万太郎が密着取材を受け入れてくれただけに、些細《ささい》なことで機嫌を損《そこ》ねたくなかった。

あれから万太郎とは、あえてテレビのことは話さないようにしてきた。邦テレ本社からの帰り道、エムズに立ち寄って軽く飲んだときも、テレビとは関係ない春からの新メニューの話題を振って、日吉と三人で蕎麦前の新たなつまみの話で盛り上がった。

帰宅してからも間近に迫った確定申告の相談をもちかけ、

「来年からは税理士さんにお願いしようよ」

と提案したりしてテレビには触れなかった。

とりあえず密着は明日からと決まっている。邦テレからの帰り際、木之元Pが万太郎に礼を言っている合間に高瀬Pから小声で、

「早速で恐縮ですが、明後日《あさって》から密着させてもらってよろしいでしょうか？」

と聞かれた。急な話だけに驚いたが、高瀬Pとしても万太郎の気が変わらないうちに撮りはじめたい、と考えたに違いない。そう解釈して早急な密着開始を了承してしまった。

ただ、慌ただしい日程になっただけにまたごねられても厄介《やっかい》だ。万太郎には内緒にしておこうと思った。当日の朝、いきなりロケ隊が現れれば万太郎も覚悟を決めるだろうし、そもそもが、ありのままの日常を撮りたい、という趣旨の番組だ。身構えて当日を迎えるよりは突如《とつじょ》密着がはじまったほうが企画の趣旨にも合っている気がする。

ここは万太郎の機嫌を取りながら頑張ろう、と自分に言い聞かせながら賄《まかな》いを食べ終えた希子は、帳簿を広げて給料計算をはじめた。

早いもので今月も琢磨の給料日になったのだが、いまや琢磨もバイト二年目とあって接客も板についてきた。今回の番組が放送されたらさらに客足も伸びるだろうし、そろそろ時給も上げてやりたい。来月もよろしく、と念じながら給料袋に現金を入れていると、

「おはようっす！」

いつもより早めに琢磨が出勤してきた。

「あらグッドタイミングね」
間髪《かんはつ》を容《い》れず希子が給料袋を差しだすと、あざっす！　と琢磨は頭を下げて受け取った。

その嬉しそうな顔を見ていたら、就活はメディア業界に絞《しぼ》っている、と言っていた琢磨には先に伝えておきたくなって、

「そういえば、万太郎にはまだ内緒なんだけど、明日の朝からテレビが密着取材に来るの」

と話してしまった。途端に琢磨が興奮した面持《おもも》ちで、

「さすがマンタさん、すごいっすね！　おれ、密着取材に逆密着したいっす！」

と言いだした。キー局の取材現場に立ち会える機会などめったにないから、一部始終を見学して就活に役立てたいそうで、

「そのかわり昼営業中はバイト料なしで接客しますんで、お願いします！」

また頭を下げる。

「あらありがと。琢磨の就活のためなら遠慮なく逆密着してちょうだい」

ただし、マンタには明日の朝まで絶対に伏せといてね、と念押しした。

翌朝、いつもより一時間ほど早く起床した希子は、朝食の準備を整えるなり万太郎を起こし、二人で食卓に着いた。

いよいよだ。希子はトーストを齧《かじ》りながらふと思い出したように言った。

「そういえば、ゆうべマンタが寝たあと高瀬プロデューサーからメールが入ったんだけど、今日

から密着取材するって」

「ええっ、それは急だなあ」

案の定、万太郎は眉根《まゆね》を寄せたが、

「そんな顔しないでよ。テレビの人は忙しいの。善は急げじゃないけど、もう約束しちゃったんだから快《こころよ》く密着させてあげようよ」

と笑いかけ、だからさっさと食べて行こ、と急《せ》かして早めに店へ向かった。

不意打ち作戦が功を奏して思ったほどごねられることなく朝七時半、烏森に到着すると店の前に琢磨が立っていた。

「あら早いわね」

驚く希子に琢磨は頭を掻きながら、

「ひょっとしたらマンタさんの店入りシーンを撮ろうと早めにロケ隊が来るかも、って思って来たんすけど、まだみたいっすね」

と携帯をセットした自撮り棒を手に笑っている。逆密着中は動画や写真のほか取材メモもしっかりつけて琢磨の個人ブログに順次アップしていく。それを就活の面接官に見せてアピールするつもりだという。

さすがはメディア業界を目指す琢磨だ、と感心した。それは万太郎も同様だったようで、

「琢磨がそこまで本気なら、店の仕事はそこそこでいいから、しっかり取材しろ」

と目を細めている。

ところが、琢磨の意気込みとは裏腹に、それから一時間近く経《た》っても肝心《かんじん》のロケ隊が現れない。高瀬Pからは、朝の仕込みから密着したい、と言われて仕込みは午前八時からと伝えたのに、八時半になっても姿を見せない。

どうしたんだろう。時計を見ながら訝《いぶか》っていると、待ちかねた万太郎が、

「もうはじめるぞ」

と蕎麦打ち場に入り、蕎麦の実を挽《ひ》きはじめた。仕方なく希子も出汁引きや野菜の下拵《したごしら》えなどをはじめた直後に、

「おはようございます、邦テレの取材です」

やっとロケ隊がやってきた。といっても隊というほどの人数ではない。初対面の男女二人だけで、その一人、ぼさぼさ髪に腫《は》れぼったい目をした三十間近と思《おぼ》しき男性が、

「ディレクターの細谷《ほそや》っす」

くだけた物言いで高瀬Pと同じCTプロの名刺を差しだす。もう一人の学生っぽいボブヘアの女性は、ADの小柴《こしば》だと紹介されたが、彼女もまた寝不足のような目をしている。

琢磨の話では、ふつうロケ隊は最低でもディレクター、AD、カメラ、音声がワンセットだそうだが、この寝不足コンビだけが密着スタッフらしい。おまけに木之元Pと高瀬Pは来ないというから、現場仕事は制作会社の部下二人に丸投げされたということか。

戸惑《とまど》う希子を尻目に、細谷DはSNSの動画を撮るようなマイク付き小型カメラを取りだした。てっきり肩に担《かつ》ぐプロ用カメラで撮ると思っていたから拍子《ひょうし》抜《ぬ》けしていると、

「我々はカメラを回しながらちょこちょこ質問しますんで、いつも通り仕事しながら答えてくれればいいっすから」

細谷Dはそれだけ言って蕎麦打ち場に入り、石臼《いしうす》で蕎麦の実を挽いている万太郎にカメラを向けながら、隣に立っている小柴ADに、

「小柴は路地のほうから撮れ！」

と苛ついた声で命じた。

その高圧的な態度が気に障《さわ》ったのか、小柴ADは返事もしないで店の外へ行き、路地に面した打ち場のガラス越しに自撮り棒のような棒型カメラで撮りはじめた。傍《かたわ》らの琢磨に小声で聞くと、このカメラもSNS動画の撮影によく使われているそうで、

「今日の取材ってSNS用だったりして」

と肩をすくめ、自分も携帯の自撮り棒を手に動画を撮りはじめた。

そんな会話が交わされているとも知らずに、万太郎の蕎麦打ちシーンを撮っていた細谷Dが、ふとカメラを下ろし、

「万太郎さん、いまんとこ、もう一回やり直してくれないっすかね」

と注文をつけた。延《の》し棒《ぼう》を転がしていた万太郎が、は？　と訝しげに顔を上げ、

「あんた、いつも通りに仕事してていいって言ったじゃねえか。ここでやり直しなんかしてたら切れやすい蕎麦になっちまうんだ」

と言い返して延し棒を転がし続けている。

「それはそうなんすけど、もうちょい手元が見えやすいアングルから撮りたいんで」

それでも引かないでいる細谷Dに、路地からの撮影を終えて戻ってきた小柴ADが、

「細谷さん、ドキュメンタリーでやり直しはまずいんじゃないですか？」

と口を挟んだ。途端に細谷Dは、ぼさぼさ髪を掻きむしり、

「小柴は黙ってろ！」

と一喝《いっかつ》して万太郎にやり直しを要求し続ける。見かねた希子が口添えした。

「ねえマンタ、いい番組を全国に届けるためなんだから、やってあげてちょうだい」

このひと言で、めずらしく万太郎が引いてくれた。しぶしぶながらもやり直しに応じる姿にほっとしたが、それで細谷Dは調子に乗ったのかもしれない。その後も事あるごとにやり直しを求めて撮影しながら、

「そういえば、さっき石臼に入れてた黒三角の粒々は何すか？」

突然、あらぬ質問を投げかけた。万太郎が眉間《みけん》に皺《しわ》を寄せた。そんなことも知らずに取材にきたのか、と言わんばかりに、

「蕎麦の実に決まってんだろ」

ぼそりと返した。すかさず希子が、

「その蕎麦の実を石臼で手挽きした自家製蕎麦粉を使って、いま蕎麦を打ってるわけです」

とフォローを入れると、

「へえ、そうやって一からやってるんすか」

細谷Ｄがしれっと言い放った。

万太郎が口元を震わせている。いつもの万太郎だったら、下調べぐらいしてこい！　と怒鳴りつけているところなのに懸命《けんめい》に堪《こら》えている。その間隙《かんげき》を縫って希子はまた、

「ちなみに、今日の蕎麦の実は福島県山都《やまと》産を使ってますが、三日ごとに北海道幌加内《ほろかない》産と福井県丸岡《まるおか》産も使ってます」

と再びフォローを入れると、

「え、蕎麦って北海道でも穫《と》れるんすか？」

細谷Ｄが目を見開いて、またまた初歩的な質問を返してきた。ここまで能天気に聞かれると万太郎も憤《いきどお》りを通り越して呆れ顔で、

「北海道は蕎麦の生産量日本一位だ」

ため息まじりに吐き捨てた。


のっけから険悪な空気に包まれてしまった。

ふだんならあり得ないほど万太郎は自制してくれているものの、蕎麦打ち姿からは不機嫌オーラが露骨《ろこつ》に伝わってくる。

その心境は希子にも痛いほどわかる。手打ち蕎麦の基礎知識すらないまま取材に来たばかりか、現場の空気もまるで読めない細谷Ｄには呆れたし、そんな人間を取材に寄こした木之元Ｐと高瀬Ｐにも不信感を覚えた。

かといって、このままだと店のイメージが悪くなる。どう修復したものか、と蕎麦前の準備を進めながら頭を悩ませている希子をよそに、当の細谷Dは素知らぬ顔で不機嫌そうな万太郎にカメラを向け続けている。

そんな無神経な上司に小柴ADも呆れてか、ひょいとカメラを置いて持参のバッグからペットボトルを出してジュースを飲みはじめた。すると気づいた細谷Dが、

「小柴、休んでねえで奥さんを撮れ！」

頭ごなしに叱《しか》りつけた。小柴ADは一瞬むっとしたものの、ペットボトルを仕舞い、薬味用の葱《ねぎ》を刻んでいる希子を撮りはじめた。

でも、もはや希子はどんな顔をしていいかわからなくなっていた。細谷Dからは、いつも通りにやってくれと言われたが、この状況でいつも通りに振る舞えるわけがない。それは万太郎も同様らしく、いまやどんよりと死んだ目で蕎麦を切っている。

琢磨だけは相変わらず黙々と動画を撮ったりメモったりしているが、こんな取材現場を見学したところで得られるものなどないんじゃないか、と心配になってくる。

そうこうするうちに昼営業の時間になった。このまま客入れしていいのかわからなくて、細谷Dに聞くと、

「ふつうにお客さんを入れて大丈夫ですか？」

「一応、撮影していいか客に許可を取ってくれないっすかね」

と答えた。このやりとりを聞いていた万太郎がむっとして言い返した。

「それは筋違いだろう」

ヤバいと思った。撮影の許可取りは取材者がすべき、というもっともなクレームなのだが、いま万太郎に爆発されたら厄介なことになる。慌てて希子は、

「細谷さん、撮影の許可取りはそちらの仕事だと思います」

万太郎に代わってはっきり告げた。この毅然《きぜん》とした物言いがよかったのか、細谷Dはバツが悪そうに小柴ADに向き直り、

「じゃ、おまえがやれ」

投げやりに命じた。

「けどあたしにも撮影が」

小柴ADが頬《ほお》を膨《ふく》らませている。

「それぐらい撮りながらやりゃいいだろう、マルチタスクの時代だぞ」

「そんなの無理ですって。ゆうべの現場だって二人きりなのに無茶な仕事押しつけられて、結局徹夜になって髪も洗えてないし」

とボブヘアを指差して食ってかかる。

ますます険悪な空気になってしまった。希子が内心ため息をついていると、

「だったら、おれが許可を取るっす」

とっさに琢磨が間に入ってくれて、おれ、メディア志望なんすよ、と小柴ADに笑いかけて許可の取り方を聞きはじめた。

ひやひやしつつも、どうにか場が収まったところで希子は暖簾《のれん》を掲げた。

開店を待ちかねていた昼営業の常連客がぞろぞろと入ってきた。その一人一人に琢磨が、

「今日はテレビ番組の撮影なんすけど、かっこいい姿が映っちゃって大丈夫っすか？」

と確認している。もともとコミュニケーション力に長《た》けた琢磨の気さくな問いかけに、

「へえ、ついにマンタもテレビ出演かい」

常連客も嬉しそうに承知してくれている。

もちろん、顔にぼかしを希望したり、戸惑い顔で店から出ていく客も何人かいたが、それでもどうにか客席が埋まったところで、細谷Dが客にインタビューをはじめた。

まずは若い常連客にカメラを向けて、

「蕎麦を打ってる店主はモンゴル人らしいんすけど、どう思うっすかね？」

と唐突《とうとつ》に問いかけた。

若い常連客がきょとんとしている。それはそうだ。何の前置きもなくモンゴル人をどう思うかと聞かれたところで答えようがない。

かまわず細谷Dはたたみかける。

「あの丁髷頭はどうっすかね」

続けざまの的外れな問いかけに、

「まあその、似合ってると思いますけど」

若い常連客は困惑顔《こんわくがお》で答えたきり黙ってしまった。それでも細谷Dはめげることなく、

「蕎麦の実が黒三角の粒々なの知ってます？」

「自前の石臼で蕎麦粉に挽いてから手打ちする蕎麦って、めずらしくないっすか？」

「蕎麦の生産量が日本一の意外な場所ってどこでしょう？」

万太郎から聞いたばかりの俄《にわ》か知識を動員して、頓珍漢《とんちんかん》な質問を投げ続けている。その問いかけぶりからして蕎麦には何の興味も知識もないばかりか、番組の趣旨も理解していないようだ。

あげくの果てには、

「蕎麦とラーメン、どっちが好きっすか？」

とまあどうでもいい質問まで飛びだす始末。琢磨とは真逆のコミュ力不足も手伝って、いつしか客たちが失笑を漏《も》らしている。

この人、絶対に番組の企画趣意書を読んでない、と希子は思った。ていうか、マジでテレビのディレクターなんだろうか。素人目にも、とてもじゃないがまともなドキュメンタリーが撮れる人とは思えない。

それは客たちも同様らしく、蕎麦を手繰《たぐ》り終えるなりみんな白けた顔で帰っていった。

気がつけば午後二時を回り、午後休憩の時間になっていた。

暖簾を下げる希子を撮り終えた細谷Dと小柴ADが、カメラを置いて客席の椅子《いす》にへたり込んだ。二人とも疲労困憊《こんぱい》のようで、ひょっとしたら、それが頓珍漢な言動に繋がったんだろうか。

ふと思った希子は、

「すぐ賄いを作るので召し上がってください」

と勧《すす》めた。細谷Dからはさっき、夫婦のインタビューを午後休憩中に撮りたい、と言われた。その前に腹を満たしてもらって多少とも場の空気を和《なご》ませたかった。

なにしろ万太郎は休憩に入るなり蕎麦打ち場に籠《こも》ってしかめっ面《つら》でいる。それはそうだ。営業前からカメラに撮られ続け、何度もやり直しさせられる。おまけに昼営業中は珍妙《ちんみょう》なインタビューで客の顰蹙《ひんしゅく》を買い続けていたのだから、やっぱ密着取材なんか受けるんじゃなかった、と後悔しているに違いない。

なのに不思議なことに今日の万太郎はまだ堪えている。いつもなら爆発していてもおかしくないのに懸命に自制している。

それは去年、ネットの誹謗中傷問題で悩んで蕎麦の味まで変化したときとはまた違う不気味さで、これで十日間もの取材に耐えられるだろうか。撮休と呼ばれる撮影が休みの日もあるらしいが、それまで万太郎が辛抱《しんぼう》できるだろうか。

初日半《なか》ばにして重い気持ちに包まれてしまったが、それでも休憩中は頑張って接待しなければ、と我に返った希子は賄い料理を作り、

「さ、遠慮なくどうぞ」

愛想笑いとともに客席テーブルに配膳した。

ただ、賄いといっても間に合わせの料理ではない。ふだんは調理で余った端材《はざい》で何か作った

り、注文間違いで引き揚げてきた伸びた蕎麦を食べたりしているのに、取材の二人には店で一番高額な特上セット〝鴨《かも》せいろとミニ天丼〟を大盤振る舞いした。

細谷Dと小柴ADは案の定、空腹だったらしく、特上セットをがつがつ貪《むさぼ》り食うなり、

「ゆうべは二人とも完徹だったんで、夫婦インタビューは仮眠してからにするっすね」

と礼も言わずに客席のテーブルに突っ伏して寝入ってしまった。

熟睡している二人を横目に、希子たち三人は冷凍してあった残り物の蕎麦に揚げ玉を散らしただけの賄いを食べた。ところが、いつもは大盛りをぺろりと平らげる万太郎が、半分食べただけで打ち場に引っ込んでしまった。

そっとしといたほうがいいかもしれない。そう判断した希子は、琢磨の手を借りて食器類を厨《ちゆう》房《ぼう》の流しに下げて洗いながら、

「何なんだろうね、これってマジでドキュメンタリーの撮影？」

と小声でぼやいた。琢磨が大きくうなずき、

「おれもがっかりっすよ。何度も撮り直したり、下調べもしないで適当にインタビューしたり、ドキュメンタリーってありのままを記録するもんなのに」

「だよね。徹夜明けで大変なのもわからなくはないけど、こっちに客の許可まで取らせるなんて信じらんないし、この調子で十日も密着されると思ったらうんざりしてくる」

希子がため息をつくと、

「いまからでも断ったほうがよくないすか？」

と琢磨が言いだした。すると突然、打ち場に籠っていた万太郎が厨房に顔を覗《のぞ》かせ、

「ただ約束は約束だ。テレビ局だって取材費とか使ってんだから、初日で断るのはなあ」

希子たちの会話が聞こえていたらしく、思わぬことを言う。

「だけど、うちだって持ち出しで特上セットを食べさせたりしてるんだし」

「それはそうだけど、まだ先は長いし、もうちょい様子を見たほうがいいと思う。気になるところはあとで木之元Pに言ってカットしてもらえばいいし、しばらく辛抱するっきゃないよ」

逆になだめられた。

今日の万太郎はどうしたんだろう。いつもなら真っ先に食ってかかるのに、と怪訝《けげん》に思ったものの、いまやり合ってもしょうがない。希子はそのまま会話を打ち切って客席に戻り、夫婦インタビューに備えてあれこれ考えながら細谷Dと小柴ADが起きるのを待った。

ところが、午後休憩が終わる間際になっても二人とも寝続けている。仕方なく希子は、

「そろそろですよ」

と二人の肩を叩いて起こした。

欠伸《あくび》をしながら立ち上がった細谷Dに、念のため希子は確認した。

「もうすぐ夜営業なんですけど、夫婦インタビュー、どうします？」

細谷Dは一瞬、たじろいでから、

「あとにしましょっか」

悪びれることなく答えてバッグから四角い小型カメラを二台取りだした。夜営業は定点観測のように客席を撮ることにしたそうで、俯瞰《ふかん》で客席を撮れる二か所に取りつけている。なんとも場当たり的な仕事ぶりに万太郎も困惑顔でいるが、希子と琢磨をたしなめた手前、何も言わないでいる。

ぎくしゃくした空気が漂う中、希子は夜営業の暖簾を掲げた。今夜も最初に来店した楠木先生が、二台の俯瞰カメラに気づいて訝しげに見上げている。携帯でメモっていた琢磨が手を止めてテレビの撮影だと伝えると、

「ほう、テレビを受けたんだ」

無表情に呟《つぶや》いていつものカウンター席に着いた。その後もつぎつぎに夜の常連客がやってきて、琢磨と小柴ADが手分けして一人一人に撮影許可を取っていく。

するとカメラをセットし終えた細谷Dが希子に耳打ちしてきた。

「お客さんが減りはじめた頃合いに客席でインサート撮影するんで、よろしく」

インサート撮影とは、メイン映像の合間に入れ込む料理をアップで撮る作業だそうで、おすすめ料理を何品か作ってほしいという。

急な話だったが万太郎の顔色を窺《うかが》うと、無言でうなずいている。わかりました、と希子が答えると、突然、細谷Dが携帯を取りだし、もしもーし、と応答しながら店から出ていってしまった。

そのまましばらく細谷Dは戻ってこなかった。残された小柴ADは棒型カメラで琢磨の接客や厨房で調理する万太郎や希子を撮っていたが、やがて撮るものがなくなったのかカメラを置いて

店の隅でぼんやりしている。

気づいた琢磨が接客の合間に小柴ADにぼそぼそ話しかけている。このチャンスに業界話を聞きだしているらしく、コミュ力の琢磨だけに小柴ADも打ち解けた顔で話している。

やがて午後七時近くになると徐々に客足が鈍《にぶ》りはじめ、そのときを待ちかねていたように細谷Dがぼさぼさ髪を掻き上げながら戻ってきた。一時間半も何をやっていたのか知らないが、厨房にいる希子のもとにやってきて、

「じゃ、インサートの料理、よろしく」

と声をかけてきて、空いているテーブルに勝手に撮影用ライトをセットしはじめた。

希子は苛ついた。テレビ取材なら何をしてもいいと思っているに違いない細谷Dの態度が、やけに鼻についた。といって料理を作らないわけにもいかない。腹立たしく思いながらも蕎麦前用の蛸《たこ》と胡瓜《きゆうり》の酢の物、出汁巻玉子、せいろ蕎麦のほか、細谷Dと小柴ADに食べさせた特上セットも作った。

すぐに細谷Dは撮影用のテーブルに運んで料理に照明を当て、小柴ADに〝箸上《はしあ》げ〟をさせながらの四品の撮影をはじめた。

ほどなくして、よし、とOKを出した細谷Dはカメラと照明機材を手早く片付け、

「じゃ、つぎの現場があるんで明日また」

早口で希子に告げるなり小柴ADを促《うなが》してそそくさと帰っていった。

「もうあたし、やめちゃいたい」

閉店後、いつものエムズで希子は毒づいた。今夜は帰ると言い張る万太郎を琢磨とともに無理やり連れてきて、強い酒が飲みたくて注文した日吉だけに通じる略称〝フルティーニ〟、フルサイズのマティーニを口にした途端、溜《た》まりに溜まっていた不満が噴出した。

「だってあの男ったら、おれたちが撮ってやってんだ、っていう態度丸だしじゃん。うちの一番高いメニューを賄いで食べさせたのにお礼も言わないし、インサート撮影用に作った料理も全部残して帰って一円も払わない。何様のつもりよ！」

声を荒らげ悪態をついた。万太郎が無名の蕎麦職人だから舐《な》められたのかもしれないが、やっつけ仕事でお茶を濁《にご》されたとしか思えない。常連客たちも的外れな質問に辟易《へきえき》していたし、

「こんな取材があと九日も続くなんてもう耐えらんない」

希子がふて腐れてこぼすと、ハイボールを飲んでいる琢磨も同調して、

「おれも驚いたっす。テレビマンって傲慢《ごうまん》っすよね」

と呆れている。あまりの酷さに細谷Ｄが店を離れたとき、琢磨の本音を小柴ＡＤにぶつけたら意外にも共感してくれたという。

「ああ、やっぱ彼女も溜まってんだ」

「実は彼女、制作会社に入って半年なんすよ。まだ半分素人目線だから、テレビ歴が長い人ほど思い上がってる現実に幻滅したみたいで」

近々、再び就活をはじめるとも言っていたそうで、さすがはコミュ力の琢磨だ。店の片隅でち

ょこちょこ話しただけで彼女の本音まで引きだしていようとは思わなかった。

「そっかあ。テレビ慣れしてない人だとそういう分別《ふんべつ》がつくのに、長くやってるとスレてきちゃうんだね」

なんだかますます嫌んなってきた、と希子は唇《くちびる》を嚙《か》んだが、隣でジンソーダを飲んでいる万太郎は口を閉ざしている。希子たちの話は聞こえているはずなのに、ぼんやりと宙の一点を見つめている。

万太郎らしからぬ態度だった。あまりの酷さに言葉も出ないのか。もうどうでもよくなってしまったのか。その煮え切らなさに違和感を覚えていると、店の扉が開いて新たな客が入ってきた。

今夜は丸眼鏡をかけていたから、一瞬、気づかなかったが、眼鏡姿も粋な鮨富の将次親方だった。さっき親方にも相談したくなって〝店仕舞いしたら飲みません？〟と携帯にメッセージを送っておいたら、律儀《りちぎ》に駆けつけてくれたのだった。

「お疲れさま」

日吉が将次親方におしぼりを差しだし、チューリップグラスにスコッチをワンショット注《つ》いで差しだした。それがお決まりの注文らしく、将次親方はちびりとスコッチを味わってから、

「で、何があったの？」

さらりと希子に聞く。わざわざ来てくれたのが嬉しくて、早速、テレビ取材初日の顚末《てんまつ》を話して聞かせると、

「ああ、やっぱ取材受けちゃったんだ。だからやめたほうがいいって言ったのに」

将次親方は苦笑いして肩をすくめる。

「あたしも迷ったんだけど、もっといろんなお客さんにうちを知ってもらいたいと思ったし、万太郎も許してくれたから」

と希子が弁明すると、将次親方はまたスコッチを口にしてから、

「そういえば昔、取材で痛い目に遭った鮨屋仲間が、もし取材を受けざるを得ないときは、やるべき対策が三つあるって言っててね」

「へえ、どんなの？」

「一つ目は、何を質問されるか事前に尋《たず》ねて、ダメな質問はダメと釘《くぎ》を刺しておく」

素人は撮影されながら質問されると妙な圧がかかって、つい余計なことまで話してしまう。そんな習性を利用してテレビマンはあれこれ聞きだそうとするから、店独自のレシピとか親族の話とかのNG質問は、事前にリストにまとめて渡しておくべきだという。

同じように二つ目は、夫婦喧嘩《げんか》などイメージを損なう場面、予定が書かれたカレンダーなど個人情報がバレるものなど、撮影NGリストも渡しておく。カメラマンはめったに撮れない場面やプライバシーを撮りたがる習性があるから、それを防ぐためだ。

「そして三つ目は、それでもNG質問やNG撮影をされたら〝それ、NG〟と明るく伝えて、嫌な顔をされても何度でも撮り直しさせる。この三つの事前対策をしとかないと、オンエアを観て仰天《ぎょうてん》、なんてことになるらしい」

「え、マジで？」

「最近のテレビは予算も時間もなくて毎日バタついてるから、相手のことは無視して自分たちに都合がいいように撮っちゃうんだって」

「うーん」

思わず希子が唸っていると、グラスを磨《みが》きながら耳を傾けていた日吉も口を開く。

「まあ実際、うちにもたまにテレビ関係者が来ますけど、早い話がみんな疲れ果ててるんですよ。オワコンと言われて久しいテレビは、とにかくお金がなくて、その皺寄せが制作会社にも及んでスタッフの数は減らされる一方なんですね。琢磨さんが話したADさんみたいに過酷な毎日に疲れて辞める人も多いから、残った人たちは取材相手の都合や気持ちを斟酌《しんしゃく》してる余裕なんかないみたいで」

これには将次親方も大きくうなずき、

「やっぱ、いまからでも断っちゃったほうがいい気がするな。この先、もっと嫌な思いをするかもしれないし」

とやんわり勧めてくれた。希子は万太郎を見た。さっきからずっと黙っているが、どう考えてるんだろう。それが気になったのに、相変わらずぼんやり宙の一点を見つめている。

煮え切らない万太郎に釈然《しゃくぜん》としない思いを抱《いだ》きながらも、翌二日目の朝も夫婦揃《そろ》って早めに烏森の店へ向かった。

「おはようございます」

今日も店の前で琢磨が待っていた。

「朝早くからありがとね」

希子は感謝を伝えて、ここは気持ちを切り替えていこう、と自分に言い聞かせながら白い三角《さんかく》巾《きん》とエプロンを着け、午前七時半過ぎには開店準備をはじめた。

ところが、また細谷Dたちが現れない。それから一時間経っても一向に姿を見せない。

「どうしたんだろ」

せっかく将次親方の教えに従ってNGリストを出掛けに作り、気持ちを切り替えて待っているのに、二日続きで遅刻するなんて何考えてるんだろう。苛つきながらも開店準備を進め、いつも通り午前十一時半に昼営業の暖簾を掲げても、まだやってこない。

んもう、どういうことよ、と希子は苛ついたが、万太郎は昨夜の話を蒸し返したくないのか黙々と働いている。昼の常連客も昨日のことは忘れたかのように蕎麦を手繰っている。

結局、午後休憩になっても細谷Dからは何の連絡もなく、たまらず希子は電話を入れた。

長々とコールしてやっと繋がると、

「いや突発的なロケが入っちゃったんすよ」

細谷Dは平然と言い放った。

「だったら電話の一本ぐらいください」

声を硬くして言い返すと、

「テレビってこういうことがよくあるんすよ」

明日は行けると思うんで、と軽い調子で言い添えるなり電話は切れた。まったくもう。希子は舌打ちした。将次親方が言った通りだった。さすがに腹が立って、

「やっぱ断っちゃおうよ」

思いきって万太郎をけしかけたが、しかしなあ、と今日も煮え切らない。

「ねえ、どうしたのよ、マンタらしくないよ」

頬を膨らませて不満をぶつけても、

「とにかく、明日まで待ってみよう。明日は綾乃ちゃんのライブだし」

となだめられてようやく、あ、と気づいた。ドタバタ続きで頭から抜けていたが、だから万太郎は断れないでいるのかもしれない。

考えてみれば今回の件で邦テレを訪ねたとき、当初はあれほどテレビを拒んでいた万太郎が、〝ライブも含めて全国の視聴者に届けたい〟と木之元Pから説得された途端、無言のまま受け入れてくれた。綾乃の歌が全国放送で流れれば多くの人たちに注目される。業界関係者も放っておかないだろう、とあえて密着取材を受け入れてくれたのかもしれない。

それでなくても綾乃に岡惚《おかぼ》れしていた万太郎だ。無下《むげ》に断って彼女のチャンスを潰《つぶ》したくない。そんなやさしさから煮え切らない態度でいたに違いない。

といってこのままでいいのか。明日のライブが終わるまでは辛抱すべきなのか。細谷Dへの不満と万太郎のやさしさの板挟みになっていると、

「希子さん、ADの小柴さんに明日は来られるかどうか確認してみましょうか」

希子の胸中を察した琢磨が聞いてきた。

「でも彼女から名刺をもらってないし」

「ていうかおれ、連絡先を教わったんで」

小柴ADから、再び就活をはじめる、と打ち明けられたとき、だったら就活情報を交換し合おうか、と持ちかけたらメッセージアプリのIDを交換してくれたそうで、

「今日はなぜ取材に来なかったのか、明日はどうなるのか、それだけでも聞いとけば今後の判断材料になると思うんすよね」

と携帯を取りだす。コミュ力の琢磨らしい提案に、だったらお願い、と希子が頼むと、慣れた手つきでメッセージを打ちはじめた。

ところが、ちょっと待ってくれ、と話を聞いていた万太郎が琢磨を押しとどめた。

「ADに聞くのはいいけど、綾乃ちゃんにはまだ取材のこと話してないよな」

「まだっすけど」

明日の午後、綾乃が来たら話すつもりでいる、と琢磨が答えると、

「いや、ロケ隊が来るまで内緒にしといてくれるかな。もし先に話して来なかったら、がっかりさせちまうだろ」

ライブの出来にもかかわることだから、と希子にも念押しする。これには希子と琢磨も納得して、琢磨が小柴ADにメッセージを送ったところで夜営業に入った。

今夜も楠木先生をはじめ常連客がつぎつぎに来店して穏《おだ》やかな夜営業になったが、結局、閉店までに小柴ＡＤからの返信はなかった。

翌日のライブ当日は夫婦揃って午後一時に店入りした。去年の九州場所以来、ライブを仕切ってくれている琢磨も時間通り来ていた。

早速、三人で店内をライブ会場に模様替えした。このライブのために万太郎が密着取材を受けたとわかったからには、今日はちゃんとロケ隊が来ますように、と祈りつつテーブルと椅子の配置を変えたり、ボーカルマイクを立てたり、ライブ動画を撮る携帯を三脚にセットしたりした。綾乃のライブ動画は去年の十一月以来、琢磨がネット配信してくれているのだが、これが意外に好評だそうで携帯のセッティングにも力が入る。

そうこうしているうちに午後三時になった。

「おはようございます！」

アコースティックギターを背負った綾乃がやってきた。アーティストに雑務はさせたくないから、会場入りは午後三時と決めてある。

「おはよう！」

三人で元気よく迎え入れた。まだロケ隊の動向がわからないだけに、三人とも気が気でないのだが、みんな明るく振る舞っている。

すぐに綾乃はマイクスタンドがセットされた簡易ステージでギターの調弦をはじめた。

「どうだい？　今月の新曲は」

万太郎が笑顔で声をかけた。ライブをはじめて以来、約束通り綾乃は毎月新曲を持ってきて歌っているのだが、

「今月もマジで苦しんじゃって」

と照れ笑いしている。当人はそう言うけれど、いつも新曲は綾乃らしい情緒《じょうちょ》溢れる奥深い歌ばかりで希子は今日も楽しみにしている。

綾乃がギターを抱《かか》えてマイクの前に立った。すかさず琢磨がスポットライトを当てる。ネットの中古市場で琢磨が見つけたプロ用ライトの光に綾乃の愛らしい顔が浮かび上がり、いよいよリハーサルがはじまると、綾乃はいきなり今月の新曲を歌いだした。

〽あなたのことがわからないのは
あたしのことがわからないから
あたしのことをわかりたいから
あなたのことをわかりたいのに
人間のことってわからない
どうすればわかるの？
どうすればわかり合えるの？

不思議な響きの歌だった。曲調は素朴《そぼく》なのに、独特の歌詞がのびのびとした綾乃の歌声と相まって心に沁《し》み入ってくる。タイトルは未定だそうだが、この歌はぜひ全国のテレビ視聴者に届けてほしい。思わずそう願ってしまうほど素晴らしい新曲で、琢磨と万太郎も身じろぎひとつせずに聴《き》き惚《ほ》れている。

やがて歌が終わると、まだリハーサルなのに三人揃って盛大に拍手を送り、綾乃は恥ずかしそうにぺこりと頭を下げた。

いつになく充実したリハーサルを終えて午後六時に開場。店の常連や近隣の勤め人たちで席が埋まった。午後七時から二時間余りの本番も、アンコール二回も含めて温かい拍手に包まれて大盛り上がりだった。

ただ、ロケ隊は最後まで現れなかった。希子は曲の合間に何度も客席を見回して確認していたのだが、細谷Dたちが姿を見せることはなく、綾乃の歌も全国の視聴者に届ける、という約束はあっさり反故《ほご》にされた。

テレビの人間って、こんなにいいかげんなのか。これまで七回に及ぶライブの中でも出色のステージだっただけにあんまりだ。結果的には綾乃に知らせなくて正解だったが、綾乃のために密着取材を受けてくれた万太郎の胸中を察するほどに腹が立った。

もう黙っていられない。

ライブに全力投球してくれた綾乃には、万太郎が自宅で打ってくれて大好きになったという鴨《かも》南蛮《なんばん》を食べさせて、打ち上げをやる一献屋に先に行ってもらい、希子は意を決して細谷Dに電話を入れた。応答も折り返しもなかった。続けて木之元Pにも電話を入れてみたものの、こっちも繋がらない。

これには万太郎も腹に据えかねたのだろう。波風立てないよう抑えていたライブ前とは一転、鬼《おに》の形相《ぎょうそう》で店内を片付けていたが、気がついたときには姿を消していた。

どこへ行ったんだろう。まさか邦テレに殴《なぐ》り込みに行ってたりして。ちょっと不安になったものの、希子だって我慢の限界だ。一人で店内を蕎麦屋に戻してくれている琢磨に、

「もう取材はキャンセルする！」

きっぱり告げた。ところが琢磨は、

「いや、もう一日だけ待ってみないっすか？」

となだめる。いまさっき小柴ADから、〝昨日は徹夜仕事だったので連絡できなくてごめんなさい〟とメッセージが届き、明日の午前中に会って話すことになったのだという。

「おれも正直、ライブをすっぽかされて腹立ててたんすけど、何か理由があるのかもしれないし、キャンセルは彼女から内情を探りだしてからにしたほうがいいと思うんすよ」


一夜明けてリビングのカーテンを開けると雨が降っていた。この時期にはめずらしく本降りの雨とあって嫌な予感がした。

万太郎はまだ寝室で眠りこけている。ゆうべは店内の後片付け中に姿を消したまま一献屋の打ち上げにも来なかった。仕方なく希子は一人で琢磨と綾乃を労《ねぎら》ってから自宅に帰り、ライブ疲れ

もあって早々に寝てしまったのだが、万太郎は深夜に帰宅したようだ。

さて今日はどうなることか。琢磨がどこで小柴ADと会うかは知らないが、午後休憩の頃には店に行くっす、と言っていた。

ということは、午後休憩まではロケ隊が来ないことが確定したわけで、昼営業はロケ隊に邪魔されずにやれそうだ。

よし、今日も頑張ろう、と希子は自分を励まして万太郎を揺り起こし、

「ゆうべはどこ行ってたの？」

とりあえず聞いてみた。

「まあちょっとな」

万太郎は言葉を濁し、眠そうな目を瞬《しばたた》かせた。おそらくはライブの取材をすっぽかしたロケ隊に怒り心頭でヤケ飲みしていたんだろうが、そんな夫をなだめるように希子は、

「ちなみに今日の昼営業もロケ隊は来ないよ」

と告げて、琢磨が小柴ADに会って内情を深掘りしてくれることになったと伝えた。

「そうか、わかった」

万太郎は意外にも淡々《たんたん》と応じて、よし、今日も旨い蕎麦を打つか、と起き上がった。

あとは毎度のごとく二人で店へ向かい、開店準備を整えて暖簾を掲げ、いつも通り昼営業をスタートさせた。常連客たちも何事もなかったように蕎麦を手繰り、ごっそうさん、と満足げに午後の仕事に戻っていく。

そんな姿を眺めていると、数日ぶりに穏やかな日常が戻ったことを実感させられる。

ところが、午後一時を回り、これまたいつも通り徐々に客足が減りはじめた頃合いになって思わぬ異変が起きた。

新たに来店した一人の男性客に希子が瓶ビールと鴨せいろを配膳していると、突如、

「はいどうもー、〝レッドンドン〟でーす！」

真っ赤なブレザー姿の坊主頭《ぼうず》の男とロン毛の男二人組が声を上げながら飛び込んできて、

「いやいやいや、モンゴル人が手討《てう》ちにした蕎麦てなんやねん！」

坊主男が声を張るなり刀で斬《き》りつける仕草をしてみせた。すかさずロン毛男が、

「その手討ちやない、モンゴル人の手打ち蕎麦や！」

坊主男をパチンと叩いておどけてみせる。

またしても迷惑系の襲来か。希子は慌てた。箸を手にした一人客も異様な事態にぎょっとしているが、レッドンドンの二人組はかまうことなく馬鹿な冗談を飛ばし合っている。

ふと気がつくと、二人組の後ろに細谷Dがいる。傍らには棒型カメラを手にしたツーブロックヘアの若い男もいる。どうやらADらしく、小柴ADは？　と希子が訝っていると、細谷Dは右手でカメラを回しながら左手に持っているスケッチブックを二人組に見せた。

バラエティ番組などで出演者に指示を与えるカンペというやつだったが、そこには太い文字で〝蕎麦にツッコミ入れて〟と書かれている。間髪容れず坊主頭が一人客の蕎麦を指差し、

「この蕎麦ヤベっ、白っぽいで」

と腐《くさ》した。もはやNGリストを渡すどころじゃないと見切った希子は、とっさに割って入って説明を加えた。

「本日は福島県山都産の蕎麦の実を使って、殻《から》も甘皮も剥《む》いた〝抜《ぬ》き実《み》〟を挽いた粉で打っているから、白っぽく仕上がるんです」

途端に細谷Dがカメラを止め、

「いや奥さん、いまのは〝フリ〟なんです」

と希子をなだめにかかる。最初に貶《おとし》め、食べたら絶賛する。それが笑いの定石《じょうせき》だそうで、

「それと奥さん、そのエビヤビール、こっちに換えてくれないっすかね」

と男性客の瓶ビールを指差した。するとツーブロックADが別銘柄を持ってきて、

「番組スポンサーがキリヤビールになったんすよ。これも旨いんで撮影中だけよろしく」

と一人客に頼んで強引に交換してしまった。

「やめてください、お客さんに失礼です」

希子が叱りつけた途端、厨房で蕎麦を茹でていた万太郎がたまりかねて飛んでくるなり細谷Dの前に立ちはだかり、

「いいかげんにしろ！　どこがドキュメンタリーだ！　木之元プロデューサーを呼べ！」

と怒鳴りつけ、一人客が押しつけられたキリヤビールを突き返した。それでも細谷Dは、

「困るなあ、スポンサーあっての番組なんで」

不満顔で文句を言う。

「だったら出てけ！」

万太郎は再度怒声を弾けさせ、お笑い芸人も含めた四人を店から叩きだした。

琢磨が店に来たのは小一時間後だった。小柴ADとは渋谷《しぶや》で話してきたそうで、希子がさっきのおちゃらけたロケの話をすると、

「おれも大好きなマンタさんの蕎麦を侮辱《ぶじょく》するなんて、何様のつもりだ。小柴さんが制作会社を辞めた気持ちがわかるっす」

と憤っている。

「え、小柴さんはAD辞めたの？」

「そうなんすよ。彼女はADになって二か月も経たないうちに、この会社は辞めよう、って決めたそうなんすね」

でもタイミングが掴《つか》めなくてずるずる働いていたそうだが、一昨日《おととい》の取材で踏ん切りがついて、昨日、きっぱり退職したのだという。

「そっかあ。やっぱ細谷Dって、酷いもんね」

希子は大きくうなずいた。初日の取材も酷かったが、ライブをすっぽかした上にお笑い芸人を連れてきた今日のやり口は、当初の企画趣意書など一切《いっさい》無視したものだった。

綾乃のライブのため、と我慢していた万太郎がついに爆発したのも当然で、お笑い芸人に絡《から》まれた一人客も、テレビなんてろくなもんじゃない、と帰り際に言い捨てていった。

「だけど、なんでこんなことになっちゃったんだろ。あたしにはさっぱりわかんない」

希子がため息まじりに漏らすと、

「ただ、小柴さんから聞いた話だと、今回のことはあのディレクターだけの問題じゃないみたいなんすよね」

と琢磨が信じられない話をしてくれた。

「そもそもあの企画って、蕎麦処まんたのために考えたものじゃなかったんですよ。最初は浅草《あさくさ》の洋食屋に密着取材してたそうなんすけど、取材中に店主とトラブってキャンセルされてしまった。それで急遽《きゅうきょ》、同じ企画が蕎麦処まんたに持ち込まれたらしいんすね」

そこに至る経緯《けいい》もまた安直だった。制作期限が迫る中、洋食屋のキャンセルに慌てた木之元Pが代替店を探していたら、たまたま局から近い蕎麦処まんたで食べた局員から、元力士のモンゴル人が手打ちしていて店内ライブまでやっている、と聞き及んだ。それだ！　となった木之元Pは綾乃のライブも全国放送する、と餌《えさ》を撒《ま》いて万太郎に捻《ね》じ込んだ。

なのに、いざ取材をはじめようとしたら、洋食屋とトラブった邦テレ系の制作会社が、もうこの企画は受けられない、とヘソを曲げてしまった。これまた慌てて別の制作会社に声をかけたが、急な話だけに受けてもらえない。困った木之元Pがあらゆる伝手《つて》を辿《たど》って探した結果、ふだんはケーブルテレビの仕事をやっているCTプロの高瀬Pに行き着いた。

地獄で仏とばかりに依頼すると、高瀬Pはキー局に食い込むチャンスと喜び、制作期限が迫っているると知りながら引き受けて社内スタッフの細谷Dに丸投げした。災難だったのは細谷Dと部下の小柴ADだ。それでなくても地域番組の制作で徹夜続きなのに、密着取材までやるはめになって疲労困憊。

「だから細谷Dは小柴さんに当たってばかりいたみたいで、それじゃまともな仕事ができるわけないじゃないすか」

おかげで密着取材は初日からごたついてしまった。そこで細谷Dが邦テレの木之元Pに報告すると、もう当初の企画じゃ無理だ、となって、ドキュメンタリーからグルメバラエティ番組に変更され、放送枠は日曜深夜、放送尺は三十分に短縮。それに伴い、密着期間も大幅に短縮されてしまった。

「ええっ、それはないでしょう」

全然知らなかった。というか知らされてなかった。もともとは本格派のドキュメンタリーで十日間密着取材で、綾乃のライブも紹介すると言われて不本意ながら万太郎も受けたのに、グルメバラエティだなんて滅茶苦茶《めちゃくちゃ》だ。

希子が呆れ果てていると、

「けど小柴さんの話だと、そういうのっていまのテレビの世界じゃよくあることらしくて。なんかもう酷すぎるっすよね」

と琢磨は両の拳《こぶし》を握り締めた。

あまりのことに希子は即刻、木之元Pに電話を入れた。

今日は即繋がったが、出たのはなぜか知らない男性局員だった。とっさにスピーカーを入れて万太郎と琢磨にも聞かせながら尋ねた。

「あの、木之元プロデューサーは？」

「すみません、木之元は退職いたしました」

平然と告げられた。

「え、そんな」

仰天した。いまや落ち目の一途を辿っているテレビ業界は、アナウンサーでもディレクターでも簡単に辞めると聞いたことがあるが、小柴ＡＤばかりか木之元Ｐまで辞めたとは。

まさかの事態に言葉を失っていると、

「ですので、代表番号のほうにお願いします」

男性局員から番号を教えられた。仕方なくかけ直すと、社内をたらい回しされたあげくに田《た》所《どころ》と名乗る法務部員が応答した。

「蕎麦処まんたの女将《おかみ》ですが、『蕎麦打ちの横綱を目指せ！』の番組プロデューサーだった木之元さんの後任の方をお願いします」

するとしばらく保留音が聴こえてから、

「あのー、いま調べたんですけど、蕎麦打ちの横綱を目指せ！　という企画はまだ局として承知しておらないものでして」

田所の恐縮声が返ってきた。

「はあ？　でもちゃんと企画趣意書があるし」

「それってひょっとして〝カッコ仮〟とか書いてないでしょうか」

「タイトルに（仮）ってついてます」

「ということは、局としてはまだ正式に承知してない企画という意味で」

「いえ違います！　この（仮）はだれがどう見てもタイトルが仮っていう意味です！」

希子がいきり立つと、傍らの万太郎が希子の手からひょいと携帯を取り上げ、直接会って話そう、と告げるなり切ってしまった。

「やだ、まだ話し中だよ」

「もう電話じゃ無理だ。邦テレに行くから、琢磨、すまんが取材中に書いてた個人ブログのスクリーンショットと、例の企画趣意書を店のプリンターで二部ずつ印刷してくれるか」

「スクショを？」

「うん、よろしくな」

万太郎は目配せして頭を下げ、蕎麦打ち場に引っ込んでどこかへ電話しはじめた。

ほどなくして万太郎は琢磨が印刷してくれたスクショと企画趣意書を封筒に入れ、作務衣に丹前を羽織って店を後にした。

いよいよ殴り込みか。希子が緊張しながら後に続くと、万太郎はタクシーを拾って邦テレ本社に乗りつけた。そして懐から取りだした柘《つげ》の櫛《くし》で丁髷髪を整え、羽織の紐をキュッと締めると、ひとつ咳払いしてからのしのしのしのしと一階フロアに入っていく。

そのまま受付に歩み寄り、制服姿の受付嬢にぴしりと一礼してからおもむろに告げた。

「御社法務部の田所様を呼んでいただけますでしょうか」

いつものざっくりした物言いが嘘《うそ》のような丁寧な物言いに希子が驚いていると、

「どちら様でしょうか？」

受付嬢が緊張した顔で問い返した。やけに折り目正しい丁髷頭の巨漢に圧倒されている。それでも万太郎は丁寧な態度を崩すことなく、

「先ほど田所様と電話でやりとりさせていただいた、蕎麦処まんたの者です。番組の取材についてお話しに伺いました」

そう告げて封筒から印刷した企画趣意書を取りだして見せた。受付嬢はそれで納得したらしく手元のタブレットで社内検索し、何度か内線電話をかけてから、木之元Ｐたちと面会した応接室に案内してくれた。

背広姿の田所が現れたのは十五分ほど経ってからだった。希子は事前に万太郎から言われた通りポケットの携帯の録音機能を起動させた。すると田所は白髪頭《しらが》を撫《な》でつけながら鷹揚《おうよう》な物腰でソファの向かいに座り、

「法務部の田所です」

と名乗った。万太郎は蕎麦処まんたのショップカードを差しだし、

「店主の万太郎でございます。先ほどお電話した女将の希子も同行いたしました」

と自己紹介した。その穏やかな態度に希子は辛抱たまらず、

「はっきり言ってあたしは納得してません！」

声を荒らげてしまった。それでも万太郎は、

「希子、冷静に話そう」

とたしなめる。いつもなら喧嘩腰でぶつかるのに、失礼しました、と一礼して続ける。

「早速ではございますが、女将の希子からもお伝えしましたように、八日前、当店宛てに届いたドキュメンタリー番組の企画趣意書を印刷してお持ちしました」

丁寧な口調で企画趣意書を提示しながら、

「この内容を受けて、五日前、御社の元プロデューサーの木之元様とこの一階応接室で会談いたしました。その結果、当店の仕事ぶりと当店主催のライブも含めて十日間、密着取材して全国ネットで放送していただけるとのことで、私どもは承諾いたしました。ところが」

言葉を切って琢磨の個人ブログを印刷した書類も提示して言葉を繋ぐ。

「ところが、密着取材は企画趣意書とは異なるもので、二度目となる本日の取材では唐突にグルメバラエティの取材に変更されてしまい、当初の約束は守られませんでした。そこで私どもとしては御社に抗議し、ロケ隊が撮影した当店関連の映像と音声をすべて破棄《はき》し、一切使用しないとの確約書を本日より五日以内に送付いただくよう要求いたします」

田所の目を見据えながら決然と宣告した。

こんなかしこまった言葉遣いをいつ覚えたんだろう。万太郎らしからぬ態度に希子が驚いていると、田所も急に言葉遣いを改め、

「ひとつご承知おきいただきたいのですが、希子様にも申し上げました通り、この企画趣意書のタイトルには（仮）とついております。つまりあくまでも仮の企画という意味ですので、その点はご理解いただきたく存じます」

と屁理屈《へりくつ》を返す。それでも万太郎は動じることなく、

「いえ、この（仮）は、テレビ業界においてはタイトル自体が（仮）だという意味だと関係者に確認を取っております」

とかわすと、返す刀で田所は、

「ただ万太郎さん、テレビに出るためには、柔軟性と割り切りも必要だと思うんですよ。大切なお店のためじゃないですか」

急にくだけた口調で語りかけ、最初は拒否した店がテレビに出たら人気店になって感謝されたことも何度となくあるんですよ、と笑いかけてきた。それでも万太郎は敬語を崩さず、

「ちなみに、いま私が申し上げた抗議内容は、この書面にまとめてございます。改めてお目通しいただいた上で、繰り返しになりますが、本日より五日以内に確約書を送付いただければと存じます。それでも誠実な対応がなされない場合は、不本意ながら弁護士と協議し、法的措置《そち》をとらせていただきます」

と告げるなり封筒から一通の文書を取りだし、よろしくお願いいたします、と応接テーブルに置いてソファから立ち上がった。

慌てて田所も立ち上がり、

「検討させていただきます」

動揺を滲《にじ》ませながら会釈《えしやく》を返してきた。

邦テレからの帰り道、希子は狐《きつね》につままれた気分だった。

礼儀正しい大人の言葉遣いで抗議した万太郎には最後まで意表を衝《つ》かれっぱなしで、烏森に向かって無言で歩いていく背中を追いながら、この人、どういう人なんだろう、といまさらながらわからなくなった。

密着取材の当初は煮え切らない態度で苛つかされ、いざ腹を括《くく》ったら突如、理性の万太郎に変貌《へんぼう》して毅然と席を立つ。急展開すぎて理解が追いつかない。

店に戻っても希子はどこかふわふわした気持ちでいたが、気がつけば夜営業の時間になっていた。ここは頭を切り替えなきゃ、と自分を鼓舞《こぶ》して客を迎え入れ、それからは毎度の調理と接客に追われて万太郎とは仕事以外の言葉は交わせなかった。まだ何も知らない琢磨は、いつも通り接客に励んでくれていただけに、なおさら希子は落ち着かなかった。

やがて夜八時を回って暖簾を下ろし、琢磨が帰るなり万太郎がいる蕎麦打ち場に行って、

「今日はありがとう」

心から礼を言った。すると万太郎は照れ臭そうに乱れた丁髷を直しながら、

「あとは待つだけだな」

屈託《くつたく》のない笑みを浮かべ、それもこれも磯村くんのおかげだよ、と言い添えた。

今回の取材に関しては初めて邦テレに行った翌日から、綾乃の件で世話になった弁護士の磯村にいろいろと相談していたのだという。

「そうだったんだ」

希子は目を見開いた。言われてみれば、あの密着取材が決まった翌日、午後休憩のとき万太郎はどこかへ出掛けていった。どこに行ったのかと希子は訝っていたが、実は磯村が勤める浜松町の弁護士事務所へ行き、万一のトラブルに備えて助言をもらっていたそうだ。

そのときの助言が、取材中の記録をマメに取っておくこと。約束と違うことが起きたらすぐ磯村に報告すること。この二つだった。

そこで就活に備えて個人ブログに記録すると言っていた琢磨に、万一のときはその記録を証拠に使わせてほしい、と内緒で頼み込んだ。それに加えて、取材で何か起きるたびに小まめに磯村へメッセージを送っていた。

綾乃のライブにロケ隊が現れなかった昨日の晩、いつのまにか万太郎が姿を消していたのも、どう抗議したらいいか磯村に会ってレクチャーしてもらっていたそうだ。

そのとき教わった邦テレと闘う際の留意点は、けっして喧嘩腰で立ち向かってはいけない、ということだった。

「この手の抗議をする場合は、声を荒らげたり恫喝《どうかつ》したりしないで、あくまでも紳士的かつ丁重に抗議してください。いまの時代、ハラスメントと見做《みな》されたら厄介ですから」

そう磯村から念押しされ、邦テレ側の質問にどう答えるか、磯村の想定質問に答えながら言葉遣いから会話のトーンまで繰り返し練習して頭に叩き込み、最後にその内容を磯村が文書にまとめてくれた。そればかりか、邦テレに抗議に行く直前、琢磨がスクショを印刷しているときも磯村に電話したところ、

「隠しカメラで撮影されてる可能性もあるから、こっちもこっそり録音しといてください」

と助言されたそうだから、綾乃の事件のときもそうだったが磯村には頭が上がらない。

もちろん、ここまでしてもらったからには、今回は磯村にちゃんと報酬を支払うそうで、

「やっぱ彼はすごい男だ。こういう正面突破のやり方もあるんだって目鱗《めうろこ》だったよ」

と蕎麦打ち台に寄りかかり、遠くを見る目になった。それは希子も同じ気持ちだったが、

「だったらあたしにも言っといてくれればよかったのに」

と拗《す》ねてみせると、

「でも最初に言ったら、そんなにテレビを嫌うことないじゃない、って怒ったろ？」

そう突っ込まれて希子は言葉に詰まり、

「ごめんね」

しゅんとして謝った。

「いいや、謝るのはおれのほうだ。邦テレが確約書を送ってくるかどうかはまだわからないけど、今回のことは全部、おれのせいだ。綾乃の歌も全国放送するって言われてぐらついちまった自分が、おれ、マジで情けなくて」

「そんなことないよ。あたしだって途中から何度も、いまからでも断っちゃおうか、と思ったの

に、それができなくて」

希子は唇を噛んだ。それでも万太郎は、ぐらついてしまった自分が許せないのか、

「希子、ほんとにごめんな！」

直立不動になるなり巨体を折って謝り、大粒の涙をぽろぽろこぼしながら泣き崩れた。

数日後、定休日の前夜に再び万太郎と琢磨と連れ立ってエムズに繰りだした。

ピアノ協奏曲が静かに流れる中、日吉マスターが流麗《りゅうれい》な手捌《てさば》きでシェーカーを振って希子には林檎《りんご》のカクテル、万太郎と琢磨にはスコッチをショットで注いでくれた。早速、三人でグラスを合わせて乾杯していると、

「おや、今夜は何のお祝い？」

鮨富の営業を終えて飲みにきたという将次親方に聞かれた。

「邦テレに勝った祝勝会」

希子は苦笑いした。

邦テレに正式に抗議してから四日後、期限ぎりぎりに邦テレから確約書が届いて、蕎麦処まんたの取材映像は無事破棄されることになった。それはよかったのだが、希子たちの胸の内にはいまだに、あれっていったい何だったんだろう、というもやもやが渦巻《うずま》いている。

そんな負の感情を振り払うためにも乾杯しよう、と三人でエムズにやってきたのだが、

「なんかマジで酷い目に遭ったんだってね」

将次親方も噂《うわさ》を聞いて心配していたという。

「うん、正直、疲れちゃった。なんかこう、落ち目のテレビのとばっちりを受けた感じで、こういうのってだれも幸せにならないよね」

希子がまた苦笑いすると、

「まあテレビ局もいろいろあるんだろうけど、邦テレはいまだに昭和の〝やったもん勝ち〟的な体質を引きずってるみたいだもんなあ」

将次親方が顔をしかめている。実際、店の弱みに乗じて自分たちの筋書き通りに撮り、善意の店主を泣き寝入りさせている連中が多すぎるという。

そんなのレアケースだ、と言う人もいるだろう。でもレアだろうと何だろうとやられたほうはたまらない。コンプライアンスの時代と言われて久しいのに、いまだ昭和感覚のテレビ関係者がいることに呆れてしまう。

「やっぱ表に出てこないだけで、同じ思いをしてる店ってたくさんあるんだろうね」

希子が共感を口にすると、黙って聞いていた万太郎がショットのスコッチを飲み干し、

「けど今回一番ダメだったのは、おれなんだ」

とまた言いだした。

「それは違うよ、あたしこそ父親の戒《いまし》めを忘れた一番ダメなやつだったし」

これは偽《いつわ》らざる本音だ。〝飲食店ってもんは味で客を呼び込む商売だ。宣伝やらする時間と金は、そっくり味のために費《つい》やせ〟という父親の言葉が、いまにして身にしみる。

「となると逆に、今回の一番の功労者は琢磨ってことになるな」

万太郎が言った。琢磨のコミュ力で小柴元ＡＤから裏事情を引きだしてくれたばかりか、まめに綴ってくれていた個人ブログが得難《えがた》い証拠になった。

「やっぱ琢磨には心から感謝しないとな」

万太郎の言葉に希子も大きくうなずいたそのとき、和格子《わごうし》の扉が開いて、スーツでぴしりと決めた磯村が店に入ってきた。

「おっと、琢磨に負けず劣《おと》らず今回の同率一番の功労者がご来店だ」

ありがとう、と改めて万太郎が礼を言うと、

「マンタさん、持ち上げすぎですよ」

磯村は照れ笑いした。

「そんなことないって。磯村くんがいなかったらどうなってたかわかんないんだから」

希子も感謝の気持ちを口にすると、

「よし、今夜は功労者二人と朝まで飲むぞ」

と万太郎が気勢を上げた。するとグラスを磨いていた日吉がふと手を止めて言った。

「うちは午後十一時半閉店ですけど」

「い、いやもちろん、その時間には二軒目に流れるから大丈夫だ」

慌てて弁明した万太郎に日吉は、

「でしたら私も二軒目に流れるとしましょう」

にやりと笑ってまたグラスを磨きはじめた。

第五話　覚悟

閉店後、琢磨と二人で一献屋のカウンターに並んで座るなり、

「あら希子さん、今夜は琢磨くんとデート？」

接客中の珠江女将《おかみ》にからかわれた。

「そう、マンタは電話が長引いてるみたいだから、しばらくしっとり二人飲み」

ふふっと笑って琢磨にしなだれかかってみせると、

「そ、そんなんじゃないっすよ」

琢磨が慌《あわ》てている。

軽い冗談《じょうだん》だというのに、こういうところは意外に純なのか、生ビールを注《つ》いで運んできた従業員の綾乃もくすくす笑っている。

事あるごとに飲みに出掛ける希子夫婦だが、今夜、琢磨を連れてきたのにはわけがある。きっかけは今日の午後休憩中のことだった。

「お願いがあるんすけど」

給料日でもないのに早々《はやばや》と出勤してきた琢磨から、改まった顔で告げられた。

どきりとした。早いもので春爛漫《はるらんまん》の四月に入り、大学生の就活もいよいよ本格化しているだけに、琢磨も就活に専念したいのかもしれない。となると新たなバイトを見つけなければならないが、最近は慢性的な人手不足だ。どうしよう、と動揺しながら話を聞くと、

「昼営業もやらせてほしいんす」

予想に反してそれが琢磨のお願いで、希子は安堵《あんど》するとともに嬉《うれ》しくなった。

それでなくても琢磨は店の恩人だ。二か月ほど前にテレビの取材でごたついたとき、琢磨の個人ブログのおかげで店が救われた。しかもその数日間は無給で昼営業も手伝ってくれて大いに助かっただけに、正式に昼もバイトに入ってくれるなら願ってもない。

「ただ、就活は大丈夫？」

念のため聞いた。その後も店は忙しい状態だから、急な面接で休まれるのは困る。

すると琢磨は口ごもりながら、

「まあ就活もぼちぼちやってはいるんすけど、ちょっとお金を貯めたいと思って」

「何か買うの？」

「ていうか、まあいろいろと」

恥ずかしそうに笑って言葉を濁《にご》す。何か困り事でもあるんだろうか。ふと心配になったが、あまり深入りしてもいけない。

「わかった。琢磨がいてくれれば助かるから、お昼も来てちょうだい」

もし面接とか入ったときは早めに言ってね、と言い添えて蕎麦《そば》打ち場の万太郎にも伝えた。

「おお、そいつは助かるなあ。だったらこの際、時給も上げてやろうか」

経理担当の希子の顔色を窺《うかが》う。

「それ、あたしも考えてた。琢磨の時給、据《す》え置《お》きだったし、お金を貯めたいそうだから」

上乗せを検討しよ、と賛成すると、

「だったら今夜は一献屋で昇給祝いだ」

と万太郎が言う。何かというと飲み会をやりたがる夫だが、これにも賛成した。近頃は飲み会嫌いの若者が多い中、めずらしく琢磨は飲み会好きだけに、喜んで、と話がまとまった。そこで閉店後、琢磨にも後片付けを手伝ってもらって一献屋へ繰りだすことにした。

ところが、いざ後片付けを終わらせて出掛けようとすると店の電話が鳴った。すかさず万太郎が受話器を取り、

「ああどうも、お世話になってます。そろそろ夏蕎麦の準備をはじめる時期ですねえ」

と話しはじめた。

どうやら蕎麦の実の仕入れ先からのようで、先方の話に聞き入っている。意外に長引きそうだ、と希子が見ていると、気づいた万太郎が、先に行け、とジェスチャーで伝えてきた。

そこで琢磨と二人でひと足先に一献屋にやってきたのだが、気がつけばあれから十五分以上も経《た》っている。

「どうしちゃったんだろ」

やけに長引いてるから、おつまみも注文しちゃおっか、と琢磨と話していると、

「あらいらっしゃい、二人ともお待ちかねよ」

珠江女将の声とともに作務衣《さむえ》姿の万太郎が飛び込んできた。長電話を終えてダッシュしてきたらしく、乱れた丁髷《ちょんまげ》を整えながら希子の隣に腰を下ろすなり、

「明日、喜多方《きたかた》に行かなきゃならなくなった」

息を弾《はず》ませながら顔をしかめた。

「喜多方?」

希子がきょとんとしていると、万太郎の生ビールを運んできた綾乃が、

「ひょっとしてラーメンもはじめるんですか? あたし、喜多方ラーメンも大好きです」

嬉しそうに言った。ところが万太郎は、

「いやそうじゃなくて、久保田爺《くぼたじい》が怪我《けが》で入院したらしくて」

ため息まじりに呟《つぶや》いて生ビールを口にした。


東京駅から万太郎と東北新幹線に乗り込んだのは、翌早朝の六時半過ぎだった。夫婦揃《そろ》っての遠出は去年の福岡以来のことで、一時間半後には福島県の郡山《こおりやま》駅に到着。ワンマン運転のローカル線、磐越西《ばんえつさい》線快速に乗り換えて福島県喜多方市の山都《やまと》町《まち》へ向かった。

二両編成の気動車にごとんごとん揺られて単線を走ることおよそ三十分。右手の車窓《しやそう》越しにひときわ目を惹《ひ》く大きな山が現れた。四月初旬だというのに山頂から中腹まで残雪に覆《おお》われ、スキー場のゲレンデも見える。

「立派な山ねえ」

希子は声を上げた。その言葉に応《こた》えるように車内の観光アナウンスが流れた。

〝ただいま右手に望めますのは、会津《あいづ》の主峰《しゆほう》、磐梯山《ばんだいさん》でございます〟

あれが有名な会津磐梯山なんだ。その威風堂々《いふうどうどう》とした雄姿《ゆうし》に見惚《みと》れてしまったが、隣の万太郎はぼんやりと眺《なが》めている。これまで何度も喜多方に足を運んでいる万太郎だけに、いまは磐梯山

どころではないのだろう。

怪我をした久保田爺は、喜多方市の蕎麦の里、山都町から蕎麦の実を直送してくれている久保田農園の当主だ。現地では蕎麦栽培の匠《たくみ》と呼ばれている人だが、万太郎にとっては貴重な仕入れ先であると同時に、かけがえのない恩人だ。それだけに、この時期に久保田爺が入院したのは大きな衝撃で、蕎麦処《そばどころ》まんたの営業にも影響が及ぶ。

ゆうべもせっかく琢磨を誘って繰りだしたのに、昇給祝いどころではなくなってしまった。琢磨には申し訳なかったが、事情を話して早めにお開きにして万太郎と二人で店に戻り、

〝本日、諸事情により臨時休業いたします。申し訳ありません〟

と今日の山都行きに備えて張り紙した頃には、万太郎はすっかりしおれてしまい、一夜明けても朝から心ここに在《あ》らずの状態でいる。

そもそも万太郎が久保田爺と出会ったのは、蕎麦処まんたを開店する半年ほど前のことだ。手打ち蕎麦屋の成功の鍵《かぎ》は、蕎麦職人の腕前と蕎麦の実の品質に尽きる。希子の父親からそう助言された万太郎は、蕎麦打ち修業の傍《かたわ》ら希子と東京中の手打ち蕎麦屋を食べ歩いた。

自分の舌で旨《うま》いと感じた店に出会えたときは、事情を話して蕎麦打ちの一部始終を見学させてもらい、蕎麦の実の産地や打ち方について熱心に質問した。

その積み重ねから、この蕎麦の実を使おう、と最初に決めたのは北海道幌加内産の〝幌加内そば〟と福井県丸岡産の〝丸岡そば〟だった。

幌加内そばは蕎麦の実を黒い蕎麦殻《そばがら》ごと挽《ひ》いて、黒い粒々交じりの粉〝挽きぐるみ〟にして打

つと、素朴《そぼく》な旨みと香りが強い蕎麦切りになる。一方、丸岡そばはふつうより二週間ほど早刈りした蕎麦で、殻を剝《む》いて甘皮と胚芽《はいが》だけ挽いて打つことで、より風味高い鶯色《うぐいすいろ》の蕎麦切りに仕上がる。

そこで万太郎は、両産地と付き合いが長い都内の仕入れ業者に出掛けて、

「ぜひ仕入れさせてください！」

と頼み込んだ。それを契機に希子と二人で開店に向けて店舗探しをはじめ、資金調達から内装設計、調理道具、什器《じゅうき》、暖簾《のれん》、看板などの購入発注も着々と進めていった。

そうこうするうちに開店日まであと半年、と迫ったある日、たまたま代々木上原《よよぎうえはら》の手打ち蕎麦屋で食べたのが喜多方市の山都そばで、夫婦ともにいっぺんで気に入ってしまった。

喜多方といえば、いまやラーメンが全国的に有名だが、そもそもは蕎麦の名産地として知られていたという。なかでも山都町の山都そばは、殻から甘皮まで剝いた〝抜き実〟を挽いた一番粉《いちばんこ》を使うため、十割で打っても透明感のある白っぽい蕎麦切りに仕上がり、幌加内そばとも丸岡そばとも違う爽《さわ》やかな香りと喉越《のどご》しの良さが味わえる。

その独特な味わいに惚《ほ》れ込んだ万太郎は、

「よし、うちは三つの産地を使い分ける」

と決めた。先に決めた二つの産地だけでもいいのだが、素朴な旨みと香りの幌加内そば、より風味高い緑の丸岡そば、爽やかな香りと喉越しを楽しめる白い山都そばの三種を三日ごとに使い分けて味にグラデーションをつければ、よりお客さんに楽しんでもらえる、と考えた。

そこで開店が迫る中、幌加内産と丸岡産を仕入れる都内の業者に打診すると、どちらも山都そばは扱っていなかった。ほかの業者に声をかけても、蕎麦生産量日本一の北海道産などと違って取扱業者は少なく、扱っていても条件が折り合わない。

その時点で、すでに開店予定日まで半年を切っていただけに、

「とりあえず二つの産地ではじめてみない？」

希子は妥協案《だきょう》を示した。それでも、思い立ったら猪突猛進《ちょとつもうしん》の万太郎は、

「いや、絶対に三つの産地を使い分けたいから、山都町の農家から直送してもらう」

と言いだして一人で喜多方市へ向かった。

まずは山都町内にある『そば資料館』を訪ねて山都そばの歴史的資料のほか、かつて蕎麦の実を保存していた雪国ならではの天然冷蔵庫、雪室《ゆきむろ》も見学した。そして別館の『そば伝承館』で山都そばを食べながら、店の人に蕎麦農家が多い場所を教えてもらい、片っ端から声をかけていった。

ところが蕎麦農家にしてみれば、丁髷頭の大男が突如《とつじょ》現れて直談判《じかだんぱん》されても胡散臭《うさんくさ》さしか感じない。のっけから何軒も断られた万太郎は作戦を変えた。そば資料館のお土産《みやげ》コーナーで蕎麦道具や山都の蕎麦粉を売っていたことを思い出し、急遽《きゅうきょ》、再訪して買い求め、それら一式を手に再び農家を直撃した。

「無料で打つので腕前を見てください！　東京に蕎麦屋を開いて、山都そばを蕎麦好きに味わってもらいたいんです！」

土下座せんばかりの勢いで頼んで歩き、丁髷大男の突飛《とっぴ》な行動に驚きながらも庭先で打たせてくれた数軒の農家に食べてもらった。

それでも農作物の直取引はハードルが高い。すぐに、よし、直送してやる、とはならず、安宿に逗留《とうりゅう》して無料実演蕎麦を打ち続けた。

すると小さな町だけに、いつしか町内に丁髷大男の噂《うわさ》が広まったらしく、たまたま飛び込んだ一軒の蕎麦農家が、

「おお、あんたが丁髷手打ち男か。わしが育てた蕎麦の実で打ってみろ」

と向こうから声をかけてくれた。

それが蕎麦栽培の匠こと久保田爺で、万太郎が気合いを込めた蕎麦をひと口啜《すす》るなり、

「よし、開店日に合わせて直送してやる」

と速攻で直取引を受けてくれた。

おかげで蕎麦処まんたは〝三つの産地の旨い手打ち蕎麦〟が食べられる店として開店早々評判になった。加えて、その体当たりのアピール体験が、貴島ビルの息子レオンの家でやった〝店ごと出前〟にも生かされた。

そうした意味でも万太郎にとって久保田爺は救いの神といっていい。今回の入院は途轍《とてつ》もない衝撃でしかなく、車窓越しに残雪が眩《まぶ》しい磐梯山を見やりながら、

「どうなっちまうんだろうなあ」

だれに言うでもなく呟いた。

郡山を発《た》って一時間余りで着いた赤べこの街、会津若松《あいづわかまつ》で各駅停車のワンマン気動車に乗り換え、再び単線に揺られた。

やがて喜多方駅を経て木々が生《お》い茂《しげ》る山間《やまあい》に入り、緑の狭間《はざま》に拓《ひら》かれた上り坂から長いトンネルを抜けた先に、小さな駅がぽつんと佇《たたず》んでいた。東京を発って三時間四十分余り。ようやく辿《たど》り着《つ》いた山都駅だった。

「さあ降りるぞ」

勢い込んで立ち上がった万太郎に促《うなが》されてワンマン運転手に切符を渡し、木造平屋の鄙《ひな》びた駅舎を抜けると、山の陽射《ひざ》しを浴びた閑散《かんさん》とした駅前広場に一台の軽ワゴンが停《と》まっていた。その車に向かって万太郎が、

「郁代《いくよ》さん！」

と手を振ると、運転席から農家用の日除《ひよ》け帽《ぼう》を被《かぶ》った老婆《ろうば》が降りてきた。久保田爺の奥さんが、わざわざ迎えにきてくれたのだった。

二人で車に駆け寄り、はじめまして、と希子が挨拶《あいさつ》すると、遠くまでありがとね、と郁代婆《ばあ》が後部ドアを開けてくれて、

「病院に行く前に、うちに寄って話したいことがあるの」

と告げられた。病院では話したくないことなのだろう。そう察して夫婦で後部座席に並んで座ると、軽ワゴンは山間を貫く県道に入り、久保田爺の怪我の具合を聞きながら三分ほど走ったと

ころで田舎道《いなかみち》に右折した。

途端に車窓の周囲に畑が広がった。

「ここがうちの蕎麦畑」

ハンドルを握《にぎ》る郁代婆が言った。畑はまだ種蒔《たねま》き前で土が露出しているが、初めて現地の蕎麦畑を見た希子は、マンタが使う山都そばはここで穫《と》れたんだ、と見惚れてしまった。

やがて何反《たん》もの蕎麦畑を抜けた先に、防風林に囲まれた家が見えてきた。『久保田農園』と看板を掲《かか》げた門を入ると、東京の感覚からすればかなり広い敷地に、年季の入った二階建ての母屋《おもや》のほか、耕運機などの農機具を仕舞《しま》う納屋《なや》とトタン屋根の作業場が並んでいる。

「さあさあ、どうぞ」

郁代婆に促されて母屋の座敷に上がり、大きな座卓に夫婦並んで座った。郁代婆は日除け帽を脱いで、ほつれた白髪頭《しらがあたま》を整えながらお茶を淹《い》れ、会津の漬物〝三五八漬《さごはちづけ》〟と一緒に出してくれて座卓の向かいに腰を下ろした。

待ちかねたように万太郎が問いかけた。

「だけどなんでご主人は、そんな大怪我を？」

車の中で聞いた話では、久保田爺の怪我は腰骨の骨折で、入院期間は最低でも一か月。古希《こき》を越えた久保田爺の場合、もっと長引くかもしれない、というのが医者の診立《みた》てだそうだが、詳しい原因までは聞いていていない。

「実はね、スキー場で転んじゃったの」

「七十を越えたのにスキーやるんですか？」

「そうじゃなくて、あたしたち、毎年冬になるとスキー場で働いてるの」

郁代婆が肩をすくめた。蕎麦農家にとって冬場は長い農閑期《のうかんき》になるため、久保田夫婦は冬場になると季節労働者として裏磐梯《うらばんだい》のスキー場で働いているのだという。

ところがシーズン終わりの三月末、ゲレンデで作業中に転倒し、斜面を転げ落ちてしまった。残雪のおかげで命に関わる怪我ではなかったものの、長年の農作業で痛めていた腰を強打して骨折し、病院に担《かつ》ぎ込まれた。

検査の結果、すぐ手術したものの、歩行障害などの後遺症が残る可能性が高く、車椅子《くるまいす》生活もあり得るそうで、

「どっちにしても、もう農作業は無理だって」

と郁代婆はうなだれる。

言われてみれば、ワンマン気動車の車窓から磐梯山の山肌にスキー場のゲレンデも見えたが、そこで久保田夫婦が季節労働に励んでいたとは思いもしなかった。

「だって、うちの人は商売のことよりおいしい蕎麦を作ることしか考えてないから、お金はあんまり儲《もう》からないのよ」

郁代婆は首を横に振る。山都に突然現れた万太郎に蕎麦の実を売ると決めたのも、けっして損得勘定ではなく、旨い蕎麦を打ちたい、と意気込む万太郎に惚れ込んだからだそうで、

「今年も万太郎くんにいい夏蕎麦を送るぞ」

と怪我を負う前は張り切っていたという。

久保田農園では例年六月初頭から夏蕎麦の種蒔きをしている。それに備えて二か月前の四月から土を耕したり肥料を撒《ま》いたりして下準備にかかるのだが、それも手つかずの状態だそうで、もし車椅子生活になったときは農園を閉じるほかない、と唇《くちびる》を噛《か》み締《し》める。

そうと聞いて希子は遠慮がちに尋《たず》ねた。

「ちなみに後継者の方は？」

郁代婆は申し訳なさそうに、

「ごめんなさいね、娘が久保田農園を継いでくれればいいんだけど、そうもいかなくて」

久保田家には三十八歳の一人娘がいるそうだが、十五年前、オランダに嫁《とつ》いだという。

「オランダ？」

万太郎が声を上げた。かつて東京の農業大学に進学した一人娘は、農業先進国として世界的に知られるオランダでも学びたい、と在学中に交換留学生として渡欧《とおう》。オランダでの現地研修中に出会った農家の一人息子と恋に落ちて結ばれた。

その後に生まれた孫はもう小学生だそうで、いまさら呼び戻すわけにもいかないし、無理に継がせたくはないという。

「ただ、いまやめちゃうと、買い取り業者はほかの山都の農家からも買えるからいいけど、うちの蕎麦だけ直接買ってくれてる万太郎さんには申し訳ないでしょ。だからうちの人は、身内でなくても受け継いでくれる人がいれば、車椅子生活になってもやり方を教えるって言ってるわけ。

だけど山間の喜多方は過疎化《かそ》が進んでるから、零細《れいさい》農園を受け継いでくれる人が見つかるかどうか」

最悪の場合、耕作放棄《ほうき》せざるを得ない、と郁代婆は淋《さび》しく笑った。これには希子も万太郎も言葉に詰まってしまったが、

「もちろん、まだ諦《あきら》めたわけじゃないし、万太郎さんに山都そばを打ってもらえるように頑張《がんば》るつもりだけど、こういうことは早めに伝えといたほうがいいと思って」

郁代婆はそう付け加え、じゃ、そろそろ病院に行きましょう、と座卓から立ち上がった。


久保田爺は思ったより元気そうだった。

山都駅の隣駅、喜多方駅から程近い喜多方市街の総合病院。久保田農園から車で二十分ほどで着いてエレベーターで五階の病室に上がると、腰にコルセットを巻いた久保田爺が背に傾斜をつけたベッドで新聞を読んでいた。

「元気そうですね」

万太郎が明るく声をかけて、病院の近所で買ってきた見舞いの花を差しだし、

「今日は妻も連れてきました」

と初対面の希子を紹介してくれた。久保田爺は新聞を置いて見舞い花を受け取り、深い皺《しわ》が刻まれた雪焼け顔をしかめて、

「すまんなあ、夏蕎麦の準備を放ったらかして入院しちまって」

と詫《わ》びてきた。その言葉を受けて郁代婆も、

「あたしが全部できればいいんだけど、この人にしかわからないこともいっぱいあるから、本当にごめんなさい」

一緒になってまた詫びる。すると万太郎は、

「おやっさん、いまはゆっくり休んでください。ゆっくり療養して快復したら、また駆けつけますから」

と柔和《にゆうわ》な笑みを浮かべた。それでも久保田爺は、大事なときに怪我なんかしちまって本当に情けない、と自分を責め立てる。

これ以上、蕎麦や農園の話は病状に差《さ》し障《さわ》る。万太郎はそう判断したようで、

「そういえば、最近、うちの店で月一回、綾乃ちゃんっていうシンガーソングライターのライブをやってるんですよ」

と希子に目配せする。希子が察して携帯のライブ動画を開いて久保田爺に観せると、

「ほう、こりゃ楽しそうだなあ」

と頰《ほお》を緩《ゆる》ませている。その和《なご》やかな表情に万太郎はほっとした様子で、

「こういうイベントも楽しみながら、おやっさんの蕎麦を通じて仲良くなった常連さんたちも快復を待ってくれてるんで、いまは安心して休んでてください」

改めて明るく励ました。

そのとき看護師が午後の検査にやってきた。ここが潮時だろう、とばかりに万太郎が、

「じゃ、また来ますね」

さらりと久保田爺に告げるなり希子の背中をそっと押し、二人で病室を後にした。

「ちょ、ちょっと待って、駅まで送るから」

慌てて郁代婆が追いかけてきた。

「郁代さん、おやっさんと一緒にいてあげてください」

万太郎はそう言って、大きな背中を丸めてモンゴル流に郁代婆をやさしくハグすると、

「入院費とかもかさむと思うので、何かのときは応援しますんで」

と言い添えた。すると郁代婆は、

「そういうことは〝無尽《むじん》〟の仲間も応援してくれるから大丈夫」

静かに微笑《ほほえ》んだ。無尽とは千年もの歴史がある助け合いの会で、地元の無尽仲間で月々お金を積み立てている。日頃は交流会や宴会で親交を深めているのだが、仲間内のだれかが経済的に困ったときは積み立て金から援助する。喜多方にはいまもそんな相互扶助《そうごふじょ》制度が残っているのだという。

「すごいですね、無尽なんて言葉、あたし、歴史の教科書でしか見たことなかった」

希子が驚いていると、

「だからそういう心配はないので、ご迷惑をおかけしますが、よろしくお願いします」

今日は本当にありがとう、と郁代婆は丁寧《ていねい》に礼を言って病室に戻っていった。

複雑な思いを胸に万太郎と二人、喜多方の街を歩きはじめた。伝統の蔵造りの家が立ち並ぶ通

りにはタクシーも行き来して、のどかな山都町に比べたら立派な市街地なのだが、昼なのに人通りは少なく空き家も目につく。

地方都市の過疎化が問題になっている時代を絵に描いたような街中を歩いていくと、行く手に蕎麦屋があった。店は定休日だったが、店頭の看板に〝宴会、無尽などに御利用下さいませ〟と書いてある。

喜多方には実際に無尽が根づいている。そう実感しながらさらに歩を進めると市内を貫く駅前通りに出た。

すると万太郎がふと足を止め、喜多方駅とは反対側に遠く連なる山々を指差した。

「あそこの一番高い山が飯豊山《いいでさん》だ」

見ると、中腹まで白い雪で覆われている山並みのうち、頭ひとつ飛びだした山が喜多方市街を見守るように鎮座《ちんざ》している。

「あの飯豊山から〝伏流水《ふくりゆうすい》〟っていう水が喜多方市に流れてきて、その水で蕎麦を育てるから、山都そばはよそにない旨さになるんだ」

伏流水とは山の万年雪が解けだして地中を流れるうちに自然と濾過《ろか》された天然水のこと。去年、万太郎が山都町のそば資料館を見学したときに知って、いつかは伝手《つて》を辿って蕎麦処まんたにも直送してもらおうと思っている名水だそうで、喜多方ラーメンの麺《めん》とスープが旨いのも同じ理屈だという。

「そんな蕎麦やラーメンみたく、久保田爺もおれにとっては伏流水なんだ。いつも遠くから支えてくれてたから、みんなが喜ぶ旨い蕎麦を打ててきた。だからこうなったらおれは全力で応援する。店を開くとき助けてくれた久保田爺に恩返しする！」

そう言い放った万太郎には、さっきまでとは一変、熱い感情が滾《たぎ》っていた。


静かな山間の空気に包まれた喜多方の街とは一転、車と雑踏にまみれた新橋の街に帰り着いたのは夜九時半過ぎだった。

その足で一献屋へ向かった。帰りの車中で万太郎と話し合った結果、まずはゆうべ事情を話した珠江女将に相談してみることにした。

今夜の一献屋は給料日前のせいか、めずらしく空いていた。二人で店に入るなり、

「あらお帰り、喜多方はどうだった？」

と珠江女将が飛んできた。

「それがちょっと気合いを入れなきゃならなくなっちまって」

万太郎が久保田爺の病状と久保田農園が後継ぎ問題に直面している事態を伝えると、

「ちなみに、久保田爺の蕎麦の実の在庫は？」

珠江女将に問い返された。

「夏新《なつしん》の時期までは在庫があるんだけど、夏蕎麦の種蒔きができなければ在庫限りになる」

だからといって万太郎は、都内の業者や山都町の別の農家から山都そばを仕入れるような恩知らずなことはしたくない。

「じゃあ、もう山都そばは諦めるの？」

「いや、諦めたくはない」

三つの産地の使い分けが売りの蕎麦処まんただが、爽やかな香りと喉越しが良い山都そばは店の大常連、楠木先生のお気に入りで、ほかにもファンが数多い。だから在庫が切れたら当面は、幌加内産と丸岡産の仕入れ量を増やして二つの産地だけで乗り切り、久保田爺の快復を祈りながら後継者探しに全力を尽くすしかない。そう万太郎が説明すると、

「そっかあ。だけど最近は農業をやろうっていう若い人が減ってるから、後継者探しは大変だよねえ」

珠江女将が眉根《まゆね》を寄せた。これには希子も、

「実際、山国ほど市町村の過疎化が進んでるから、最悪の場合、久保田農園の蕎麦畑は耕作放棄せざるを得ないみたいなの」

と付け加えてため息をつくと、

「だったらあたしも周りに声かけてみる。蕎麦の産地に興味を持つ飲食関係者は多いし」

と珠江女将は言ってくれた。すると耳を傾けていた綾乃が生ビールを配膳しながら、

「けど山都町って、どんなとこなんですか？」

首をかしげて万太郎に聞く。

「いいとこだよ。同じ喜多方市でも市街地から離れた山間の静かな町でね。蕎麦の花が咲く時期なんか緑の蕎麦畑に白い花がパーッと咲き広がって、きれいなんだよなあ」

思いを馳《は》せるようにして生ビールを流し込む。その言葉に綾乃は興味を惹かれたのか、

「そんな自然豊かな山国で育ててるから山都そばはおいしいんですか？」

また綾乃が聞く。去年、万太郎が自宅で打った蕎麦を食べて以来、大の蕎麦好きになって店にもたまに食べに来る綾乃らしい質問に、万太郎は再び飯豊山の伏流水の話をした。

「だから山都じゃその伏流水だけで食べる〝水そば〟もよくやるんだけど、それともうひとつ、山都の蕎麦が旨い理由があるんだ」

山都は山に囲まれた盆地にあるから、春も夏も朝方は朝霧が立ち込めるほど冷えるが、昼はスカッと晴れて気温が上がる。この〝寒暖差〟も蕎麦が旨く育つ理由なのだと、万太郎は再びそば資料館仕込みの知識を披露《ひろう》した。

「ああ、やっぱおいしいものには、ちゃんとした理由があるんですね」

綾乃は納得顔でうなずき、

「なのに、せっかくの蕎麦農園が耕作放棄地になっちゃったらもったいないですよね」

自分のことのように残念がっている。

「そうなんだよな。うちの商売とか別にしてもマジでもったいないから、おれたちも久保田農園の後継者探しを頑張ろうと思ってんだけど、綾乃ちゃんの周りにだれかいない？」

今度は万太郎が聞くと、綾乃はショートヘアを撫《な》でつけながら考えている。

そのとき珠江女将がふと思いついたように、

「そういえばエムズの日吉マスターが、いつか田舎に移住して畑を耕しながら暮らしたい、って

言ってたわよ」

「え、マジで！」

万太郎が声を上げた。

「あ、でも、将来的にはって話だったけど」

「そっかあ」

万太郎が落胆している。一瞬喜んだ希子も拍子抜《ひようしぬ》けしていると、綾乃がふと顔を上げ、

「でも、お二人が気合いを入れて頑張れば、きっと見つかりますよ。あたしもどうやって応援すればいいか考えてみます」

と健気《けなげ》に励ましてくれた。


一夜明けると、またいつもの日常がはじまった。万太郎は蕎麦を打ち、希子は蕎麦前を準備。最後に夫婦で打ち立てを試食して味をチェックし、今日から昼営業でも働いてくれる琢磨が出勤してきたところで暖簾を掲げた。

すると臨時休業の翌日とあって、昼営業の常連たちが続々と来店してくれて、

「また何かあったのかい？」

みんなが訝《いぶか》しげに問う。

「すみません、急な用事があったもので」

希子は笑顔でごまかし、琢磨とともに昼営業の接客と調理に勤《いそ》しんだ。

午後一時過ぎには貴島ビルオーナーのレオンも久々に顔を見せて、天ぷら盛り合わせで昼酒を楽しみ、三立《さんた》ての鴨《かも》せいろで締めて、また来ますね、と笑顔で帰っていった。

やがて午後休憩になって、今日から琢磨のぶんも含めた三人前の賄《まかな》いを希子が作りはじめると、万太郎が早速、携帯を手にして友人知人に電話しはじめた。久保田農園の後継者候補はいないか片っ端から声をかけているようだが、東京から四時間近くもかかる山奥に移住して継ぐとなると、なかなかにハードルが高く、そう簡単には見つからない。

「これは長期戦になりそうだなあ」

万太郎が電話を切ってぼやいているうちにも、鴨の端材南蛮《なんばん》と野菜の端材天丼セットの賄いが出来上がり、各人の腹具合に合わせた量に盛りつけて箸《はし》をつけたところで、

「大変なことになっちゃったみたいっすね」

琢磨が話しかけてきた。バイトをはじめて以来、琢磨も万太郎が打つ蕎麦が大好きになっただけに、万太郎の電話に耳を傾けているうちに切なくなったそうで、

「ここのメニューから山都そばがなくなる日が来たらマジで悲しいっすよ」

と言い添えて蕎麦を啜っている。そう言われて思わず希子は、

「だったら琢磨、就活より久保田農園の後継者になるっていう進路もありかもよ」

冗談交じりに言ってみた。このところの琢磨はバイトには熱心だが、あまり就活に励んでいないようにも見えるだけに、万太郎も茶化すように、

「それはいいなあ、後継者になってみろよ」

と煽《あお》ってみせたが、琢磨は苦笑しながら、

「いや、どっちにしろ無理なんすよ。実はおれ、就活はやめて、とりあえずバックパッカーになろうと思ってるんで」

「バックパッカー？」

思わぬ言葉に希子が箸を止めて問い返すと、

「今年中には大学を休学して、リュックを背負って世界を旅して歩こうと思ってるんすよ」

と照れ笑いした。

思わぬ話だった。お金を貯めたいから昼も働きたい、と言っていた琢磨だが、まさかバックパッカー旅のためだとは思わなかった。しかも今後は、うちの店の昼夜《ちゆうや》バイトに加えて早朝のビル清掃バイトもはじめるというから、けっこう本気で考えているようだ。

「だけど、何でまた急にメディア業界を諦めちゃうわけ？」

「それはなんていうか、おれ、例のテレビ取材のとき、日本の大手メディアに幻滅《げんめつ》しちゃったんすよね」

「まあその気持ちはわからなくはないけど、ただ、邦テレみたいなテレビ局だけがメディアじゃないと思うけど」

「でも一事が万事ってやつで、邦テレに限らず最近の日本の大手メディアって、テレビ局も新聞社もお上《かみ》や大企業に踊らされてる提灯持《ちようちんも》ちじゃないすか。表向きはジャーナリスト面《づら》してる連中も含めて、結果的には金持ちと権力者に媚《こ》びを売ってるだけだと思うし。だからおれ、もう一度、地に足をつけて自分の人生を考え直してみようと思ったんすよね」

振り切った顔で辛辣《しんらつ》なことを言う。

「だけど、ずっと頑張ってきたのに、ここで諦めるなんてもったいなくない？」

初心を貫かなきゃ、と希子がたたみかけると、話を聞いていた万太郎が箸を置き、

「まあいいじゃないか。琢磨には琢磨の道があるんだ」

とたしなめる。猪突猛進の万太郎にしてはめずらしく冷静な物言いに、

「だけど、せっかく志《こころざ》したんだから、ダメなとこに気づいたら、おれが正してやる、ぐらいの気持ちでいくべきじゃない？」

希子は反発した。

「いや、それは言いすぎだろう。とやかく言う権利はだれにもない」

「そんなの無責任だよ」

それでも希子は言い返したが、

「とにかく琢磨にとってテレビの件は、それほど大きな事件だったんだ。いったん立ち止まって出直したくなったんだろうから、ここは一歩引いて寄り添ってやるべきだろう」

万太郎は最後まで琢磨を庇《かば》い続け、当の琢磨は下を向いて黙り込んでしまった。

ほどなくして夜営業がはじまると、昨日の臨時休業でがっかりしていた楠木先生をはじめとする、いつもの常連たちがやってきた。

希子は琢磨とともに急な休業を詫びながら調理と接客に励んだ。山都そばについては話さないよう琢磨に口止めしたが、いずれ常連にはわかってしまうことだし、どうしよう。

そんなことも考えつつ、なんとか閉店時間まで漕《こ》ぎつけて、いつになく気疲れして暖簾を下げて引き戸を閉めようとした途端、

「すみません」

女性の声だった。はい、と振り返ると、

「万太郎さんはいらっしゃいますか？」

短い髪を金メッシュに染めた女性がいた。傍らには大きなスーツケースが置いてある。

「どちらさまで？」

「久保田農園の娘、美樹《みき》ヤンセンと申します」

丁寧にお辞儀《じぎ》をする。

「ああ、オランダに嫁がれた娘さんね。あたし、万太郎の妻です」

「どうもはじめまして。いろいろとご迷惑をおかけしてると母から聞いたものですから」

ついさっき羽田空港に着いて明日の始発電車で山都に帰る予定なので、その合間にお詫びがてら立ち寄ってくれたそうで、

「これ、ストロープワッフルっていうオランダのお菓子です」

と手土産を差しだされた。

「あ、ありがとうございます」

とりあえずお入りください、と店内に促して万太郎を呼んだ。

突然のことに万太郎も驚いていたが、ひょっとして急遽、娘が農園を継ぐことになったんだろうか。淡《あわ》い期待を抱《いだ》きながら客席のテーブルに座ってもらってお茶を淹れていると、

「希子さん、後片付けはおれがやっとくんで」

琢磨が気遣《きづか》ってくれて一人で厨房《ちゆうぼう》に入り、食器を洗いはじめた。そのやさしさに感謝しつつ美樹にお茶を出し、万太郎を紹介した。

「ああ、あなたがモンゴル出身の元お相撲《すもう》さんですか。今回は申し訳ありません」

美樹が恐縮顔で頭を下げた。すると万太郎は首を大きく横に振り、

「娘さんが謝ることじゃないですよ。実は昨日、希子と山都に行ってきましてね」

「そうでしたか。早々にありがとうございます。じゃあ、うちの事情についても？」

「お母さんから聞きました。確かオランダで嫁いだ先も農家なんですよね」

「はい、もともとはオランダの先進的な農業に惹かれて留学したんですけど、現地の男性にも惹かれて農家の嫁になっちゃいました」

照れ笑いした美樹に、希子はふと気になって聞いた。

「あの、変なことを聞きますけど、オランダの農業って、そんなに先進的なんですか？」

美樹はお茶をひと口啜ってから、きちんと答えてくれた。

「日本と違ってオランダは、スマート農業って呼ばれるＡＩやネット技術を活用した大規模な農産物栽培を推し進めてるんですね」

おかげで、たとえばトマトの一ヘクタール当たりの収穫量は日本の八倍。農地面積は日本の四割しかないのに、いまや農産物の輸出量はアメリカに次いで世界第二位の農業大国になっているという。

「へえ、すごいんですね」

「そうなんです。なのに日本の農家は高齢化が進んで小規模経営が大半じゃないですか。AIやネット技術の導入も遅れているから、収穫量も農家の収入も減る一方。私は知らなかったんですけど、父がスキー場で季節労働してたのもそのせいなんです」

これでは若い人の農業離れも当然で、いまや農業従事者が五十年前の十分の一にまで減少し、日本の食料自給率は四割を切るという悪循環に陥《おちい》っているそうだ。

「だから父が倒れただけで久保田農園が窮地《きゅうち》に立たされているのも、日本の農家の典型みたいなもので、オランダの農家になった私としては歯痒《はがゆ》い思いでいます」

さすがは農大で学んで留学までした才女だ。数字も交えてすらすら説明してくれた。万太郎もその現実に直面している当事者だけに、美樹の話にじっと聞き入っている。琢磨もまた、世界に旅立とうとしている身とあって厨房を掃除しながら聞き耳を立てている。

「ていうことは、美樹さんはもうオランダの農業に生涯を捧げるの？」

希子は遠回しに後継者問題に触れた。

「そうですね、その点は父も最初から認めてくれているので、オランダの農家として頑張り続けるつもりです」

実際、東京の農大を受験したときもオランダに嫁ぐときも、〝美樹には美樹の生き方がある。将来的に美樹が日本とオランダの農業を繋《つな》ぐ架け橋になってくれればそれでいいから、やりたいことをやり通しなさい〟と言ってくれたのだという。

「そっか、そうだったんですね。結局、この問題ってお上《かみ》が動かなきゃ何も変わらないから、外からの働きかけも大事ですもんね」

希子がそう言ってうなずくと、

「なあ、おかみって珠江さんのこと?」

万太郎が遠慮がちに聞く。

「その女将じゃなくて、政治家とか役人とか日本を仕切ってる連中のこと」

「ああ、それならわかる。やつらが何もしないでいるから、日本の農業はどんどんダメになってんだ。農作物なんか外国から買えばいい、なんて言ってる場合じゃないんだよな」

万太郎は疎《うと》ましげに舌打ちした。その言葉に美樹もうんうんとうなずき、

「そうした思いも込めて、もし父が農作業に復帰できなくなったら久保田農園を存続させるために、私としても地元山都の友人知人から東京の農大時代の学友まで、みんなに声をかけて後継者を探すつもりでいます」

それもあって、まずは一か月の予定で帰国したが、父親の退院が遅れたときは滞在期間を延長して、看病に忙しい母親に代わって後継者探しに奔走《ほんそう》するつもりでいるそうで、

「当面、万太郎さんにはご迷惑をおかけして恐縮ですが、今後ともよろしくお願いします」

と再び頭を下げた。すかさず万太郎は、

「いやいや、美樹さんが謝ることじゃないですよ。美樹さんには美樹さんの道がある。おれたちも全力で後継者を探すんで、おたがいに頑張りましょう！」

と明るく励ました。それでも美樹は、本当に申し訳ありません、と改めて詫びると、ふと腕時計に目をやり、

「ごめんなさい、明日の朝一番で東京を発つので、今夜はこのへんで失礼します」

最後にまた深々とお辞儀をしてから、スーツケースを引いて去っていった。


美樹と話したことで、万太郎はますます後継者探しに気合いを入れはじめた。

琢磨を帰してから再度、希子と話した結果、

「もう電話しまくるだけじゃダメだ」

といまのやり方を改め、娘の美樹が農大ルートで探すなら、おれたちは農業と密接な関係にある飲食関係者に絞って探してみよう、と話がまとまった。

そこでまずは、万太郎は珠江女将に、希子は日吉マスターに再度現状を伝えた上で、周囲の飲食関係者に、久保田農園の後継者候補がいたら紹介してほしい、とお願いしまくろう、と決めて、早速、希子はエムズに足を運んで和格子《わごうし》扉を開けた。

「今日はどうされました？」

黒ベストにネクタイ姿の日吉が、今夜も常套句《じょうとうく》で迎えてくれた。店内には若いカップルが二組

いたが、カクテルを味わいながらそれぞれに男女の会話を楽しんでいる。

この雰囲気なら日吉とじっくり話せそうだ、と踏んだ希子は、

「実はさっき、オランダから帰国した久保田農園の娘さんがうちに来てくれたの」

と話を振ってジントニックを注文し、久保田農園の存続が危ぶまれる事態に久保田家も希子たちも困っている、と事情を話した。

「そうでしたか。いまどき農家になろうっていう若者は少ないですものねえ」

日吉は相槌《あいづち》を打ちながらグラスを氷で冷やし、ジンとトニックウォーターを入れて熟練の手捌《てさば》きでステアしてライムを搾《しぼ》り、グラスに注いで差しだしてきた。すぐに希子は口にしてから、

「そういえば珠江さんが言ってたけど、日吉さんは、いつか田舎に移住して畑を耕しながら暮らしたいんでしょ。この際、早めに移住しません？」

軽口っぽく言ってみた。すると日吉は、

「まあできればそうしたいですが、まだ十年早いですね。もうしばらくは烏森《からすもり》で頑張りたいので、心当たりの人に声をかけてみます」

と微笑みを浮かべた。

「でも、こういう問題って日本各地で起きてるみたいで、そう思うと気が重くて」

希子が正直な気持ちを口にすると、日吉はカップル二組の様子を窺《うかが》ってから、

「まあ確かに、もう何十年も少子化少子化って騒がれ続けているのに、上の人たちは本気で解決しようとしませんものねえ」

声を潜《ひそ》めて返してきた。

「そうなんですよね。あたしとマンタもたまに、いつかは子どもほしいよね、って話すんだけど、税金ばっかり取られてるいまの世の中じゃ子作りどころじゃないでしょう。オランダのように農業をやれば稼げる、未来が拓ける、みたいな夢がないと、数少ない若者たちは、あんなきつくて稼げない仕事は嫌だ、って敬遠し続けると思うし」

「その意味ではもうひとつ、TPP協定っていうのも障害になってますよね」

希子も聞き覚えのある言葉が飛びだした。

TPPとは〝環太平洋《かんたいへいよう》パートナーシップ〟の略称で、この協定を日本も含めた世界十一か国が結び、関税や輸入規制が削減撤廃されたのだという。結果、八割もの農産物の関税がなくなり、蕎麦も含めた生産効率の高い外国産の安い農産物がどんどん日本国内に出回りはじめて農家を圧迫し続けているそうで、

「こうなるともう、この国の農業を根本から変えない限り、どうにもなりませんし、飲食業を生業《なりわい》にしている私としては、いまや危機感しかないです」

日吉は嫌々をするように首を振った。

多種多彩な来店客と毎晩会話を交わしている日吉だけに、酒の知識に秀《ひい》でているだけでなく、幅広い世故《せこ》にも長《た》けている。けっして知識をひけらかしたりはしないが、確かな裏付けのもとにそう教えられて、思わず希子も身を乗りだしてしゃべっていると、

「あの、お会計してください」

若いカップルの一組が財布を取りだした。

「あ、うちもお願いします」

もう一組も帰り支度《じたく》をしている。我に返った日吉が居住まいを正し、

「ありがとうございます、お騒がせしました」

と詫びを入れて会計を終わらせると、二組ともそそくさと帰っていった。

これには希子もしゅんとして、

「すみません、あたしが余計な話をしたせいでムード壊しちゃったみたい」

と日吉に謝ると、

「とんでもない、私こそ熱くなってしまって、いや面目《めんぼく》ない」

日吉も自省を口にして苦く笑った。


自宅のベッドで目覚めると、隣のベッドで万太郎が寝ていた。

ゆうべ希子は零時前には帰宅したのだが、毎度のごとく万太郎は朝帰りだったらしく、作務衣姿のまま鼾《いびき》をかいている。

そのまま出掛ける直前まで寝かせてやって、

「そろそろ行くよ」

と揺り起こして寝《ね》ぼけ眼《まなこ》の万太郎に昨夜のことを聞くと、一献屋の珠江女将と綾乃に久保田農園の危機を改めて訴えかけたあと、烏森の居酒屋やスナックも梯子《はしご》して店主や知り合いに後継者

探しをアピールしてきたという。

「けど、やっぱ簡単には見つからないよなあ」

万太郎は欠伸《あくび》をしながらぼやいた。

それでも諦めたらおしまいだ。すぐに店に入り朝の仕込みを頑張り、昼営業のピークが過ぎた午後一時過ぎ、鮨冨の定休日に食べにきてくれた将次親方にも後継者探しのことを話した。ほかの客にはまだ内緒なので、会計して店を出た親方を追いかけて伝えたところ、

「おれも豊洲《とよす》市場の連中に声かけてみるよ」

と力強くうなずいてくれた。

午後休憩を挟んで夜営業になってからも、大常連の楠木先生にだけは伝えておきたくて、会計後に追いかけ、久保田農園の危機を伝えた。すると楠木先生も返す言葉で、

「万太郎くんが打った山都そばを食べるためなら、喜んで協力するよ」

と励ましてくれた。

こうして翌日も翌々日も夫婦それぞれに心当たりがありそうな人に声をかけ続けたが、何の音《おと》沙汰《さた》もないまま定休日の前日になってしまった。

それでもめげることなく、明日は丸一日かけて後継者を探そう、と夫婦ともども気を取り直して店に入って開店準備を進めていると、いつもより三十分も早く、おはようっす！　と琢磨が出勤してきた。

「あらどうしたの？　まだ給料日前なのに」

希子が笑いかけると、朝の蕎麦打ちを終えて厨房で茹で湯《ゆゆ》を沸かしている万太郎も、何かあったのか、とばかりにこっちを見ている。

するとと琢磨はふと表情を引き締め、

「急な話で申し訳ないんすけど、明日の定休日のつぎの日、休みをもらえないっすかね」

上目遣《うわめづか》いに告げてきた。

「何かあったの？」

「いえ、ちょっと用事ができちゃって」

弔事《ちょうじ》とかならそう言えばいいものを、どこか含みが感じられた。

そういえば美樹が訪ねてきた翌日から、琢磨が午後休憩になると出掛けるようになった。美樹の話を聞いてオランダに行きたくなって、バックパッカー旅を早めようとしてるんだろうか。そのために泊まり込みで単発バイトでもやるつもりなのか、と訝りながら、

「どうしてもってことなら仕方ないけど、ひょっとしてオランダに興味持っちゃった？」

念のため聞いてみた。

「まあ、できれば行ってみたい国っすけど」

やはり興味は抱いているようだ。だとすれば、琢磨も万太郎のように一途《いちず》な性格だけに、いつオランダに猪突猛進しないとも限らない。

そろそろ新しいバイトも探しとかなきゃ、と考えていると、厨房で耳を傾けていた万太郎がのしのしと客席に出てきて、

「よしわかった！　琢磨もいろいろ大変な時期だ、休みたい日があれば、早めに言ってくれればいつでも休んでいいぞ！」

琢磨の肩をぽんと叩《たた》いた。

その太っ腹な言葉で希子も腹が据わった。琢磨には琢磨の人生がある。とりあえず明後日《あさって》の夜は開店当初のように万太郎と二人で切り回すしかないが、今後はいつ琢磨が旅立ってもいいように準備を進めよう。そう自分に言い聞かせながら、

「あたしも了解。いまが琢磨にとって一番大事なときだから、遠慮なく休んで」

と微笑んでみせた。


翌日の定休日、万太郎は朝から両国の眞山部屋に出掛けていった。

ここ最近の定休日は、万太郎と連れ立って家財や洋服を買いに行ったり、イタリアンやエスニックといった蕎麦以外の料理を食べ歩いたりしているのだが、しばらく会ってない鉄眞山に会いたい、と万太郎が言いだして一人で両国の眞山部屋に出向いたのだった。

去年の大相撲十一月場所で優勝した鉄眞山は、場所後に一足飛《いっそくと》びに関脇《せきわけ》への昇進を果たした。ところが今年の一月場所と三月場所はともに勝ち越しはしたものの、関脇らしい突出した成績は残せなかった。大関昇進のためには、まずは一か月後の五月場所で活躍しなければならないだけに、正念場を迎えている。

その意味でも再び鉄眞山に発破《はっぱ》をかけたかったようだが、ついでにもうひとつ、眞山親方に久

保田農園のことも相談するという。

眞山部屋には、かつての万太郎のように、土俵で結果を残せず第二の人生を模索している弟子もいる。そうした弟子たちに久保田農園の後継者という新たな道をアピールしてスカウトできないか、と考えたのだった。

一方の希子も、このところのごたごたで滞《とどこお》っていた掃除や洗濯などの家事に汗を流す合間に、両国で蕎麦屋を営む父親や、かつて働いていた虎ノ門のビストロのシェフなど心当たりの飲食関係者に電話して協力を仰《あお》いだ。

こうして夫婦別々の休日を過ごし、万太郎は鉄眞山たちとの昼酒で酔っ払って夕暮れどきに帰ってきたのだが、

「いやあ、テツマはぐんぐん調子を上げてて、これならいける、って安心したんだけど、やっぱ後継者のスカウトは簡単じゃないなあ」

と丁髷頭を掻《か》いた。それは希子も同感で、正直、もはや数打ちゃ当たる式のアピールじゃダメなのかも、と思いはじめている。

といって、じゃあどうすればいいのか。そう問われると言葉に詰まるが、ここにきて万太郎は気合いが入りすぎて空回りしている感もあるだけに、無闇に声をかけて歩くよりもターゲットを絞ってじっくり説得したほうが見つかりやすい気がしてきた。

翌日は再び営業日だったが、琢磨が連休したから昼も夜も夫婦二人で頑張った。久々のことに夜のピーク時には蕎麦の提供が遅れたりしたものの、ツーオペだと気づいた常連たちは黙って待

ってくれていた。

そんな一日を過ごしただけに、そのまた翌日の朝、

「おはようっす！」

琢磨が元気に出勤してきて接客に励んでくれたときは、やっぱ琢磨は貴重な戦力なんだ、と再認識させられた。

琢磨が連休中に何をしていたのか、それはあえて聞かなかった。琢磨も何も言わなかったが、それでも、連休前よりは潑剌《はつらつ》と振る舞っていたから少なくとも悪いことがあったわけではなさそうだ。

その一方、ここにきて新たな心配もある。その後、山都から何の音沙汰もないのだ。電話して聞こうか、とも思うのだが、退院を催促《さいそく》しているみたいで失礼な気がする。

それは大常連の楠木先生も同じらしく、今夜も蕎麦前で一献傾けてから在庫の山都産で打ったせいろ蕎麦を旨そうに手繰《たぐ》っていたが、帰り際になって、

「例の件は、どんな感じかな」

希子に耳打ちしてきた。やっぱ気にかけてくれてるんだ、と身を引き締めながら、

「なかなか難しい状況ですけど、焦《あせ》らず頑張るしかないです」

小声で答えると、

「私も声はかけているんだが、この問題は少子化問題も絡《から》んでるから厄介《やっかい》だよねえ」

と嘆息《たんそく》した。そんな楠木先生の言葉を閉店後、万太郎にも伝えたところ、

「どうなるんだろうなあ」

頭の後ろで手を組んで呟いた。

ほんとにどうなるんだろう。希子もやるせなくなってため息をつくしかなかったが、その二日後、思わぬ異変が起きた。

この日もいつも通り昼営業の接客に励んでくれていた琢磨が、午後休憩になった途端、

「ちょっと出てきます」

と賄いも食べずに出掛けていった。

ここにきて琢磨もいろいろあるんだろう、と万太郎と話しながら賄いを食べていると、ガラガラと引き戸が開いて、

「こんにちは」

栗色《くりいろ》ショートヘアの綾乃が店に入ってきた。

「あら、ごめんね。今日はもう午後休憩に入っちゃったのよ」

希子は謝った。万太郎の蕎麦が大好きな綾乃はたまに食べにきてくれているのだが、今日は少し遅かった。それでもせっかくだからと、

「有り合わせの賄いでよければ、どうだい?」

と万太郎が勧《すす》めた。

「いえ、今日は食べにきたんじゃなくて、ちょっとお話ししたいことがあって」

いつになく神妙《しんみょう》な面持《おもも》ちで言う。

「だったらそこに座んなよ」

万太郎が椅子を指差したが、綾乃は立ったまま意を決したように、

「あたし、久保田農園の後継者になります」

いきなり宣言した。

「マジかよ！」

万太郎が目を剝いている。思いもよらない言葉に希子も仰天《ぎょうてん》していると、

「実は、相方と二人で山都町に移住して後継者になるって決めました」

「相方と？」

万太郎が問い返した。すると綾乃は携帯を取りだし画面をタップしてから、

「いま呼んだので、ちょっと待ってください」

と言って携帯を仕舞った。

後継者のことも相方のことも初めて聞く話だけに、万太郎と二人で戸惑《とまど》っていると、ほどなくして再び引き戸が開いて、

「どうも」

照れ臭そうに入ってきたのは、さっき出掛けていった琢磨だった。

呆気《あっけ》に取られながらも、まあ二人とも座んな、と万太郎が促した。妙な空気の中、すぐに希子はお茶を淹れ直し、四人で客席テーブルを囲んだところで、

「いつからそんな仲になったんだ？」

真っ先に万太郎が聞いた。

「去年の秋からっす」

琢磨が恥ずかしそうに答えた。希子たちが鉄眞山の件で福岡に飛んだとき、綾乃のライブを仕切ったことで急接近したそうで、その後も月一回、ライブで触れ合ううちに懇《ねんご》ろになり、今年の三月から同棲《どうせい》をはじめたという。

「え、もう同棲してんのか」

万太郎がまた目を剝いた。希子も驚きはしたものの、だから一献屋でしなだれかかったとき琢磨は慌ててたんだ、といまになって合点《がてん》がいった。二人の仲には珠江女将も気づいていないそうで、そう聞いて万太郎が、

「じゃあ、近いうちに結婚するのか？」

直球を投げた。これには綾乃が、

「いえ、それはまだわからないです。最近、大喧嘩《おおげんか》もしちゃったし」

皮肉っぽい目で琢磨を見る。

「あらら、早くも琢磨が浮気しちゃった？」

希子がからかい口調で言うと、

「そんなんじゃないっす、バックパッカー旅のことでちょっと」

琢磨は肩をすくめた。

もともとバックパッカー旅の話を持ちだしたのは琢磨で、テレビの件でメディア業界に幻滅した直後だったという。それより前に綾乃も音楽業界に幻滅していたことから、この先どうしたらいいのかおたがいに悩んでいるとき、だったら現状打破のためにも二人で広い世界を見てこよう、という話になったのだという。

「だけど、なんで綾乃ちゃんは音楽業界に幻滅したの？」

それは聞いてない、と希子がたたみかけると、

「ちょっと長くなりますけど、琢磨が初めて仕切ってくれたあのライブのあと、広告代理店の男性からデモテープを聴きたい、って言われたんですね」

綾乃が答えた。

「ああ、それはあたしも聞いたけど」

「で、これはチャンスだと思って、その男性と連絡先を交換して、ＣＭに使われたらメジャーデビューも夢じゃない、って期待してデモテープを持って会いに行ったんです」

すると男性は、挨拶がわりにご飯しよう、と綾乃をダイニングバーに誘ってきた。せっかくだからとついていき、二人でワインを酌《く》み交《か》わしていたら、きみの歌は静かなところでゆっくり聴きたいな、と男性が言いだした。

あとはもうお決まりのようにホテルに連れ込まれそうになったそうで、

「もうがっかりしちゃいました。あたしは純粋に歌いたいだけなのに、音楽メジャーも地下アイドルの世界となんにも変わらない。だからもうあたしはライブとネットで歌うだけでいい。琢磨

が配信してくれてるライブの動画を観て喜んでくれる人も増えてきたし、前に万太郎さんが言ってくれたように仕事と歌の二刀流でやっていければそれでいい、って」

そう吹っ切った綾乃は、琢磨も大手メディアに幻滅したことをきっかけに同棲を決めたのだったが、そんなある日、

「バックパッカー旅に出ないか？」

と琢磨が言いだした。その発想に綾乃も共感して二人で計画を立てはじめ、パスポートも取った矢先に、久保田爺が入院した。久保田農園は閉鎖の危機に陥り、蕎麦処まんたの危機にもなりかねない事態となった。

それを聞いた綾乃は、だったら自分探しの世界旅に出るよりは、腹を括《くく》って二人で久保田農園を継いだほうが地に足がついた人生を送れるじゃない、と閃《ひらめ》いた。

そこで琢磨に話してみると、

「いやいや、おれたちみたいな素人《しろうと》が匠の蕎麦畑を受け継ぐなんて考えが甘すぎるって」

と一蹴《いっしゅう》された。かちんときた綾乃は反論した。

「だけど二人で頑張って匠の栽培技術を受け継げば、久保田農園もあたしの恩人マンタさんも救えるんだよ。おまけにあたしたち二人の未来も切り拓けるんだから、これってもうやりがいしかないじゃない」

「そんなにうまくいくもんじゃないって。とにかくおれたちは世界を旅するって決めたんだ。そのためにおれもバイトを増やして頑張ってんだから、初志貫徹《しょしかんてつ》しなくてどうする！」

琢磨が声を荒らげた。負けずに綾乃も、

「せっかくみんなが幸せになれるチャンスが目の前に現れたのに、旅どころじゃないでしょう。このチャンスを逃《のが》してどうすんのよ！」

と反論し、二人が付き合いはじめて以来、初めての大喧嘩になったという。

「なのに、なんで最後は琢磨も後継者になるって決断したんだ？」

万太郎が改めて綾乃に問《と》い質《ただ》すと、これには琢磨が答えてくれた。

「二人で山都町に行って久保田家の三人と話したからです」

「え、山都町に行ったのか」

万太郎が今度は目を白黒させている。


最初に山都へ行こうと言いだしたのは綾乃だという。バックパッカー旅にこだわっている琢磨をどうにか懐柔《かいじゅう》しようと、綾乃は久保田農園の連絡先を調べて電話した。

電話に出たのは、オランダから実家に帰っていた美樹だった。綾乃は、かつて万太郎に助けられた一件について話し、その恩に報《むく》いるためにも、蕎麦処まんたから綾乃が大好きな山都そばをなくさないためにも、さらには琢磨と二人で新たな人生を切り拓くためにも、久保田農園の後継者になりたいんです！　と思いの丈《たけ》を伝えた。

ただ一方で、ずぶの素人が後継者になれるものか一抹《いちまつ》の不安もある。その適性を判断してもらうためにも、一度、山都に伺《うかが》いたい、と頼み込むと、突然の申し出だというのに美樹は母親の郁

代婆にも伝えた上で、

「ぜひ来てください。万太郎さんの後《うし》ろ楯《だて》がある方なら間違いないと母が言ってますし、素人でも本気でやれば必ずできる仕事ですから」

と快諾《かいだく》してくれた。そこで綾乃は改めて琢磨に詰め寄り、

「一緒に山都へ行ってくれないなら、あたしたちはおしまい！　すぐ別れる！」

と涙ながらに訴えかけた。

ここまで言われては琢磨も抗《あらが》いきれなかった。久保田母娘との面談まで取りつけた綾乃の熱量に圧倒されると同時に、以前、バックパッカー旅の件で希子に反対されたとき〝ここは一歩引いて寄り添ってやるべきだろう〟と万太郎が庇ってくれた記憶もよみがえり、現地で話した上で再考する、と最後は琢磨が譲歩《じょうほ》。急遽、希子から休みをもらって綾乃と山都町に出向いたのだという。

磐梯山に見惚れながら山間の山都駅に辿り着くと、美樹が軽ワゴンで待ってくれていた。ありがたく乗せてもらい、種蒔き前の蕎麦畑の合間を抜けて久保田家に着くと、

「遠いところ、お疲れさま」

郁代婆も歓迎してくれて、母屋の座敷でお茶と会津の三五八漬を出してくれた。

初っ端《しょぱな》からの歓迎ムードに身を引き締めながら、まずは綾乃が、琢磨と二人で新たな道を模索している現状を伝えた。そんな折に久保田農園の存続の危機を知った綾乃は、二人の新たな道は後継者になることだ、と閃いて、バックパッカー旅にこだわる琢磨を説き伏せて連れてきた、と

包み隠さず話した。

続いて琢磨は自身の本音を伝えた。

「ぼくらは二人ともマンタさんが打った山都そばが大好きなんですけど、そのおいしさ以外のことは何も知りません。そんなよそ者が、匠と呼ばれる久保田さんに代わって山都そばを育てられるものか、正直、不安です」

この後ろ向きな言葉がどう受け取られるか、綾乃は緊張したそうだが、黙って聞いていた郁代婆が穏《おだ》やかに口を開いた。

「琢磨さんの不安な気持ちは、あたしにもよくわかるの。実はうちの人って、山都に生まれたのに上京して会社員になって、途中から山都に戻って蕎麦農家に転身した人なのね」

「え、そうだったんですか」

「詳しいことはうちの人から聞いてほしいけど、あたしに言えることは、やりたいっていう強い気持ちさえあれば、何も怖がることはないと思うの」

すると美樹も琢磨と綾乃の目を見つめながら、

「あたしもオランダでは、日本から渡ってきたよそ者だし、学問の農業は学んだけど、農家の現場仕事はど素人だったの。でも、いまではオランダ人の夫や従業員たちと一緒に、大規模な農園でトマト、胡瓜《きゅうり》、玉葱《たまねぎ》とかを育てて出荷する仕事が生きがいになってるのね。だから、いまの話を聞いただけであなたたち二人なら大丈夫だと思ったし、ぜひチャレンジしてほしい」

と微笑みかけてくれた。

こうして短い時間ながらおたがいの気持ちが打ち解けたところで、四人で軽ワゴンに乗って喜多方市街の病院へ向かった。

病院の近くで見舞いの花を買って緊張しながら病室に上がると、久保田爺はベッドでテレビを観ていた。

「はじめまして」

琢磨と綾乃は緊張しながら病室に入って花を差しだし、自己紹介した。

久保田爺は思いのほか元気だった。医者の話では怪我は順調に回復していて、あと十日もすれば退院できるという。ただ、やはり車椅子生活は免《まぬが》れないらしく、後継者がいなければ久保田農園は閉鎖せざるを得ないだけに、

「遠いところ、わざわざありがとう。万太郎くんに見込まれたきみたちが農園を継いでくれるなら、わしも大歓迎だ」

久保田爺は満面に笑みを浮かべて、皺だらけの手を伸ばして二人に握手してくれた。

その言葉を受けて琢磨は、

「ただ、ぼくはいまも、ずぶの素人が山都の匠が育んだ農園を継いでちゃんとやっていけるか不安なんです」

ここでも率直《そっちょく》に伝えた。すると久保田爺は、はっはっはと声を上げて笑い、

「もちろんやっていける。この仕事で大事なのは、やる気と根気と心意気だ。就職活動をやめてバイトも休んで、こんな山奥まで二人で来てくれる若者なんて、いまどきそうそういるもんじゃ

ない。そんなきみたちこそ、わしらの農園の後継者に相応《ふさわ》しいと思う」

と二人の目を交互に見つめる。それでも不安が尽きない琢磨が、

「ただ、ぼくたちみたいなよそ者を地元の人たちは受け入れてくれるでしょうか」

とたたみかけると、

「大丈夫に決まってるだろう。わしだって昔は東京で勤め人をやってたんだし」

久保田爺はにやりと笑った。

「それはさっき郁代さんから聞きましたけど、ぼくらで本当に大丈夫でしょうか」

「もちろん大丈夫だ。若い時分のわしは山ん中の暮らしに飽き飽きして、高校を卒業してすぐ上京して日暮里《にっぽり》の繊維問屋《せんいどんや》で働いてたんだ。ところが二十六のときに久保田農園を営んでいた父親が急逝《きゅうせい》した。そこで残された母親のために、それまで手伝いすらしてこなかった農園を受け継いだんだから、わしだって最初はよそ者同然だった」

「でも生まれは山都ですよね」

「いやいや、生まれがどうとかは関係ない。なぜなら山都そばは歴史を辿れば、よそ者が持ち込んだものだしね」

そもそも山都そばは江戸時代、信州《しんしゅう》は高遠藩《たかとおはん》の藩主、保科正之《ほしなまさゆき》が会津藩に国替えになり、高遠の蕎麦職人を連れてきたことから広まったのだという。喜多方ラーメンもまた、昭和の初めに中国人が支那《しな》そば屋台を引きはじめたのが原点だそうで、

「だから歴史的に見ても、山都はよそ者大歓迎だ」

久保田爺はそう断言してふと真顔になると、

「残念ながらわしは車椅子生活になる。だが、頭と口はまだまだ達者だから、退院したら車椅子で畑に出て、わからんことは何でも教えてやる。もちろん、女房や近所の蕎麦農家も応援してくれるはずだし、経済的に困ったときはわしの無尽仲間も助けてくれるから、どうか遠慮なく地元のみんなに甘えてくれ」

と再び琢磨に握手を求めてきた。

後継者に及び腰だった琢磨にとっては心強い言葉だった。無尽という昔ながらの助け合い制度の存在にも心を動かされ、病室を後にする頃には、久保田農園を立派に継ごう、と覚悟を決めて東京に帰ってきたのだという。


「そうか、そういうことだったのか」

話に聞き入っていた万太郎が感じ入っている。綾乃がそこまで腹を括って琢磨を動かしてくれたことも嬉しかったようで、

「よしわかった。そこまで二人が腹を括ったんなら、おれたちも精一杯応援する」

と綾乃と琢磨を力強くハグした。希子も二人の行動力に感銘《かんめい》を受けて、あなたたちなら大丈夫、と励ましの言葉を贈って、

「ちなみに、山都にはいつ移住する予定?」

と聞いた。これには琢磨が身を乗りだし、

「いま考えてるのは、まずはバックパッカー旅用に貯めたお金で美樹さん夫婦を訪ねて、オランダの先進的な農業を体験してから久保田農園を継ごうと思ってるんすね」

もちろん、干拓《かんたく》された平地が広がるオランダと山間の山都では同じやり方はできないかもしれない。それでも、美樹さんと相談しつつ久保田流の蕎麦栽培にも導入できる技術はどんどん取り入れて、ゆくゆくは近隣の耕作放棄地も買って畑の規模を広げ、オランダ流を山都流に応用した生産性と採算性の高い農業に転換する。それを足掛かりに全国の若い農家とも連携して日本の農業を革新していく。

それでこそ琢磨と綾乃が移住してまで久保田農園を継ぐことの意義だと思うし、根腐れした大手メディア業界や大手音楽業界に呑《の》み込まれるよりは、よっぽど充実した人生を送れる。そう思い至ったのだという。

その言葉に万太郎はまた相好《そうごう》を崩し、

「そいつはいいことだ。琢磨と綾乃ちゃんにとっちゃ大胆な決断だろうが、おれだってモンゴルから来日して相撲で失敗して、それでも蕎麦打ちに挑戦してみんなに喜んでもらえてるんだ。おまえら二人なら絶対やり遂《と》げられる！」

と嬉しそうに発破《はっぱ》をかけた。

希子も同感だった。日本の農業が衰退《すいたい》しているのは、その場しのぎで庶民《しょみん》を踏みつけにしてごまかしてきたお上と、そうと知りながらお上に忖度《そんたく》ばかりしている大手メディアの責任は大きい。自国で食べる農産物を自国で生産できないような国は、いずれ滅びる。いまの日本を立て直すには農業の現場から改革していくしかない。一介の蕎麦屋の女将だって、それぐらいは理解できる。

また、そんな琢磨と綾乃の覚悟を万太郎に打ち明ける前に、念のため一献屋の珠江女将に相談したときも、

「二人でそう決めたんなら、マンタさんはきっと喜んでくれるはず。あたしも陰ながら応援してるから、歌を歌いながら楽しくやんなさい」

とやさしい眼差《まなざ》しで励ましてくれたという。

「それはよかった。だったらこの際、乾杯しよっか」

希子が冷蔵庫から瓶《びん》ビールを取りだそうとすると、

「希子、それはまたの機会にしよう」

万太郎が時計を指差した。四人で膝《ひざ》を突き合わせて話しているうちに、いつしか夜営業の時間になっていた。

急いで万太郎は蕎麦打ち場に入り、希子は厨房の準備にかかり、希子に代わって琢磨が暖簾を掲げようとしていると、

「じゃ、あたしも一献屋の仕込みに行きます」

綾乃もそそくさと席を立って店を飛びだしていった。


山都の実家にいる美樹から店に電話があったのは、それから一週間後のことだった。

希子が応答するなり、

「父が退院して山都町の家に帰ってきました」

と吉報《きっぽう》を届けてくれた。

医者の診断通り、やはり車椅子生活になってしまったが、それ以外は元気そのもの。帰宅早々、美樹に車椅子を押してもらって蕎麦畑を見回って、あとは琢磨くんたちの移住を待つばかりだな、と浮き立っていたという。

その言葉に希子もほっとして、

「おめでとうございます。でしたら約束通り明後日の定休日、後継者カップルと一緒にご挨拶に伺いますけど、大丈夫ですか？」

一応、確認した。

「もちろん大丈夫です。父とみんなで楽しみにお待ちしてますね」

美樹は声を弾ませて快諾してくれた。

こうして二日後の早朝、万太郎と二人で東京駅に駆けつけると、琢磨と綾乃が新幹線の改札口で待っていた。

そのまま四人で東北新幹線に乗って山都町へ向けて出発した。今日は日帰りで久保田家に挨拶してくる予定だが、琢磨たちもいつも以上に高揚した面持ちでいる。

山都で久保田爺に挨拶したら東京にとんぼ返りし、琢磨と綾乃は移住の準備を整える。準備ができ次第、まずはオランダに二人で飛んで美樹夫婦の農業を体験。帰国後は、すぐに久保田家の母屋の空き部屋へ引っ越し、同居させてもらいながら久保田爺の指導のもと、一年間、蕎麦栽培を体験させてもらう。年間の仕事をひと通り学んだら、山都町にも増えている格安の空き家を借りて、いよいよ農園主として本格始動する段取りになっている。

「じゃあ、二人も冬場はスキー場で働くの？」

ちょっと気にかかって希子が聞くと、

「いえ、冬場は違う作物を育てるとか試行錯誤《しこうさくご》して、農業だけで食べていけるようにします」

琢磨は断言し、綾乃もこくりとうなずいた。

二週間ぶりに磐梯山を眺めつつ昼前には山都駅に到着した。今回も美樹が軽ワゴンで迎えにきてくれて、すぐ久保田家にお邪魔した。

「おう、よく来たな」

車椅子に座った久保田爺が満面の笑みで出迎えてくれて、琢磨と綾乃の顔を見るなり、

「こんな姿になっても山都そばのことは、ちゃんと頭に入ってる。農園を譲ってからも毎日、蕎麦畑に通って何でも教えてやるからな」

と意気込んでみせて、はっはっはと笑った。

この元気があればまだまだ大丈夫だ。希子と万太郎も安心して琢磨たちとともに座敷に上がると、大きな座卓には郁代婆と美樹が作ってくれた干し貝柱の出汁《だし》で季節野菜を汁物に仕立てた祝い料理〝こづゆ〟のほか、〝棒鱈《ぼうだら》の煮付け〟、〝身欠《みが》き鰊《にしん》の山椒《さんしょ》漬け〟といった郷土料理が山ほど並んでいた。

「さあさあ座って」

郁代婆に促されて久保田爺を囲むように四人が座卓に着くと、

「おい、爺さんいるかい！」

突如、額《ひたい》が禿《は》げ上がったおじさんが一升瓶《いつしようびん》を手に、ずかずかと座敷に上がり込んできた。

「なんだタクちゃん、嫌がらせかい。わしは当面、酒はご法度《はつと》なんだよ」

久保田爺が憎まれ口を返すと、

「馬鹿野郎、爺さんに持ってきた酒じゃねえ。後継ぎの二人に祝い酒だ」

と座卓の上にドンと置く。

「まあそれじゃしょうがねえな。せっかくだから二人で乾杯してやってくれ」

久保田爺は琢磨と綾乃に笑いかけた。

タクちゃんと呼ばれたおじさんは、山都で酒蔵を営む蔵主の田倉《たくら》で、久保田爺の無尽仲間だという。琢磨と綾乃が後継者になってくれるのは地元民としても感謝しかないそうで、

「困ったときは、おれに声かけてくれたら全力で応援すっからな」

と琢磨の肩を叩いて一升瓶の栓を抜いた。

郁代婆がコップを持ってきて若い二人と万太郎と希子の前に並べ置き、田倉がどぼどぼどぼと順に注いでくれた。

早速、綾乃が口に運んで、おいしい、と微笑んでいる。琢磨は豪快にがぶりと喉に流し込み、旨いっすねえ、と目を細めている。

そんな二人を見やりながら、

「よし、これでおれも安心して天国に行けるな」

と久保田爺が独《ひと》り言《ご》ちた。すかさず美樹が、

「やだお父さん、死ぬのは二人に畑のこと教えてからにしてちょうだい」

とたしなめると、みんなが笑いを弾《はじ》けさせ、賑々《にぎにぎ》しく宴《うたげ》がはじまった。


飲んで食べてしゃべって笑っていたら、瞬《また》く間に夕暮れどきになっていた。四人の帰りの時間が近づいていると気づいた美樹が、

「そろそろタクシー呼ばなきゃね」

と希子に声をかけてきた。

「ああ、ありがとうございます。楽しすぎて忘れてました」

我に返って希子が礼を言うと、

「四人にはみんな心から感謝してます。これであたしも安心してオランダに戻れますし」

ありがとうございます、と美樹も丁寧に頭を下げる。このやりとりを聞いていた赤ら顔の琢磨が美樹に聞いた。

「いつ向こうに戻るんですか?」

「子どものことも心配だから、明日の便が取れたら明日、羽田から」

美樹がそう答えると、

「だったら、ぼくと綾乃も一緒に行っていいっすか?」

思わぬことを言いだした。

「ええっ、それって急すぎない? 移住の準備だってあるんだし」

綾乃が声を上げた。

「どうせオランダに行くんだから、美樹さんと一緒に行ったほうが話が早いじゃん。移住の準備は帰ってからでもできるし、美樹さん、許されるならぜひ連れてってください」

琢磨が美樹に手を合わせた。酔った勢いとも思える唐突《とうとつ》なお願いに、

「無茶言っちゃダメだよ、オランダのご家族の都合だってあるんだし」

綾乃が呆《あき》れ顔でたしなめたものの、

「けど、一刻も早くオランダの農業を体験して一日も早く山都に移住したいじゃん」

ここに至って万太郎さながらの猪突猛進が琢磨に発動されたらしく、綾乃が困惑している。そのとき美樹が携帯で何か調べはじめたかと思うと、やがてうんとうなずき、

「いまならチケット三人ぶん取れるけど」

琢磨と綾乃に携帯画面を見せた。

「じゃ、お願いします!」

琢磨は即答したが、綾乃はまだ逡巡《しゅんじゅん》している。すると美樹はあっけらかんと微笑み、

「あたしも琢磨さんの考えに大賛成。こういうとき、オランダ人は迷わず行動するの。こうするって決めたら、すぐやってみる。農業革新だって日本と違ってオランダは二〇〇〇年代の初めに

迷わずはじめて早くも成果を上げてるんだから、物事、基本は即実行。ダメならまたやり直す。その精神でこそうまくいくの」

綾乃を諭《さと》すように言い切った。

これには綾乃も折れてオランダ行きが決定。美樹が速攻でチケットを購入し、急遽、琢磨と綾乃は明朝、美樹と羽田空港で落ち合ってオランダに発つことになった。

現地到着後はアムステルダムの南西、デンハーグ郊外の美樹の自宅に二週間、ホームステイさせてもらって現地で先進農業を体験してくることまで一気に決まってしまった。

ほどなくしてタクシーが庭先にやってきた。車椅子の久保田爺のほか全員が、帰京する万太郎たち四人の見送りに出てくれた。

「いろいろとありがとうございました」

万太郎がみんなに礼を言い、巨体を丸めて車椅子の久保田爺をはじめ一人一人にやさしくハグした。そして最後は琢磨と綾乃に、

「あとは二人が育てた蕎麦と結婚の報告を待つだけだな」

と笑いかけると万太郎はタクシーの助手席に乗り込み、琢磨たち二人と希子が後部座席に収まると同時に運転手が車を発進させ、夕闇迫る久保田農園の蕎麦畑の中を走りだした。

　翌週の閉店後、希子と万太郎は久しぶりに一献屋へ出掛けた。

　山都から帰った翌日、珠江女将に電話して四人で久保田爺に会ってきたことを伝えると、

「よかったわねえ。だったら近々に関係者を集めて打ち上げしよ」

と提案されたのだが、琢磨と綾乃がオランダへ飛んだ先週は、蕎麦処まんたはツーオペ、一献屋はワンオペで大忙しになって打ち上げどころではなかった。

　しかし今週からは、山都行きの前に琢磨が気を利かせて紹介してくれた大学の後輩、男女二人が、それぞれの店にバイトで入ってくれた。おかげでやっと打ち上げが実現したのだが、いざ一献屋に着いてみると〝本日夜十時より貸切〟と張り紙があった。集まるのは関係者五人だけなのに、と恐縮しながら店に入ると、今日が定休日の鮨富の将次親方が楠木先生とコップ酒を飲んでいた。

「あら早いですね」

　わざわざすみません、と礼を言って希子たちもカウンターに座ると、またガラス戸が開いてラフなシャツ姿の日吉もやってきた。すかさず希子が、

「今日はどうされました?」

　冗談めかして声をかけると、

「特別に店を早仕舞いしてきちゃいました」

と日吉は照れ笑いした。そんな日吉の隣に珠江女将も生ビールを手に座ったところで、万太郎がよいしょと立ち上がり、

「皆さん、今回はありがとうございました」

丁髷を揺らして頭を下げ、琢磨と綾乃が久保田農園を継ぐことが決まり、山都町の人たちも二人を歓迎してくれている、と報告した。

「いま二人は早くもオランダの農場を体験中で、帰国したら、いよいよ本番です。最初は苦労の連続だと思うんで、どうか皆さん、陰ながら応援してやってください」

万太郎が再度お辞儀をして腰を下ろすと、

「そういえば、うちでお試しマスターをやった木崎くんも、いよいよ来月、東銀座にオーセンティックバーを開くんですよ」

と日吉からも報告があった。

「まあ、おめでとうございます」

希子が拍手するとみんなも拍手を贈り、

「最近は若者の文句ばっかり言ってる大人も多いけど、頑張ってる若者もいるのよね」

と珠江女将が言った。その言葉に日吉も、

「そうですよねえ。即断即決でオランダに飛ぶなんてすごい行動力ですよ。お上が無能なぶん、そんな若者がもっと増えてほしいし、私たちも負けずに頑張らないと」

と称賛すると、楠木先生も口を開いた。

「いま思い出したんだが、昭和の頃、有名な放送作家が言った言葉があってね。〝人間、いまが一番若いんだよ。明日より今日のほうが若いんだから〟って。その言葉通り、何事も、はじめたいときにはじめればいいんだよ」

これには将次親方が大きくうなずき、

「その意味からすると、いまからでも我々みんなが力を合わせて日本の農業を立て直していきたいなあ。食べることは生きる基本なんだし」

とコップ酒を口にした。すると万太郎が、

「それで思いついたんだけど、山都の人たちみたいに烏森でも仲間を集めて、現代版の無尽をはじめたらどうかと思って」

いまどきのクラウドファンディングとかじゃなく、地域に密着した無尽仲間が絆《きずな》を深めながら農業の立て直しに挑む人を支えていく。

「そんな仕組みが都会にも広がっていいし、烏森の大先輩、日吉さんとか珠江女将とかに仕切ってもらえばできると思うんだよね」

どうかな？　と万太郎が珠江女将に振ると、

「いいアイディアね。お上が何もしないなら自分たちでやるしかないもの。ただ、音頭《おんど》取りは発案者のマンタさんがいいと思う」

と万太郎を推す。それで希子は思い出した。

「これ、久保田さんが言ってたんですけど、山都に蕎麦を根づかせたのは、よそ者だったらしいのね。異文化と交わることで新しいものが生まれる。そう考えると、マンタもモンゴルから帰化した異文化のよそ者だし」

「なるほど、だったら音頭取りは万太郎だ」

将次親方も賛同し、みんなも拍手した。

そのとき、希子のポケットで携帯が震えた。奇《く》しくも琢磨からだった。すぐ応答すると、ビデオ通話にして、と告げられた。

急いで切り替えると、画面の中の琢磨はタキシード姿だった。徐々に画像が引かれると、隣にはウェディングベール姿の綾乃がいる。

「いまこっちは昼なんすけど、おれたち、さっき結婚しました」

「はあ？」

「美樹さんが手続きしてくれて、旦那《だんな》さんと結婚したときの衣装も貸してくれたんで」

さらに画面が引かれて、背の高いオランダ人の夫に寄り添う美樹も映った。

「やだマジで！」

仰天してみんなにも画像を見せると、

「おお、おめでとう！」

「すごいすごい！」

「またまた即断即決だ！」

と祝福の声が飛び交った。すると琢磨が、マンタさん、と呼びかけてきて、

「帰国したら皆さんを招待して披露宴をやりたいんっすよ。定休日、店を貸し切りにできないっすかね」

と打診した。間髪《かんはつ》を容《い》れず万太郎が、

「よし、予約受けた！　ついでに、せっかく烏森の仲間も集まるんだから無尽の結成式もやっちまうぞ！」

いいよな！　と返した途端、画面の向こうと一献屋の店内、両方で拍手喝采《かっさい》が湧《わ》き起こった。

〈初　出〉
『小説ＮＯＮ』２０２４年6月号〜２０２４年10月号

※著者が刊行に際し、加筆修正しています。本書はフィクションであり、登場する人物、企業、店舗、および団体名は、実在するものといっさい関係ありません。

切りとり線

あなたにお願い

この本をお読みになって、どんな感想をお持ちでしょうか。次ページの「100字書評」を編集部までいただけたらありがたく存じます。個人名を識別できない形で処理したうえで、今後の企画の参考にさせていただくほか、作者に提供することがあります。

あなたの「100字書評」は新聞・雑誌などを通じて紹介させていただくことがあります。採用の場合は、特製図書カードを差し上げます。

次ページの原稿用紙（コピーしたものでもかまいません）に書評をお書きのうえ、このページを切り取り、左記へお送りください。祥伝社ホームページからも、書き込めます。

〒一〇一―八七〇一　東京都千代田区神田神保町三―三
祥伝社　文芸出版部　文芸編集　編集長　金野裕子
電話〇三（三二六五）二〇八〇　www.shodensha.co.jp/bookreview

◎本書の購買動機（新聞、雑誌名を記入するか、○をつけてください）

＿＿＿新聞・誌の広告を見て	＿＿＿新聞・誌の書評を見て	好きな作家だから	カバーに惹かれて	タイトルに惹かれて	知人のすすめで

◎最近、印象に残った作品や作家をお書きください

◎その他この本についてご意見がありましたらお書きください

100字書評

蕎麦打ち万太郎

住所

なまえ

年齢

職業

原 宏一（はらこういち）
1954年生まれ。コピーライターを経て『かつどん協議会』で作家に。奇想天外な設定の中に風刺とユーモアがきいた作品を多く発表し、『床下仙人』（祥伝社文庫）が2007年啓文堂書店おすすめ文庫大賞に選ばれブレイク。近年は食小説など様々なジャンルに注力、好評を博す。著書に「佳代のキッチン」シリーズ、『天下り酒場』『ねじれびと』『うたかた姫』（いずれも祥伝社文庫）『たわごとレジデンス』（祥伝社刊）、「ヤっさん」シリーズ、『握る男』、「間借り鮨まさよ」シリーズなど。

蕎麦《そば》打《う》ち万太郎《まんたろう》

令和7年1月20日　　初版第1刷発行

著者――原《はら》 宏一《こういち》
発行者――辻　浩明
発行所――祥伝社《しょうでんしゃ》
〒101-8701 東京都千代田区神田神保町3-3
電話　03-3265-2081（販売）　03-3265-2080（編集）
03-3265-3622（製作）
印刷――堀内印刷
製本――積信堂

ISBN978-4-396-63674-6　C0093
祥伝社のホームページ・www.shodensha.co.jp

祥伝社文庫

好評既刊

コロナ禍に喘《あえ》ぐ人々を訪ねて、
キッチンカーで北へ南へ！

佳代のキッチン　ラストツアー　原　宏一

コロナ禍で、みんな苦しい。
でも、おいしい料理は人をきっと笑顔にさせる。
調理屋佳代の、集大成の旅！